Lisa Gallauner
Teufelsstrand
Kriminalroman

**Lisa Gallauner** wurde 1978 in St. Pölten geboren. Sie ist verheiratet und hat einen Sohn. Ende der 90er Jahre ließ sie sich an der PÄDAK Krems zur Diplompädagogin für Englisch, Musik und evangelische Religion ausbilden. Später sollte auch noch die Diplomausbildung für Informatik folgen. 2008 erschien ihr erstes Kinderbuch, seit damals schreibt sie, neben ihrer Arbeit als Lehrerin an einer Neuen Mittelschule, unaufhörlich. Nach zahlreichen im renommierten österreichischen G&G-Verlag veröffentlichten Kinderbüchern, Theaterstücken, einigen Anthologie-Beiträgen sowie Band 1-4 der Meierhofer-Reihe, ist Teufelsstrand nun ihr fünfter Kriminalroman für Erwachsene.

Im Verlag federfrei bisher erschienen:
Teufelsstimmen * Teufelsmahl * Teufelssturz * Endstation Teufelsmauer

http://lisa.gallauner.at

Lisa Gallauner

# Teufelsstrand
Kriminalroman

federfrei
www.federfrei.at

1. Auflage
Marchtrenk, 2015
www.federfrei.at

Umschlagabbildung: © lexuss, Fotolia
Lektorat: S. Bähr
Satz und Layout: Verlag Federfrei
Druck und Bindung: Finidr s.r.o.

ISBN 978-3-902784-56-8

Für Mama und Papa – weil auch wir es geschafft haben,
die herzliche Eltern-Kind-Beziehung
ins Erwachsenenalter zu retten.

Sämtliche Protagonisten dieses Romans, ihre Namen und ihre Handlungen sind frei erfunden, etwaige Ähnlichkeiten mit lebenden oder verstorbenen Personen nicht beabsichtigt.

Obwohl der Roman in der wunderschönen Wachau spielt und viele der erwähnten Orte tatsächlich existieren, entspringen die Tatorte sowie die Außenstelle des Landeskriminalamtes Niederösterreich bewusst ebenfalls der Fantasie der Autorin.

# Kapitel 1

Fröhlich vor sich hin summend, faltete Henriette Weißhuber die rot-schwarz-grün-karierte Picknickdecke, bis diese in den bereits auf dem Küchentisch wartenden weißen Korb passte. Danach überprüfte sie zum gefühlten hundertsten Mal, ob sie auch wirklich alles eingepackt hatte. Belegte Brötchen, Gemüsespieße, Kräuterdip, zwei Flaschen Wein, selbst gemachte Pralinen und ihr unübertrefflicher Schokoladekuchen – ja, alles war da, wo es sein sollte. Dem romantischen Blind-Date-Picknick stand also nichts mehr im Wege. Fast nichts.

Immerhin galt es nun noch, die schwierige Wahl des perfekten Outfits zu treffen. Obwohl sie gestern einige Stunden in dem im Vorjahr eröffneten Kremser Shoppingcenter verbracht hatte und nun im Besitz eines atemberaubenden roten Sommerkleides samt passendem Bolero, geblümtem Seidenschal und beinahe mädchenhafter Ballerinas war, fühlte sie sich in dieser Frage unsicher.

Es war einfach schon viel zu lange her, dass sie sich für ein Rendezvous oder Date, wie man heute wohl sagte, zurechtgemacht hatte. Nach dem Tod ihres Gatten war sie ganz froh gewesen, ihre Ruhe von der Männerwelt zu haben. Die neu gewonnene Freiheit hatte ihr gutgetan. Aber das war mittlerweile über zehn Jahre her, und irgendwann hatte sie plötzlich diese Sehnsucht verspürt. Diese Sehnsucht nach einem Paar starker Arme, nach einer Schulter, an die sie sich lehnen konnte.

Mittlerweile war Henriette von der Küche ins Schlafzimmer getänzelt, wo sie das auf dem Bett liegende rote Sommerkleid skeptisch betrachtete. War es nicht doch etwas zu jugendlich für sie?

Schmeichelte es ihrer Figur tatsächlich, oder hatte die freundliche Verkäuferin nur versucht, sie einzulullen, um das Kleid an den Mann oder, besser gesagt, die Frau zu bringen? Langsam schlüpfte Henriette aus ihrem bequemen Jogginganzug, wobei sie einen kurzen Blick in den großen Spiegel warf, der an der gegenüberliegenden Wand angebracht war. Zufrieden lächelte sie. Ihr Körper konnte sich durchaus noch sehen lassen. Dass sie bereits die Sechzig überschritten hatte, sah man ihr wirklich nicht an. Das lag vielleicht auch daran, dass sie nie Kinder bekommen hatte. Die durchgemachten Schwangerschaften hatten den Figuren der Frauen in ihrem Umfeld nicht wohlbekommen. Das war ihr erspart geblieben. Und vieles andere wohl auch.

Ein weiterer Blick in den Spiegel ließ sie erröten. Die hautfarbene Spitzenunterwäsche, die ihr die Verkäuferin zu dem roten, etwas transparenten Sommerkleid empfohlen hatte, sah beinahe sündig aus. Ein nervöses Kichern entkam Henriette, von ihren Freundinnen früher Henni genannt. War es albern, dass sie sich fühlte wie ein verliebter Teenager? Verschossen in einen Mann, den sie noch nie gesehen hatte. Den sie im Internet kennengelernt hatte. Einen Mann, der zu ihr passte wie kein anderer. Der die gleichen Interessen hatte, intelligent, humorvoll und gut aussehend war. Zugegeben, er war ein paar Jährchen jünger als sie, aber das störte doch heutzutage niemanden mehr. Was weibliche Hollywoodstars konnten, konnte sie schon lange.

Als Henriette sich das Kleid über den Kopf streifte, ging ihr Summen in ein Singen über. Singen, auch das konnte sie noch immer wie ein junges Mädchen. Das Kleid stand ihr wirklich außergewöhnlich gut. Fünfundvierzig, maximal fünfzig, mehr Jahre hätte man ihr nicht gegeben, wenn man sie darin sah. Erst recht, nachdem sie den leichten Bolero angezogen, den seidigen Schal um ihren nur ein klein wenig faltigen Hals geschlungen hatte und in die Ballerinas geschlüpft war. Ihr blondiertes, welliges, schulterlanges Haar würde sie offen tragen, das schmeichelte ihrem Gesicht. Die schwarz umrandete Brille hatte sie abgelegt und ihre

Kontaktlinsen eingesetzt. So sah man die großen braunen Augen besser. Ein letzter prüfender Blick in den Spiegel gab ihr die Sicherheit, sich doch für das richtige Outfit entschieden zu haben. Sie sah einfach umwerfend aus. Genauso, wie man bei einem ersten Date eben aussehen sollte.

Die Aufregung nun immer stärker spürend, tanzte Henriette zurück in die Küche, um den weißen Picknickkorb zu holen. Die Zeit drängte, immerhin wollte sie nicht zu spät zum ersten Blind Date ihres Lebens kommen. Von dem kleinen einsamen Häuschen, das sie nach dem überraschenden Tod ihres Mannes bezogen hatte, waren es zwar nur einige wenige Gehminuten bis zu dem idyllischen, versteckten Donaustrand, den er als Ort des Rendezvous vorgeschlagen hatte, aber Pünktlichkeit war schließlich eine Tugend. Oder ließ man jüngere Männer schon mal ein wenig warten?

Ein dummer Gedanke, der ihr viel zu riskant erschien. Zu wichtig war ihr, dass heute nichts schieflief. Dieser Tag würde perfekt werden, das musste er einfach. Als sie, noch immer summend, die Haustür hinter sich zuzog, fiel Henriettes Blick auf die violette Handtasche, in der sie ihr Notfallset aufbewahrte. Einen Moment dachte sie daran, sie mitzunehmen. Schließlich entschied sie sich kopfschüttelnd dagegen. Die klobige Tasche passte heute überhaupt nicht zu ihrem Outfit, und nachdem sie das Essen ohnehin selbst zubereitet hatte, brauchte sie diese auch nicht.

*

»Also bitte, wir warten gespannt. Was wolltet ihr uns heute denn unbedingt Besonderes mitteilen? Bekommt ihr vielleicht auch einen Hund?« Meierhofer blickte seine Tochter Marianne und Karl, seinen Schwiegersohn, interessiert an. Dabei hielt er die Grillzange in der rechten Hand wie sein Volksschullehrer früher den Rohrstab, während er mit der linken nach einer Dose Bier griff. Alkoholfrei versteht sich.

Marianne errötete, und Karl lachte kurz auf, bevor er erwiderte: »Knapp daneben. Wir bekommen keinen Hund, sondern ein Kind.«

Meierhofer verschluckte sich an seinem Bier und begann bellend zu husten, was Einstein, den kleinen Malteserrüden, dazu veranlasste, eine Runde mitzubellen. Irene, die gerade die Salate ausgeteilt hatte, ließ das Salatbesteck fallen, klatschte begeistert in die Hände und rief: »Nein, das gibt's doch nicht! Ihr bekommt ein Kind?! Lass dich umarmen, mein Schatz!«

»Aber ihr habt doch schon ein Kind«, meinte Meierhofer nüchtern, als er mit dem Husten fertig war. Marianne, die von Irene beinahe erdrückt wurde, lächelte ihren Vater mitleidig an und antwortete: »Stell dir vor, Papa, es soll Leute geben, die sogar drei oder vier Kinder in die Welt setzen.«

»Heißt das, du bist schwanger?«, hakte der Chefinspektor ungläubig nach.

Marianne stand auf, zog ihr weites T-Shirt in die Höhe und präsentierte ein klitzekleines Babybäuchlein. »Ja, das heißt es. Im Dezember ist es so weit. Es wird ein Schütze, so wie du, Papa.«

Meierhofer wusste nicht so recht, ob er sich über diese Nachricht freuen sollte. Er mochte seine Familie so, wie sie war. Irene und er, Marianne und Karl und Lukas, sein dreizehnjähriger Enkel, der das Glück perfekt machte. Nicht, dass er Babys nicht mochte, aber eine weitere Schwangerschaft bedeutete, dass er wieder anfangen würde, sich Sorgen um seine Tochter zu machen. Würde alles gut gehen? Würde sie die Schwangerschaft und die Geburt heil überstehen? Durch Irenes Fehlgeburten war das Thema Schwangerschaft bei Meierhofer einfach nicht positiv besetzt. Aber das konnte er Marianne natürlich nicht spüren lassen. Also nickte er langsam und rang sich dann dazu durch, ein »Gratulation!« herauszupressen.

Lukas, der bisher geschwiegen hatte und der die Skepsis seines Opas zu spüren schien, verdrehte die Augen und motzte: »Ich kapiere auch nicht, warum sie sich das nochmal antun.«

Meierhofer konnte seinen Enkel bestens verstehen. Der war über mehr als ein Jahrzehnt der alleinige *Prinz* der Familie gewesen, der Mittelpunkt des elterlichen und großelterlichen Universums. Diesen Platz nun mit jemand anderem teilen zu müssen, fiel ihm sicher nicht leicht.

»Wisst ihr denn schon, was es wird?«, erkundigte sich Irene, der das Glück ins Gesicht geschrieben stand. Meierhofer ahnte, dass seine bessere Hälfte sich insgeheim immer eine Enkelin gewünscht hatte, vielleicht ging dieser Wunsch ja nun in Erfüllung?

Marianne schüttelte den Kopf. »Nein, dafür ist es noch zu früh. Außerdem wollen wir uns dieses Mal überraschen lassen.«

Irene war die Enttäuschung deutlich anzusehen. »Überraschen lassen? Das heißt, ihr wollt uns nicht sagen, ob es ein Bub oder ein Mädchen wird? Aber dann weiß ich doch gar nicht, ob ich rosa oder blaue Babysachen stricken soll!«

Karl drückte sanft die Hand seiner Schwiegermutter und meinte schmunzelnd: »Dann strickst du eben gelbe Hauben und Fäustlinge, die können beide tragen.«

Babysachen, Hauben, Fäustlinge in Gelb, Blau oder Rosa – Meierhofer verspürte das dringende Gefühl, vom Thema ablenken zu müssen. »Die Würstel sind fertig!«, rief er ein wenig zu euphorisch. »Wer hat Lust auf Käsekrainer, wer möchte Berner Würstel? Dicke und dünne Bratwürstel habe ich auch anzubieten.«

Als wenig später alle mit Genuss Würstel in Irenes traumhafte selbst gemachte Soßen tunkten, Meierhofers Grillkünste lobten und sich über die knusprigen Ofenkartoffeln hermachten, fand der Chefinspektor den Gedanken, noch ein Enkerl zu bekommen, nicht mehr ganz so schlimm. Ein wenig Windelwechseln, Breifüttern und Kinderwagenschieben würden ihm schon nicht schaden. Und wenn es ihm zu viel werden würde, konnte er sein Enkerl einfach wieder bei Marianne und Karl abgeben. Das war das Schöne am Opa-Dasein – man pickte sich die Rosinen aus dem Kuchen, und den trockenen Teig überließ man den Eltern des Kindes. Den trockenen Teig namens Erziehung.

Meierhofers Blick fiel auf Marianne, die mit großem Appetit aß. Sie sah glücklich aus, genau wie Karl. Anscheinend hatten sich die beiden bewusst dafür entschieden, noch einmal Nachwuchs zu bekommen. Ein zweites gesundes Kind, dieses Glück wünschte er ihnen. Ein Glück, das Irene und ihm damals nicht gewährt worden war.

*

Die drei Jugendlichen lachen leise. Sie sind auf dem Weg zu ihrem geheimen Donaustrand-Stückchen. Dem kleinen Strandteil, der zwischen dichten Büschen und Bäumen versteckt ist und den nur wenige kennen. Der weiße Kies dort und die vorbeirauschende Donau machen ihn zu etwas ganz Besonderem. Man fühlt sich, als wäre man plötzlich weit weg, nicht hier zu Hause, sondern am Meer. Aber das ist den Jugendlichen eigentlich egal. Sie kommen nicht hierher, um die Landschaft zu bewundern. Ihnen ist es wichtiger, nicht gesehen zu werden. So kann man einfacher das machen, was man eigentlich nicht sollte. Darauf deutet auch die Wodkaflasche hin, die einer der Burschen, der kaum älter als fünfzehn ist, in der Hand hält.

Für Mitte Juni ist es heute ziemlich heiß, vielleicht können sie also sogar schwimmen gehen. Besser noch, bevor sie die Wodkaflasche geleert haben, immerhin ist die Strömung der Donau an dieser Stelle nicht zu unterschätzen.

Als sie zwischen den Bäumen hindurchschlüpfen und sich *ihrem* Strandstück nähern, merken sie sofort, dass etwas nicht stimmt. Sie sind nicht alleine.

»Oida, so a Schaß. Wos wü die Oide do, Havara?«, murrt einer der drei, ein schmächtiger Sechzehnjähriger, derb. Dass *die Oide* nicht auf seinen Kommentar zu reagieren scheint, wundert ihn nicht.

»Drah ma wieda um«, meint der Wodkaflaschenträger ebenfalls frustriert.

Der älteste der drei Jugendlichen schüttelt den Kopf. Er spürt, dass hier etwas ganz und gar nicht in Ordnung ist. Langsam geht er auf die Frau im roten Sommerkleid, die auf einer rot-schwarz-grün-karierten Decke liegt, zu.

»Hallo, geht's Ihnen nicht gut? Brauchen Sie was?«, fragt er dabei vorsichtig.

Als die Frau immer noch nicht reagiert, tritt er noch ein bisschen näher an sie heran. So nahe, dass er ihr Gesicht sehen kann.

Die Shisha in seinen Händen fällt klirrend zu Boden, während er einen schrillen Schrei des Entsetzens ausstößt. Er hat zwar schon jede Menge Horrorfilme gesehen, aber das Bild dieser Frau, so ganz in echt, übertrifft alles.

Ihr Gesicht und ihr Körper scheinen seltsam geschwollen, ihre Haut, die Lippen und Nägel wirken bläulich, außerdem ist ihr Kleid im Hüftbereich nass und bräunlich verfärbt. Der Junge spürt, wie ihm übel wird.

»Scheiße, die Oide is im Oarsch«, murmelt er, bevor er sich auf den weißen Kies übergibt.

# Kapitel 2

Meierhofer war eigentlich ganz froh, dass er angerufen worden war, um zum Fundort eines weiblichen Leichnams zu kommen. Wochenende hin oder her.

Nach Beendigung des Grillgelages hatte es bei ihnen zu Hause plötzlich wieder nur ein Thema gegeben: das Baby. Irene hatte Marianne Löcher in den Bauch gefragt. Wörter wie Eisprung, Verhütung, Befruchtung, Einnistung, Schwangerschaftstest, Frauenarzt, Ultraschalluntersuchung, Morgenübelkeit und Mutter-Kind-Pass waren gefallen. Das war, bei aller Liebe, sogar einem modernen Mann wie ihm zu viel. Schön und gut, dass Marianne ein zweites Kind erwartete, aber musste man wirklich jedes kleinste Detail dieses intimen Ereignisses be- beziehungsweise zerreden? Vor allem dann, wenn man noch gar nicht wusste, ob auch sicher alles gut gehen würde?

Nun war Meierhofer unterwegs zu einem kleinen Donaustrandabschnitt, von dem er bisher noch nie gehört hatte. Sicher, die berühmten Donaustrände der Wachau, wie zum Beispiel den in Rossatz-Arnsdorf, den bei Spitz oder den in Weißenkirchen, die kannten und liebten sie alle – die Einheimischen wie die Touristen – aber das Stückchen Strand, von dem der uniformierte Kollege am Telefon ihm berichtet hatte, war dem Chefinspektor kein Begriff.

Stefano würde auch zum Tatort kommen – ein Gedanke, den Meierhofer tröstlich fand – so hatte er wenigstens jemanden, dem er von dem Schwangerschaftswahnsinn, der bei ihm zu Hause ausgebrochen war, berichten konnte.

Einige Streifenwagen lenkten die Aufmerksamkeit des Kriminalbeamten auf sich. Hier musste es anscheinend sein.

Tatsächlich trat in diesem Moment ein wie immer todschick gekleideter Stefano Staudinger auf die Straße, um seinem Chef den Weg zum Fundort der Leiche zu zeigen.

»Hallo, alter Mann. Tut mir leid, dass wir dich von deinen Würsteln weglocken mussten, aber die Arbeit ruft«, begrüßte er Meierhofer augenzwinkernd.

Der klopfte sich auf den Bauch und erwiderte schmunzelnd: »Keine Sorge, Stefano, ein paar Käsekrainer und Berner Würstel hab ich mir schon einverleibt gehabt, als du angerufen hast. Nur um die Nachspeise falle ich jetzt leider um, aber das tut meiner Wampe eh ganz gut.«

Staudinger lachte auf: »Von wegen Wampe! Dein Bauch hat schon ganz anders ausgesehen, mein Lieber. Ich finde, du hältst dich tapfer. Aber lass uns von etwas anderem sprechen. Dem Grund, weshalb wir hier sind.«

»Gerne, Stefano. Also, warum genau sind wir hier?«

Der Gruppeninspektor deutete seinem Chef, ihm zu folgen, und begann zu erklären: »Drei Jugendliche haben vor etwa einer Stunde eine weibliche Leiche gefunden. Eine Zeit lang haben sie gezögert, was sie tun sollen, wahrscheinlich, weil sie eine Shisha, Zigaretten und Wodka dabeihatten, dann haben sie aber schließlich doch einen Notruf abgesetzt. Zum Glück – hätte sonst wohl noch ein Weilchen gedauert, bis man die Gute gefunden hätte.«

Meierhofer nickte langsam. »Sieht es nach Fremdverschulden aus?«

Staudinger schüttelte den Kopf. »Nein, der *erste* Eindruck lässt nicht auf Fremdverschulden schließen. Sie hat keine äußeren Verletzungen, ist ziemlich blau im Gesicht, und ihr Körper ist angeschwollen. Außerdem ist ihr Kleid voller Urin und Kot.«

»Klingt nach einem anaphylaktischen Schock«, warf der Chefinspektor, der erst kürzlich im Fernsehen eine Doku zum Thema Allergien gesehen hatte, ein. »Vermutlich ein Bienen- oder Wespenstich. Also ein mehr oder weniger natürlicher Tod.«

»Daran habe ich auch gleich gedacht«, stimmte Staudinger zu, »allerdings gibt mir der Fundort des Leichnams Rätsel auf.«

Meierhofer zuckte mit den Schultern. Sie hatten den kurzen Strandstreifen nun erreicht, was aufgrund der dichten Büsche und Bäume, die ihn umgaben, gar nicht so einfach gewesen war. Das Rauschen der Donau, die warme Juniluft, der Blick auf das gegenüberliegende Donauufer – der Chefinspektor verstand, warum man an einem Sonntag einen Ort wie diesen aufsuchte. Das Panorama war atemberaubend.

»Aber geh, warum denn? Die Tote wird sich ein idyllisches Plätzchen gesucht haben, um den Ausblick auf die Wachau zu genießen. Bienen und Wespen gibt's halt leider sogar hier. Mich haben die Biester beim Grillen vorhin auch beinahe in den Wahnsinn getrieben.«

»Zugegeben, es spricht nichts dagegen, an einem einsamen Strandstück zu entspannen, aber wer tut das schon so?« Der Gruppeninspektor trat einen Schritt zur Seite, um den Blick auf die Leiche freizugeben.

Meierhofer stieß einen leisen Pfiff aus. Damit hatte er nicht gerechnet. Das sah tatsächlich so aus, als ob hier etwas faul wäre. Die Tote lag auf einer karierten Picknickdecke, neben der ein weißer Korb stand. Auf der Decke waren verschiedenste kulinarische Köstlichkeiten ausgebreitet. Ein halb volles Rotweinglas und ein Teller, auf dem ein Stück Schokokuchen lag, von dem bereits ein paar Bissen fehlten, machten das Sonntagspicknickbild perfekt.

»Hier möchte jemand uns den Eindruck vermitteln, dass unsere Tote alleine an diesem Donaustrand gepicknickt hat«, murmelte Meierhofer kaum hörbar, »aber wer picknickt sonntags schon alleine?«

»Vor allem in einem Outfit wie diesem?«, ergänzte Staudinger.

»Und wer schafft es schon, im Todeskampf das perfekte Picknickbild nicht zu zerstören? Wenn diese Frau an einem anaphylaktischen Schock gestorben ist, und das hier ganz alleine auf dieser Decke, dann hätte sie dabei eigentlich das Weinglas, das auf den

Kieseln unter der Decke ohnehin wackelig steht, umwerfen müssen.« Meierhofer kam nun in Fahrt.

Dem Gruppeninspektor ging es ähnlich. »Die Decke wäre nicht beinahe faltenfrei ausgebreitet, die Brötchen, der Kuchen, die Pralinen, das Gemüse – nichts davon würde so ordentlich hier liegen, wie es das tut.«

»Du hattest recht, Stefano«, meinte Meierhofer, »auf den ersten Blick sieht das hier nicht nach Fremdverschulden aus, auf den zweiten allerdings schon.«

*

»Mann, bin ich heute wieder müde, Leute. Todmüde, wenn man so will, ha, ha, ha. Simon lässt uns leider kaum schlafen, der kleine Racker. Glaubt anscheinend, er versäumt was, wenn er schlummert – ts, das muss er eindeutig von meiner besseren Hälfte haben«, jammerte Gregor, der sympathische Forensiker, der sein Ganzkörperkondom, wie er seine Arbeitskleidung stets liebevoll nannte, trug und Fotos von dem Leichnam machte.

»Sosehr ich meinen Sohnemann vergöttere, ein zweites Kind kommt mir sicher nicht so schnell ins Haus«, fuhr er fort, nachdem keiner der beiden Inspektoren auf seine Aussage reagierte. Meierhofer musste an Marianne und Karl denken. Ob sie an die Sache mit dem Schlafentzug gedacht hatten, als sie sich für erneuten Nachwuchs entschieden hatten?

»Aber geh, Gregor, schlafen kannst du auch noch, wenn du tot bist«, warf Stefano, der später sehr gerne Kinder gehabt hätte, ein. Nach momentanem Stand der Dinge war ihm das als Homosexuellem aber leider verwehrt.

Gregor gab einen grunzenden Laut von sich. »Du hast ja keine Ahnung, Kumpel. Aber lass uns das Thema wechseln! Was glaubt ihr, woran die Gute hier gestorben ist?«

Meierhofer ließ den Blick erneut über die Tote schweifen, dann antwortete er: »Wir denken, dass es sich um einen anaphylaktischen Schock handelt. Eventuell ausgelöst durch einen Bienen- oder Wespenstich.«

»Oder aber durch etwas, das sie gegessen hat. Wisst ihr, meine Schwägerin, die ist gegen Pollen allergisch und hat eine Kreuzallergie. Wenn die Nüsse isst, bekommt sie alle Zustände. Wäre angeblich schon mal fast an einer Portion Studentenfutter erstickt«, sprudelte es aus Gregor heraus, »deshalb kocht meine Frau auch immer …«

»Ah, die Herren übernehmen wieder einmal meine Arbeit. Dann kann ich ja eigentlich gleich wieder gehen!«, tönte es ein wenig beleidigt aus dem Gebüsch, das den Strandabschnitt umgab.

»Nein, Ulrich, tu uns das bloß nicht an«, erwiderte Staudinger übertrieben theatralisch. »Was sollen wir ohne den fachmännischen Rat des Herrn Doktors nur anfangen?«

Meierhofer, der Dr. Ulrich Fläderer nur bedingt liebenswert fand und nicht verstand, warum Stefano einen Narren an ihm gefressen hatte, räusperte sich laut. »Darf ich um ein wenig mehr Ernst bitten, Kollegen! Immerhin geht es hier um einen Todesfall.«

Ein dreistimmiges »Aber natürlich, Herr Chefinspektor!«, gefolgt von erfrischendem Gelächter, war die Folge.

»Ach, habt mich doch gern! Immer dasselbe mit euch. Ich frag mich, wann ihr endlich erwachsen werdet«, murmelte Meierhofer, der sich ein Schmunzeln nicht verkneifen konnte, bevor er wieder ernst wurde.

»Bitte, Ulrich, sag mir, dass wir mit unserem ersten Eindruck richtigliegen! Das sieht doch nach den typischen Anzeichen eines anaphylaktischen Schocks aus, nicht wahr?«, fragte er den Gerichtsmediziner, während er den Leichnam umkreiste – kritisch beäugt von Gregor, der Sorgen um seine Spuren hatte.

Dr. Fläderer wandte sich der Toten zu und begutachtete diese eine Weile stumm, bevor er eine erste Meinung abgab. »Ich glaube, ihr dürftet mit eurer Einschätzung tatsächlich ins Schwarze getroffen haben. Es könnte sich hierbei wirklich um tödliches Kreislaufversagen infolge einer Anaphylaxie handeln. Seltsam finde ich allerdings, dass jemand, der so intensiv allergisch reagiert, kein Notfallset dabeihat. Das sollte doch heutzutage eigentlich nicht mehr passieren.«

»Vielleicht wusste sie nicht, dass sie Allergikerin ist. Bei meiner Schwägerin wurde die Allergie auch erst sehr spät diagnostiziert. Ich glaube, sie war da schon vierzig oder so. Ist die ältere Schwester meiner Frau, müsst ihr wissen.«

Meierhofer schoss wieder einmal durch den Kopf, dass es unglaublich war, wie viel und schnell Gregor reden konnte. Dann sagte er: »Ich vermute eher, jemand wollte, dass sie ihr Notfallset nicht dabeihat.«

Dr. Ulrich Fläderer blickte erstaunt auf. »Denkt ihr etwa, dass es sich hier um Tod durch Fremdverschulden handelt? Glaubt ihr, man hat diesen anaphylaktischen Schock bewusst provoziert, um die Frau zu töten? Sieht das für euch tatsächlich nach Mord aus?«

Staudinger nickte. »Allerdings, das tut es. Möglicherweise eine Berufskrankheit, Ulrich. Was meinst du, wie lange ist sie schon tot?«

Fläderer, der mittlerweile die Körpertemperatur der Verstorbenen gemessen hatte, zögerte einen Moment. »Genau kann ich das natürlich nicht sagen, aber so, wie's aussieht, noch nicht sehr lange. Zwei Stunden, höchstens drei.«

»Zwei Stunden? Wenn das stimmt, hätten die Jugendlichen, die sie gefunden haben, sie vielleicht noch retten können, wenn sie etwas früher dran gewesen wären«, meinte Staudinger betroffen.

Meierhofer schüttelte skeptisch den Kopf. »Oder aber, sie hätten den Täter, so es einen gibt, bei frischer Tat ertappt und wären selbst in Gefahr geraten. Es ist, wie's ist. Das Schicksal hat zugeschlagen, und die Zeit kann leider nicht zurückgedreht werden.«

Dr. Fläderer unterbrach die philosophischen Gedankengänge der beiden Kriminalbeamten. »Ich schlage vor, ihr lasst mich den Leichnam in Ruhe obduzieren, und dann schauen wir weiter. Alles andere ist momentan reine Spekulation. Gebt mir ein paar Tage Zeit, dann wisst ihr Genaueres.«

»Ein paar Tage?« Staudinger, der nicht allzu geduldig war, tat entsetzt.

Der Gerichtsmediziner lächelte. »Na gut, ich sehe, was sich machen lässt. Vielleicht schaffe ich es ja auch schneller. Bis dahin könnt ihr euch damit beschäftigen, wer die Dame hier überhaupt ist beziehungsweise war, oder wisst ihr das schon?«

Meierhofer und Staudinger blickten einander an. Nein, das wussten sie noch nicht.

# Kapitel 3

»Lassen S' mich durch, ich muss mir das anschauen!« Eine schrille Frauenstimme riss die beiden Inspektoren aus ihrem Moment der Stille.

Gregor, der nichts schlimmer fand als den Gedanken an eine Tatortkontamination, schrie auf: »Bleiben Sie sofort stehen!«

Die ältere Dame, die sich durch das Gebüsch hinter dem Donaustrandstück kämpfte, erstarrte augenblicklich und hob hektisch die Hände. »Nicht schießen, ich bin unbewaffnet!«, rief sie.

Beinahe alle am Tatort Anwesenden mussten schmunzeln. Der etwa Siebzigjährigen im Hauskittel samt Lockenwicklern in den Haaren hätte man das Mitführen einer Pumpgun oder anderer Waffen auch nicht wirklich zugetraut. Nur Gregor, der die drohende Tatortverunreinigung nicht einmal annähernd witzig fand, blieb ernst: »Was machen Sie hier?! Haben Sie das rot-weiße Absperrband nicht gesehen?!«

Die Frau zuckte mit den Schultern. »Doch, aber ich bin noch recht rüstig für mein Alter. Bin einfach untendrunter durchgeschlupft.«

Staudinger und Meierhofer kämpften beide gegen ein Lachen an, was man ihnen deutlich anmerkte.

»Ich muss mir unbedingt die Leich' anschauen, die mein Enkerl heute gfunden hat. Sie müssen wissen, der Robin, der hat so ein neues Dings, so eine Smartphone gekriegt, von seinem Vater, dem Gauner, mit dem kann der Fotos machen, ich sag's Ihnen, das is a Wahnsinn. Und er hat mir grad vorhin das Foto von der Leich' zeigt, die er und die andern Burschen gfunden haben. Die armen Kinder. Wollten eigentlich nur schwimmen gehen und dann das.

Also, unser Robin, der hat jetz' wirklich einen Schock, der arme Bub.«

Meierhofer, der wusste, was der arme, wahrscheinlich gar nicht mehr so kindliche Robin und seine Kumpels wirklich vorgehabt hatten, und der es widerlich fand, dass die Burschen die Tote fotografiert hatten, um mit ihrem Fund hausieren zu gehen, kramte sein Schauspieltalent hervor. Er spürte, dass sich das in diesem Moment auszahlen würde. Mitleidig meinte er: »Ja, die armen Kinder. Es ist wirklich schrecklich, dass sie das erleben mussten. Mir fällt auf, dass Sie sehr aufgebracht sind, Gnädigste. Kennen Sie die Tote etwa?«

Das war ein Schuss ins Blaue. Hoffentlich saß er.

Die alte Dame nickte aufgeregt. »Deshalb bin ich ja da. Ich muss mir die Leich' unbedingt in echt anschaun. Ich glaub nämlich, dass ich sie kenn. Aber vom Foto allein kann ich das nicht so recht sagen.«

Den Chefinspektor stießen die Neugier und Sensationslust der Menschen, die diese ungeniert zeigten, sobald sie mit einem Verbrechen konfrontiert wurden, immer wieder aufs Neue ab. Trotzdem spielte er seine Rolle weiter. Eventuell würde ihnen das die Identität der Toten tatsächlich offenbaren: »Das ist aber nett, dass Sie uns da helfen wollen. Also gut, kommen Sie zu mir her! Näher dürfen Sie aber nicht an den Leichnam heran. Sie könnten sonst wichtige Spuren zerstören.«

Gregor warf Meierhofer einen entsetzten Blick zu, den dieser sofort registrierte. Er hob die Hand und stoppte damit Robins Großmutter, die sich gerade in Bewegung setzen wollte.

»Halt! Warten Sie noch einen Moment!«

Die Frau blieb erneut folgsam stehen, während Gregor zu ihr eilte und ihr kurz darauf etwas entgegenstreckte. »Bitte, verwenden Sie diesen Fußschutz!«, sagte er dabei freundlich, aber äußerst bestimmt.

Die alte Dame nickte und tat, wie ihr geheißen. Sie entstammte einer Generation, die Respekt vor der Polizei hatte. Ganz im

Gegensatz zu vielen jungen Leuten heutzutage, die nicht einmal mehr die Exekutive ernst nahmen. Wie Meierhofer erfahren hatte, waren Robin und seine Freunde den uniformierten Kollegen gegenüber nicht annähernd so freundlich und kooperativ gewesen wie seine Großmutter.

Als der Fußschutz zu Gregors Zufriedenheit so saß, wie er sollte, deutete Meierhofer der Tatort-Stürmerin, näher zu kommen. Das tat diese auch besonders vorsichtig. Sie gab ein lustiges Bild ab, als sie in Zeitlupe einen mit Plastik geschützten Fuß vor den anderen setzte, was natürlich auch an dem mitwippenden Hauskittel und den bunten Lockenwicklern lag, die nun teilweise begannen, sich zu lösen.

Sobald sie neben Meierhofer stand, reckte sie den Hals, soweit sie konnte, in Richtung der Leiche. Dann schlug sie sich schockiert die Hände vor den Mund, wobei sie einen gurgelnden Laut von sich gab. Es dauerte eine Weile, bis sie sich wieder gefangen hatte.

»Ich hab's gwusst! Sie ist es. Das ist die Mutzbacher Dorothea, Gott hab sie selig«, stieß sie schließlich flüsternd hervor.

*

Meierhofer und Staudinger hatten sich ein Plätzchen nahe des Tatorts gesucht, wo sie in Ruhe mit Robins Großmutter, die Cecilia Habermüllner hieß, reden konnten, ohne Gregor und Dr. Fläderer bei der Arbeit zu stören.

»Und Sie sind sich hundertprozentig sicher, dass es sich um diese Dorothea Mutzbacher handelt?«, fragte Staudinger eindringlich nach.

Cecilia Habermüllner nickte. Sie sah ein wenig mitgenommen aus, Meierhofer ging aber davon aus, dass sie die Situation trotzdem genoss. Immerhin war sie diejenige, die der Polizei auf die Sprünge helfen konnte. Das machte sich auch später im Ort gut als Gesprächsstoff. Die nächsten Kaffeekränzchen und Tratschereien am Gartenzaun waren gesichert.

»Ja, das ist auf alle Fälle die Dorothea. Ich kenn sie schon seit fast zwanzig Jahren, seit sie damals bei uns im Dorf den Laden aufgmacht hat. Jeder kauft bei der Dorothea ein. Damit spar ma uns die Fahrt nach Krems.«

Staudinger machte sich eifrig Notizen, während der Chefinspektor vor allem konzentriert beobachtete, was im Gesicht seines Gegenübers vor sich ging. Bis jetzt schien Cecilia Habermüllner ihnen die Wahrheit zu sagen – aber wieso hätte sie auch lügen sollen? Er räusperte sich, dann sagte er: »Ist Dorothea Mutzbacher verheiratet? Hat sie Kinder?«

Frau Habermüllner, die während des Gesprächs die Lockenwickler aus ihrem grauen Haar entfernte, weil diese sich nun endgültig selbstständig machen wollten, nickte erneut.

»Ja, die Dorothea is früher verheiratet gwesen. Bis ihr Mann gstorben is. 'S is schon ein paar Jährchen her. Aber viel gredet hat sie nie über ihren Mann. Der hat ihr auch nie im Gschäft gholfen. Kinder hats auch keine ghabt. Ich glaub, das wollt sie gar nicht. Aber wirklich was erzählt über ihr Privatleben, das hat sie uns eigentlich nie. Als wär das alles ein großes Geheimnis gwesen.«

Meierhofer legte die Stirn in Falten. Eine gut aussehende Frau um die fünfzig, so alt schätzte er Dorothea Mutzbacher, die ein Geschäft besessen, aber nichts über ihr Privatleben ausgeplaudert hatte. Das klang interessant. Unkonventionell und ein wenig spannend. Normalerweise wussten in kleinen Dörfern doch alle über jeden Bescheid. Noch dazu, wenn jemand einen Laden im Ort besaß, also zu den bedeutenden Persönlichkeiten gehörte.

Staudinger blickte von seinen Notizen auf und meinte: »Denken Sie, dass Dorothea Mutzbacher Feinde hatte? Fällt Ihnen irgendjemand ein, der sie nicht mochte?«

Cecilia Habermüllner hielt kurz in ihrer Bewegung inne. Sie überlegte konzentriert, schließlich antwortete sie: »Ich glaub, dass viele Frauen im Ort eifersüchtig auf die Dorothea waren. Weil die so gut ausgschaut hat mit ihren zweiundsechzig Jahren.«

Die beiden Inspektoren warfen einander erstaunte Blicke zu. Dass die Tote vom Donaustrand bereits über sechzig war, hätten sie beide nicht geglaubt. Nicht einmal in dem schrecklichen Zustand, in dem sie nun war, sah man ihr das an.

»Sie war immer fesch, hat eine Figur wie ein junges Mäderl ghabt. Da wird man schon a bisserl neidig, wenn man eine ganz normale Frau ist, die die besten Jahre schon hinter sich hat. Die Männer sind halt auch auf sie gstanden. Das is vielen Ehefrauen sauer aufgstoßen. Wenn ihre Alten freiwillig einkaufen gangen sind, dann immer zur Dorothea. Verstehen S', was ich meine?«

Meierhofer musste sich ein Schmunzeln verkneifen. Anscheinend war es in seiner Generation immer noch nicht selbstverständlich, dass auch Männer regelmäßig einkaufen gingen. Er war seiner Zeit eben stets ein wenig voraus gewesen, was diese Emanzipationssache anging.

»Ich versteh, was Sie meinen«, erwiderte der Chefinspektor schließlich ein wenig amüsiert. Seinen jungen Kollegen beschäftigte etwas ganz anderes: »Der Laden von Dorothea Mutzbacher, der ist also hier im Ort, Frau Habermüllner?«

Die Angesprochene schüttelte entsetzt den Kopf.

»Nein, Maria und Josef, das hab ich jetzt ganz vergessen. Die Dorothea und ich, wir wohnen nicht hier, am nördlichen Donauufer. Wir sind von der anderen Seitn der Donau. Ich hab nur meine Tochter heute besucht, die hat mir grade die Haare eindraht, da is dann plötzlich der Robin mit sein Handy in der Hand dagstanden. Er hat mir gsagt, wo ich den Strand find. Von dem Stückerl hier hab ich vorher noch nie was ghört oder gsehn.«

Meierhofer horchte auf. Das wurde ja immer interessanter. Warum sollte jemand, der am südlichen Donauufer lebte, wo es genau wie am nördlichen zahlreiche traumhafte Strandabschnitte gab, sonntags an das gegenüberliegende Ufer fahren, um alleine ein Picknick zu machen? Das klang doch reichlich seltsam.

Hatte jemand Dorothea Mutzbacher hierhergelockt? Und dann beschlossen, dass dieser kleine Donaustrand ihr Todesort werden sollte? Ihre Endstation sozusagen. Und wie genau hatte die- oder derjenige sie schließlich ermordet? Was war tatsächlich der Auslöser des anaphylaktischen Schocks gewesen? Fragen über Fragen rasten durch den Kopf des Chefinspektors. Darunter auch eine: Sahen sie Gespenster? War es eventuell doch gar kein Mordfall, in dem sie nun zu ermitteln hatten, sondern ein natürlicher Tod, der einfach ein wenig seltsam daherkam?

»Danke, Frau Habermüllner. Sie können jetzt gehen. Wenn Sie uns vielleicht noch die Adresse von Frau Mutzbachers Laden und Ihre Telefonnummer dalassen könnten, falls wir noch Fragen haben. Meine Karte gebe ich Ihnen vorsichtshalber auch. Könnte ja sein, dass Ihnen noch etwas einfällt«, beschloss Meierhofer seufzend das Gespräch. Jetzt brauchte er erst einmal einen guten Kaffee. Vielleicht würde er ja danach klarer sehen.

*

»Ich werde noch einmal Opa«, offenbarte Meierhofer seinem Freund Stefano, als er endlich einen Latte Macchiato vor sich stehen hatte. Die beiden saßen in einem kleinen Wachauer Kaffeehaus, und zumindest der Gruppeninspektor genoss die warme Spätfrühlingssonne. Im Gegensatz zu seinem Vorgesetzten, der ein erklärter Wintermensch war, konnte es ihm gar nicht heiß genug werden. Das lag vermutlich auch an seinen zum Teil italienischen Wurzeln.

»Mamma mia, das sind aber tolle Nachrichten! Hans Meierhofer wird zum zweiten Mal Nonno! Herzlichen Glückwunsch!«, gratulierte Staudinger ehrlich berührt.

Meierhofer nahm achselzuckend einen Schluck seines großartigen Kaffees und erwiderte dann: »Ich weiß nicht so recht, ob ich mich darüber freuen soll.«

Stefano stach mit der Gabel einen Bissen des Kirschkuchens ab, der vor ihm auf einem Dessertteller lag – was der Chefinspektor neidisch beobachtete –, und sagte: »Aber wieso denn das, Hans?

Du bist doch ein toller Opa. Lukas kann sich glücklich schätzen, dich zu haben. Das schaffst du schon noch ein zweites Mal.«

Meierhofer beobachtete, wie das Stück des köstlich duftenden Kirschkuchens in Stefanos Mund verschwand. Nur zu gerne hätte er sich auch eine der himmlischen Mehlspeisen gegönnt, die ihn vorhin aus der Vitrine mitten im Kaffeehaus angelacht hatten, aber seit seinem letzten Blutbefund vorige Woche war wieder einmal Schluss mit dem Sündigen. Sowohl seine Cholesterinwerte als auch die Triglyceride hatten sich erneut in unerwartete Höhen begeben – etwas, das Irene gar nicht lustig fand. Sie wollte noch viele Jahre ihren Hans an ihrer Seite wissen, hatte sie gemeint und deshalb abermals Süßes, Fettiges und allzu Cholesterinreiches von seinem Speiseplan gestrichen. Nur seinen Latte Macchiato, den ließ der Kriminalbeamte sich diesmal nicht verbieten. Ein weiteres Mal blickte er auf den Kirschkuchen auf Stefanos Teller. Nein, er würde der Versuchung widerstehen! Die Würsteln heute Mittag und Irenes selbst gemachte Soßen waren ungesund genug gewesen.

»Also, sag schon, Hans, was macht dir Sorgen?!«, riss Staudinger seinen Chef aus den Gedanken.

»Du weißt doch, dass Irene einige Fehlgeburten hatte. Damals, als wir mit der Familiengründung beschäftigt waren. Ich glaube, seitdem ist das Thema Schwangerschaft bei mir einfach nicht positiv besetzt. Marianne ist mein einziges Kind. Ich habe große Angst, dass ihr etwas passieren könnte«, erklärte Meierhofer leise.

Staudinger kaute auf einem weiteren Stück Kuchen, während er antwortete: »Aber geh, heutzutage passiert doch bei Geburten nichts mehr.«

»Nein, ganz so ist es nicht, Stefano. Die Tochter eines Bekannten ist bei der Geburt ihres dritten Sohnes verblutet. Dinge wie diese geschehen immer noch«, belehrte der Chefinspektor seinen Freund.

Der Gruppeninspektor legte Meierhofer die Hand auf die Schulter. »Ja, Hans, das mag sein, aber es sterben auch Menschen bei

Autounfällen, Flugzeuge stürzen ab, Leute erkranken an Krebs. Das passiert alles immer wieder, deshalb heißt es aber noch lange nicht, dass es dich beziehungsweise deine Familie treffen muss.«

Der Chefinspektor leerte sein Latte-Macchiato-Glas. Dann meinte er dankbar: »Du hast ja recht, Stefano, ich sollte nicht so schwarzsehen. Wird schon alles gut gehen. Es wird übrigens ein Schütze wie ich, das Kleine.«

»Na schau, so ein wenig Schützenhilfe hat doch noch niemandem geschadet«, lautete Staudingers schmunzelnde Reaktion.

Meierhofer lächelte nun ebenfalls. Schützenhilfe, die konnte er tatsächlich immer brauchen. Wahrscheinlich auch bei den Ermittlungen in diesem neuen Mordfall, so es überhaupt einer war.

*

Als Hans Meierhofer an diesem Abend nach Hause kam, wurde er wie immer stürmisch von Einstein begrüßt, dem jede Minute ohne sein Herrchen körperliche Schmerzen zu bereiten schien. »Hallo, mein Großer, ja, ich freu mich auch wahnsinnig, dich zu sehen«, murmelte der Achtundfünfzigjährige, während er sich von dem kleinen Malteser die Hand abschlecken ließ. »Bin zu Hause!«, rief er danach, weil Irene ihn noch nicht willkommen geheißen hatte. Nicht, dass er von ihr erwartete, ihm ebenfalls freudig entgegenzulaufen – diese Zeiten waren schon seit ein paar Jahrzehnten vorbei – aber ein liebevolles »Guten Abend, mein Schatz!« hätte ihm jetzt schon gutgetan.

Nachdem auch auf sein Rufen keine Reaktion Irenes folgte, ging Meierhofer in die Küche, um im Kühlschrank nach Resten des Grillgelages zu suchen.

»Hans, es ist schon nach sechs! Nichts Schweres mehr, denk daran!«, ertönte die Stimme seiner Gattin, die das Öffnen der Kühlschranktür gehört hatte.

»Nichts Schweres mehr, denk daran«, äffte der Chefinspektor seine bessere Hälfte flüsternd nach, während er enttäuscht nach der Salatschüssel griff und die übrig gebliebenen Würsteln eisern ignorierte. Er wusste ja, dass Irene es nicht böse meinte, sondern nur auf seine Gesundheit achtete, trotzdem ärgerte es ihn. Dass sie seine netten Begrüßungsworte überhört, aber auf das Knarren der Kühlschranktür sofort reagiert hatte, das kränkte ihn doch ein wenig. Ein leises Winseln riss Meierhofer aus seinen Gedanken.

»Tut mir leid, Einstein. Heute gibt's keine Würsteln mehr. Keins für dich und keins für mich. Wir müssen schließlich beide auf unsere schlanke Linie achten.«

Das stimmte, auch der kleine Malteser neigte dazu, schnell an Gewicht zuzulegen. Einsteins Gesichtsausdruck verriet, dass er vom Diätgedanken mindestens genauso wenig hielt wie sein Herrchen.

Mit der großen Salatschüssel in den Händen, in der sich die Reste des gemischten Frühlingssalates befanden, den Irene so gerne zu Gegrilltem aß, begab Meierhofer sich langsam ins Wohnzimmer.

Dort angekommen, erkannte er, warum seine Gattin keine Zeit gehabt hatte, ihn gebührend zu empfangen. Sie lag auf der Couch, in den Händen ein Büchlein, dessen Anblick dem Chefinspektor Bauchschmerzen bereitete. Das würde ein anstrengender Abend werden.

»Was hältst du von Valentin? Ich finde Valentin ganz zauberhaft, Hans«, flötete Irene auch schon drauflos.

Nein! Nicht wieder diese Namensdiskussion! Die hatte er schon bei Marianne und Lukas gehasst.

Nüchtern erwiderte er: »Schatz, das Kind kommt im Dezember, du weißt noch nicht einmal, ob es ein Mädchen oder ein Bub wird, was du diesmal, wenn ich dich daran erinnern darf, vor der Geburt auch nicht erfahren wirst, und außerdem entscheiden den Namen immer noch die Eltern des Kindes.«

Irene blätterte weiter in dem Namenslexikon. Die Worte ihres Mannes schienen sie nicht zu beeindrucken.

»Na und, wir können ja zumindest versuchen, Marianne und Karl ein wenig zu beeinflussen.«

Meierhofer war genervt. »Ich will sie aber nicht beeinflussen, und wenn ich mich recht erinnere, brüstest du dich auch ganz gerne damit, dich nicht in das Leben deines erwachsenen Kindes einzumischen. Karl und Marianne sind alt genug. Es ist ihr Kind, und sie alleine sollen beschließen, wie das Kleine heißen wird!«, erwiderte er ein wenig zu laut und zu schroff.

Irene gab ein verächtliches Schnaufen von sich, bevor sie sich von der Couch erhob und in Richtung Badezimmer stolzierte, wo sie kurz darauf Wasser in die Wanne laufen ließ. Meierhofer wusste genau, was das bedeutete: Er hatte seine bessere Hälfte beleidigt. Schulterzuckend übernahm er die Macht über die Wohnzimmercouch. Es handelte sich zwar nicht um eine Alleinherrschaft, da Einstein das Fußende für sich beanspruchte, aber immerhin. Wenigstens musste er mit dem kleinen Malteser nicht über Kindernamen diskutieren.

# Kapitel 4

Am nächsten Morgen befand sich Meierhofer schon lange im Büro, als Staudinger endlich auch dort auftauchte. »Na, alter Mann, hat dich wieder einmal die senile Bettflucht befallen?«, lauteten die kecken Begrüßungsworte des Gruppeninspektors, der heute in frühsommerlichem Gelb strahlte – inklusive farblich passender Armbanduhr.

»Nein, im Gegensatz zu dir faulem jungen Gemüse bin ich bereits seit über einer Stunde am Recherchieren«, konterte Meierhofer lächelnd, »und ich hab auch schon einiges herausgefunden. Dorothea Mutzbacher ist oder war tatsächlich die Besitzerin eines kleinen Ladens am südlichen Donauufer. Er heißt Dorotheas Schatzkisterl, was ich ein wenig gewöhnungsbedürftig finde, aber bitte. Anscheinend handelt es sich dabei um eine gut sortierte Greißlerei – eine Greißlerei mit eigener Homepage. Frau Mutzbacher war es wohl wichtig, das Traditionelle mit dem Modernen zu verbinden. Auf der Homepage findet man übrigens auch ein Foto der Ladenbesitzerin.«

Meierhofer deutete Staudinger näher zu kommen. Der tat das auch augenblicklich und begutachtete Dorothea Mutzbachers Porträt genau.

»Auch wenn die Leiche gestern durch den anaphylaktischen Schock, so es denn wirklich einer war, entstellt wurde, würde ich sagen, dass es sich mit beinahe hundertprozentiger Sicherheit um die Frau handelt, die man hier auf dem Foto sieht«, meinte er schließlich. »Ich mache mir einen Tee, möchtest du einen Kaffee haben, Hans?«

Der Chefinspektor schüttelte traurig den Kopf. »Danke, ich

muss mich ein wenig zurückhalten. Meine Blutwerte passen wieder einmal nicht. Irene hat deshalb natürlich sofort wieder Sorge, dass mich ein Herzinfarkt dahinraffen könnte. Ich hab ihr versprochen, mich ein bisschen zu mäßigen – und wie du mich kennst, halte ich alle meine Versprechen. Aber zurück zu unserem Fall, von dem wir ja immer noch nicht wissen, ob er wirklich zu einem Mordfall wird.«

Staudinger warf den Wasserkocher an und blickte seinen Chef erstaunt an. »Zweifelst du jetzt etwa daran, dass Dorothea Mutzbachers anaphylaktischer Schock – gehen wir mal davon aus, dass es einer gewesen ist – bewusst herbeigeführt wurde?«

Meierhofer zögerte einen Moment, dann antwortete er: »Ich weiß nicht, Stefano, heute Nacht habe ich ziemlich viel gegrübelt. Und bevor du einen spitzen Kommentar vom Stapel lässt, ich habe auch keine Ahnung, warum ich nicht schlafen konnte. Vielleicht lag's am Vollmond oder dem Loch in meinem Bauch. Irene hat nämlich für sich und mich beschlossen, dass Dinner Cancelling eine der besten Methoden ist, überflüssige Pfunde loszuwerden.«

Ein leicht schadenfrohes Grinsen machte sich auf Staudingers Gesicht breit. Die Vorstellung eines mit knurrendem Magen wach im Bett liegenden Hans Meierhofers hatte in seinen Augen etwas Amüsantes.

Der Chefinspektor tat, als ob er das fiese Lächeln nicht gesehen hätte, und erklärte weiter: »Also, ich habe über Dorothea Mutzbachers Ableben nachgedacht und bin zu dem Schluss gekommen, dass wir vielleicht etwas vorschnell von einem Tod durch Fremdverschulden ausgegangen sind. Gut, Fundort und Zustand der Leiche sind ziemlich merkwürdig, aber möglicherweise sehen wir ja Gespenster. Wir sollten abwarten, bis wir genauere Ergebnisse haben – Doktor Fläderer hat mir gestern übrigens noch versprochen, sich raschest möglich darum zu kümmern – bevor wir in Richtung Mord ermitteln.«

Staudinger ließ einen Teebeutel in dem kitschigen Stefano-Häferl, das er vor einiger Zeit von Hans bekommen hatte und das ihm wirklich viel bedeutete, verschwinden. Dann goss er das kochende Wasser darüber – wenig später roch es in der Außenstelle des Landeskriminalamtes Niederösterreich zart nach Pfefferminz.

»Ich weiß nicht, Hans, dass die Frau wirklich nur Opfer eines blöden Zufalles geworden ist, kann ich mir eigentlich nicht vorstellen. Eine Allergikerin, die ohne Notfallset im Frühsommer an einem einsamen Donaustrand picknickt? Das klingt ja fast nach Selbstmordabsichten. Wenn sie gegen Wespen- oder Bienengift allergisch war, dann hätte sie so etwas doch nie getan. Ist der anaphylaktische Schock allerdings durch irgendein Lebensmittel ausgelöst worden, finde ich das Ganze noch seltsamer. Dann wäre sie doch erst recht bewusst ein großes Risiko eingegangen«, überlegte der Gruppeninspektor laut, während er den Teebeutel immer wieder hochzog und danach erneut in die mittlerweile grüne Brühe tunkte.

Meierhofer stand auf, um sich ein Glas Wasser zu holen, etwas, das ihm eigentlich körperlich wehtat. Pures Wasser machte ihn nur bedingt glücklich.

»Vergiss nicht, was Gregor von seiner Schwägerin erzählt hat. Möglicherweise wusste Dorothea Mutzbacher gar nicht, dass sie Allergikerin war. Das würde erklären, warum sie kein Notfallset dabeigehabt hat.«

Staudinger war immer noch nicht annähernd von der Unfalltheorie überzeugt: »Du hast doch den Tatort und den Leichnam selbst gesehen, Hans. Die unversehrte Decke, das Weinglas, ihr Outfit – das alles deutet wirklich nicht darauf hin, dass Dorothea Mutzbacher alleine am Strand gestorben ist. An einem kleinen Stückchen verlassenen Donaustrands, das sie zuvor ebenso alleine aufgesucht hat. Ich sag dir, die hatte ein Date – laut Cecilia Habermüllner war sie ja anscheinend ein echter Männermagnet – bei dem irgendetwas schiefgelaufen ist.« Staudinger machte eine kurze Pause, bevor er weitersprach: »Es könnte allerdings wirklich sein, dass es sich nicht um einen Mordfall handelt. Vielleicht hatte Dorothea Mutzbacher tatsächlich ein Rendezvous, bei dem sie von einer Biene oder Wespe gestochen wurde. Wenn sie von ihrer Allergie bis dahin nichts gewusst hat, sie einen qualvollen Tod gestorben ist, was ihr Angebeteter beobachten musste, ist dieser dann eventuell völlig durchgedreht. Er könnte nach Dorotheas Tod alles in Ordnung gebracht und die Spuren seiner Anwesenheit verwischt haben – aus Sorge, in die Sache verstrickt zu werden.«

Meierhofer nahm einen Schluck Wasser. »Apropos Spuren. Warten wir mal ab, ob Gregor noch etwas gefunden hat. Wäre doch möglich, dass wir uns jetzt den Kopf zerbrechen und unser Lieblingsforensiker bereits viel weiter ist als wir.«

Dem Gruppeninspektor war die Skepsis deutlich anzusehen. »Nach der Tatortkontamination durch die drei Jugendlichen würde ich nicht davon ausgehen, dass Gregors Arbeit gestern von besonderem Erfolg gekrönt wurde. Außerdem bringen uns all diese Spekulationen ohnehin nicht weiter. Ich würde sagen, wir konzentrieren uns erstmal auf Dorothea Mutzbachers Laden. Lass uns dort vorbeischauen! Einfach nur so, interessehalber. Bevor wir von Ulrich die Bestätigung bekommen, dass es sich bei der Toten tatsächlich um Dorothea Mutzbacher handelt, können wir sowieso nichts Konkreteres unternehmen.«

Meierhofer schüttete angewidert den Rest des Wassers in die Abwasch. Achselzuckend erwiderte er schlussendlich: »Also gut, dann auf zu Dorotheas Schatzkisterl!«

*

»Schick sieht der Laden aus. Ist sicher ein Touristenmagnet – so idyllisch, wie er liegt«, meinte Staudinger, als sie wenig später vor Dorotheas Schatzkisterl standen. Meierhofer nickte zustimmend. Er wunderte sich, dass ihm das Geschäft nie aufgefallen war. Immerhin kurvte er öfters durch die Wachau. Aber nachdem das Schatzkisterl etwas abgelegen im Inneren des kleinen Ortes lag und der Chefinspektor meist in Krems einkaufen ging, hatte er diese hübsche Perle wohl noch nie entdeckt.

Der Laden war im Retro-Style gehalten, sah aus, als ob er einem Heimatfilm aus den 50er-Jahren des letzten Jahrtausends entsprungen war, hatte aber dennoch einen modernen Touch. Üppiger Blumenschmuck zierte den Eingang des Geschäfts, seine Auslagen waren einladend gestaltet, und an der Glastür hing ein klassisches *Geschlossen*-Schild.

»Also, dass die Dorothea an einem Montag den Laden nicht aufmacht, is schon komisch, meinen S' nicht auch, meine Herren? Grad am Montag in der Früh rollt sonst bei der Doro der Rubel.«

Ein älterer Mann trat auf die beiden Inspektoren zu. Anscheinend ging er davon aus, dass sie vor dem Schatzkisterl wartende Kunden waren. Meierhofer gab Staudinger mit einer Kopfbewegung zu verstehen, dass er den Mann in dem Glauben lassen wollte.

»Ja, stimmt, das ist wirklich seltsam. Wir wollten uns gerade eine Jause holen, mein Kollege und ich.«

Der ältere Herr schmunzelte: »Eine Jause? Um neun? Ihr schauts aber nicht so aus, als ob ihr heut schon viel gearbeitet hättets. Aber für eine Jause von der Dorothea, da hat man immer Zeit, gell? Is scho' a fesche Katz, die Doro.«

Meierhofer, der nicht wirklich verwundert war, dass sein Gegenüber plötzlich einen amikalen Ton anschlug, versuchte, überzeugend zu wirken, als er entgegnete: »Fesche Katz ist gar kein Ausdruck. Meine Alte sollte besser nicht wissen, wo ich gerade bin. Sonst wartet sie heut' Abend zu Hause wieder mit dem Nudelwalker auf mich. Aber ich kann einfach nicht anders. Ich hoff eben immer noch, dass mich die Dorothea eines Tages erhört.« Das schmutzige Lachen, das der Chefinspektor dieser Aussage folgen ließ, war beinahe Oscar-reif. In Gedanken entschuldigte er sich zeitgleich bei seinem Irenchen, das er unter normalen Umständen nie als *seine Alte* bezeichnet hätte und das den Nudelwalker grundsätzlich nur im positivsten Sinne zum Einsatz brachte.

Auch Staudinger packte nun sein gesamtes schauspielerisches Talent aus: »Vergiss es, du alter Depp, wenn einer bei der Dorothea

Chancen hat, dann ja wohl ich.« Dabei fuhr er sich lässig durch das dunkle halbitalienische Haar.

»Dass die Dorothea neuerdings auf junges Gemüse steht, hab ich auch schon ghört. Schaut leider wirklich schlecht aus für uns beide, mein Freund.« Dorothea Mutzbachers Kunde legte Meierhofer grinsend den linken Arm um die Schulter, so als wäre er tatsächlich ein alter Kamerad des Chefinspektors. Letzterer konnte deutlich die Schnapsfahne riechen, die den älteren Herrn bereits durch den frühen Morgen begleitete. Marillenbrand zum Frühstück – auch nicht schlecht. Aber Alkohol lockerte ja bekanntlich die Zunge. Vielleicht würde er dann etwas mehr ausplaudern, wenn sie ihre Rollen weiter überzeugend spielten.

Stefano tat sein Bestes. »Ehrlich, ich hab Chancen bei der Dorothea? Wie kommst du denn darauf? Hat sie dir erzählt, dass sie auf junge Männer wie mich abfährt?«

Meierhofers neu gewonnener Kumpel löste die beinahe brüderliche Umarmung wieder und wandte sich dem Gruppeninspektor zu. »Mir nicht, aber meiner besseren Hälfte. Die wollt mir nämlich letztens eins auswischen und hat mir unter die Nase gerieben, dass ich bei der Dorothea sowieso kein Leiberl hab, weil sie sich irgendeinen Jungspund aufgrissen hat. Im Internet angeblich. Meine Frau, die is fast so was wie eine Freundin von der Doro – der erzählt die schöne Blondine schon einmal mehr als allen anderen. Ich sitz also an der Quelle.« Ein übertrieben heiteres Lachen folgte, was ebenfalls am morgendlichen Schnapskonsum liegen mochte.

»Im Internet? Ehrlich? So modern ist die Dorothea?«, hakte Meierhofer nach.

Sein *Freund* nickte. »Ja sicher, die is ja sogar auf diesem Fetzbook, oder wie das heißt. Will meine Alte jetzt auch haben, weil ihr die Dorothea so davon vorgeschwärmt hat. Als ob ich Geld für so ein Fetzbook hätt. Ts, das war wieder einmal nötig, dass die Doro ihr diesen Floh ins Ohr gsetzt hat.« Eine kurze Pause entstand, während der durchaus unterhaltsame Gesprächspartner der beiden Inspektoren kopfschüttelnd auf seine nicht vorhandene Armbanduhr blickte. Dann brummelte er mürrisch: »Schaut nicht so aus, als ob die heut' noch aufmacht. Ich glaub, ich muss mir mein Extrawurstsemmerl heut' woanders kaufen. Und ihr eure Jausen auch. Macht's gut, Burschen.«

»Mach's besser«, antwortete Staudinger, während er dem älteren Herrn nachsah, der ein wenig taumelnd in einer kleinen Gasse verschwand. Als er außer Hörweite war, meinte der Gruppeninspektor: »Glaubst du, dass da was dran ist? Hat diese Dorothea Mutzbacher sich vielleicht wirklich einen jüngeren Typen aufgerissen? Noch dazu im Internet?«

Meierhofer zuckte mit den Schultern. »Warum nicht? Sie war eine fesche und anscheinend jung geblieben-moderne Frau. Wär doch möglich, dass sie auf Fetzbook jemanden kennengelernt hat.«

Dabei betonte der Chefinspektor grinsend das Wort Fetzbook. Ein schallendes Lachen Stefanos war die Folge, das sein Chef jäh unterbrach: »So, und jetzt lass uns endlich ernsthaft ermitteln! Gespräche wie das eben geführte sind zwar recht amüsant und auch ein bisschen informativ, aber wirklich weiterbringen werden sie uns wohl kaum. Immerhin wissen wir aber jetzt, dass Dorothea Mutzbacher ihren Laden montags sonst immer pünktlich öffnet. Nachdem er heute geschlossen ist, können wir wohl vorsichtig davon ausgehen, dass unsere Tote vom Donaustrand tatsächlich die Besitzerin dieses Schatzkisterls ist.« Meierhofer wandte sich dem Klingelknopf zu, auf dem groß *Mutzbacher* stand, und drückte diesen bis zum Anschlag durch.

*

Zurück in der Außenstelle des Landeskriminalamtes Niederösterreich versuchten die beiden Inspektoren, weitere Informationen zu Dorothea Mutzbacher und ihren Familienverhältnissen zu sammeln. So richtig fündig wurden sie dabei aber nicht.

»Alles, was wir bis jetzt wissen, ist, dass Dorothea Mutzbacher mit einem Gideon Mutzbacher verheiratet war, der bereits 2004 Opfer eines tragischen tödlichen Unfalls wurde«, fasste Meierhofer die Fakten zusammen.

Staudinger übernahm: »Dorothea Mutzbacher lebt oder lebte in einer kleinen Wohnung über ihrem Schatzkisterl. Einer Wohnung, die eigentlich im Besitz ihres Mannes war und die sie nach dessen tödlichem Sturz vom Marillenbaum geerbt hat – genau wie das Schatzkisterl. Weitere Angehörige gibt es auf den ersten Blick anscheinend nicht mehr. Sind alle bereits gestorben. Wir haben also momentan niemanden, der uns die Leiche eindeutig identifizieren kann. Gefühlsmäßig denke ich aber, dass wir dieser Cecilia Habermüllner vertrauen können, auch wenn die Tote etwas entstellt war. Trotzdem sollten wir uns sicherheitshalber um einen DNA-Abgleich kümmern. Mithilfe meiner Bekannten bei der Staatsanwaltschaft wird das wohl nicht so schwierig werden.«

Hans Meierhofer, der sich gerade einen Kaffee gemacht hatte, weil es ganz ohne doch nicht ging, nickte langsam. »Ich denke auch, dass wir auf alle Fälle sichergehen sollten, dass es sich bei der Toten vom Donaustrand wirklich um Dorothea Mutzbacher handelt. Die Tatsache, dass ihr Geschäft heute Morgen nicht geöffnet hatte und wir sie auch nicht erreichen konnten, macht das zwar sehr wahrscheinlich, beweist aber noch lange nichts.«

»Ich weiß, was du meinst, Hans. Theoretisch wäre es auch möglich, dass Frau Mutzbacher einen Kurzurlaub geplant hat, von dem niemand etwas wusste«, stimmte der Gruppeninspektor seinem Chef zu.

Der räusperte sich kurz und meinte sarkastisch: »Sag bloß, du denkst dabei an einen Strandurlaub, Stefano?«

Staudinger drehte sich auf seinem Bürosessel und stand dann schwungvoll auf. »Apropos Strandurlaub. Vielleicht sollten wir die drei Jugendlichen, die die Leiche gefunden haben, befragen. Es wäre doch interessant zu erfahren, wer außer ihnen diesen Strandabschnitt noch kannte. Möglicherweise ist der ja ein Geheimtipp unter jungen Leuten … Ich hab übrigens das mit dem Internet gecheckt. Auf Fetzbook, wie unsere nette Zufallsbekanntschaft von heute Morgen meinte, findet man keine Dorothea Mutzbacher. Nicht mal eine einzige. Über dieses soziale Netzwerk kann sie also niemanden kennengelernt haben.«

»Vorausgesetzt, sie hat sich unter ihrem richtigen Namen angemeldet. Angeblich …«, entgegnete Meierhofer. Er wollte gerade weitersprechen, als das Telefon klingelte.

»Landeskriminalamt Niederösterreich, Außenstelle Krems, Staudinger, guten Tag«, flötete der Gruppeninspektor schneller, als sein Chef schauen konnte. Eine kurze Pause entstand, bevor ein Lächeln über Staudingers Gesicht huschte, gefolgt von einem freundlichen »Danke, Ulrich, wir kommen natürlich gleich«.

*

Dr. Ulrich Fläderer wirkte wie ein geschniegelter Gerichtsmediziner aus einer dieser amerikanischen Krimiserien, dachte Meierhofer wieder einmal, als sie die Wirkstätte des Arztes betraten. Jung, fesch, klug und geschäftig – trotzdem war er ihm nicht allzu sympathisch. Möglicherweise lag das daran, dass Meierhofer vor das Wörtchen *klug* gedanklich beinahe ein *alt* gesetzt hätte. Der Gerichtsmediziner war in seinen Augen ein ziemlicher Besserwisser. Auch jetzt lächelte er überlegen wissend.

»Guten Tag, die Herren. Schön, dass ihr es so rasch einrichten konntet. Wobei ja eigentlich ihr mir dankbar sein müsstet. Ich will mich nur ungern selbst loben, aber immerhin habe ich die wichtigsten Untersuchungen in einem Wahnsinnstempo erledigt.«

Der Chefinspektor schluckte einen giftigen Kommentar hinunter, während sein junger Kollege so reagierte, wie es Dr. Fläderer natürlich erwartet hatte: »Danke, Ulrich, du bist und bleibst der Beste. Also, sag schon, was hast du herausgefunden?«

Fläderer schmunzelte zufrieden, wartete einen Moment, um es ein bisschen spannender zu machen, und erklärte dann: »Ihr hattet mit eurer ersten Vermutung tatsächlich recht. Die Tote wurde Opfer eines anaphylaktischen Schocks. Der Leichnam weist keine anderweitigen Verletzungen auf. Auch Sexualkontakte unmittelbar vor ihrem Tod kann ich mit Sicherheit ausschließen.«

Nun war es an Meierhofer, Zufriedenheit auszustrahlen. Hatte ihn sein Instinkt also nicht getäuscht.

»Sie ist einfach nur von einer Biene oder Wespe gestochen worden, hab ich's mir doch gleich gedacht«, erwiderte er ein wenig selbstherrlich. »Dann liegt also wahrscheinlich gar kein Fremdverschulden vor.«

Dr. Ulrich Fläderers Gesichtsausdruck veränderte sich augenblicklich. Meierhofer befürchtete, dass nun wieder eine seiner obergescheiten Bemerkungen folgen würde. Und tatsächlich: »Da muss ich dich enttäuschen, lieber Herr Chefinspektor, aber nicht ein einziges Stichlein konnte ich am Körper der Dame entdecken. Auch war dieser frei von jeglichem Insektengift. Nein, es war etwas anderes, das ihr zum Verhängnis wurde. Eines der aggressivsten Allergene überhaupt.«

Fläderer blickte die beiden Inspektoren erwartungsvoll an. Beinahe wie ein Professor, der darauf hoffte, dass einer seiner Schüler eine kluge Antwort parat hatte.

Staudinger und Meierhofer sagten jedoch beide nichts. Sie warteten gespannt, was nun kommen würde.

Ein wenig enttäuscht fuhr der Gerichtsmediziner fort: »Ich habe selbstverständlich intensiv nach möglichen Allergenen gesucht, die unsere Tote zu Fall gebracht haben könnten. Die Analyse ihres Mageninhalts hat schließlich ergeben, dass diese kurz vor ihrem Ableben geringe Mengen von Erdnüssen zu sich genommen hat. Ich bin beinahe zu hundert Prozent sicher, dass der anaphylaktische Schock durch den Konsum dieser Peanuts ausgelöst wurde. Wie gesagt, ist die Erdnussallergie eine der gefährlichsten Lebensmittelallergien überhaupt. Außerdem hatte die Tote sonst beinahe nichts im Magen. Ich würde sagen, sie hat ein paar Mal vom Rotwein genippt und zwei, drei Bissen des Kuchens, der am Donaustrand gefunden wurde, gegessen, mehr nicht. Den Rest des üppigen Picknicks hat sie garantiert nicht angerührt.«

Die beiden Kriminalbeamten blickten einander an. Konnte es sein, dass Dorothea Mutzbacher an einer Erdnussallergie gestorben war, von der sie bisher nichts gewusst hatte? Hatte sie eventuell gar ihre eigene Henkersmahlzeit zubereitet? Oder aber war die Sachlage eine ganz andere? Handelte es sich nun überhaupt um einen durch Fremdverschulden ausgelösten Tod? War Dorothea Mutzbacher möglicherweise nur einem dummen Zufall, einem schrecklichen Missverständnis zum Opfer gefallen? War es insofern ein Unfall gewesen?

»Das Stück Schokokuchen, das wir neben der Leiche gefunden haben«, folgerte Staudinger, »wir können also davon ausgehen, dass dessen fehlender Teil sie umgebracht hat. Verstehe ich das richtig?«

Dr. Ulrich Fläderer zögerte einen Moment, dann entgegnete er: »Es deutet alles darauf hin.«

»Kannst du das verifizieren, Ulrich?«, hakte der Gruppeninspektor nach.

Ein Grinsen machte sich auf Meierhofers Gesicht breit. »Nein, dafür ist ein anderer zuständig, Stefano. Hoffentlich hast du noch ein paar Flaschen des angeblich so hervorragenden Weins vom Gut deiner italienischen Großeltern auf Lager. Ich glaube, wir müssen uns dringend mit meinem alten Freund Dieter Doppler in Verbindung setzen.«

# Kapitel 5

Den Besuch bei Dieter Doppler, dem von Meierhofer liebevoll *Freak* oder *Laborheini* genannten langjährigen Kollegen des Chefinspektors, hatten die beiden Kriminalbeamten nun doch auf den nächsten Tag verschoben. Der Fall schien nicht dringend zu sein – von Gefahr im Verzug war keine Rede – und Meierhofer wollte unbedingt vor 18:00 Uhr nach Hause kommen, um noch eine sättigende Mahlzeit zu sich nehmen zu können. Einen neuerlichen Konflikt mit Irene wollte er nicht riskieren, doch auf diesen würde es hinauslaufen, wenn er das von ihr verordnete Dinner Cancelling ignorieren würde.

Also betrat ein gut gelaunt pfeifender Hans Meierhofer um exakt 17:50 Uhr das traute Heim – in freudiger Erwartung einer ebenso gut gelaunten Ehefrau und eines opulenten Mahles. Doch alles, was auf ihn wartete, war ein aufgeregt bellender Einstein, der in bewährter Gummiball-Manier an ihm hochsprang.

»Ja, ja, passt schon, Einstein, ich freu mich auch, dich zu sehen«, begrüßte er seinen treuen Freund wie gewohnt. »Irene?! … Wo hast du denn dein Frauchen gelassen, Einstein?«

Ein fragender Blick des kleinen Maltesers war die nonverbale Antwort, mit der Meierhofer beinahe gerechnet hatte.

Seufzend schlüpfte er aus seinen neuen braunen Lederschuhen, in denen er den ganzen Tag unerträglich geschwitzt hatte, und schlurfte auf nassen Socken in die Küche, wo eine Nachricht auf ihn wartete – in antiquierter Briefform.

»Lieber Hans! Verbringe den Nachmittag und Abend mit Marianne. Wollen Babykleidung shoppen und zum Schwangerschaftsyoga. Warte nicht auf mich! Irene«, las der Chefinspektor flüsternd.

Schwangerschaftsyoga? Babykleidung? Die mussten sie doch noch von Lukas haben, oder wurden Strampler etwa auch unmodern? Und was war mit seinem Abendessen? Das hatte Irene mit keinem Wort erwähnt! Hatte sie etwa gar nichts gekocht?!

Ein enttäuschender Blick in den Kühlschrank, gefolgt von einem ebenso deprimierenden ins leere Backrohr, bestätigten Meierhofers schlimmste Befürchtungen. Da war er extra früher nach Hause gefahren, um noch ein liebevoll zubereitetes Irene-Abendessen genießen zu können, und dann das. Kalte Küche. Knurrender Männermagen.

»Na bravo, Einstein. Keiner kümmert sich um dein armes Herrchen.« Einsteins trauriger Blick bestärkte den Kriminalbeamten in seinem Selbstmitleid.

»Weißt du was, dann nutzen wir einfach die Gunst der Stunde und bestellen uns eine riesige, fettige Pizza mit allem Drum und Dran. Du verrätst mich doch nicht, Kumpel, oder?« Zum Zeichen seiner absoluten Loyalität seinem Herrchen gegenüber schleckte Einstein diesem hingebungsvoll die linke Hand ab.

»Danke, mein Großer. Gut, dann also eine Schinken-Salami-Pizza mit Pfefferoni und extra Käse. Vielleicht auch noch ein Spiegelei?«

Einstein beendete die Schleckerei abrupt.

»Nein, du hast recht, Einstein, das Ei lassen wir lieber weg. Hat viel zu viel Cholesterin«, meinte Meierhofer grinsend, während er die Nummer des Pizzaservices in sein Handy eintippte. Um kein Risiko einzugehen, verwendete er lieber nicht das Familientelefon.

Als eine halbe Stunde später der Pizzalieferant klingelte, öffnete der Chefinspektor die Tür mit einem überdimensionalen Gmundner Keramik-Teller in den Händen.

»Ah! Guten Abend! Sie waren heute aber schnell. Könnten Sie mir die Pizza bitte auf den Teller legen und den Karton gleich wieder mitnehmen«, bat er den gar nicht besonders überrascht wirkenden Pizzaboten verschmitzt.

Der tat, wie ihm geheißen, und meinte schließlich augenzwinkernd: »Lassen Sie mich raten. Ihre bessere Hälfte hat Sie auf Diät gesetzt, ist aber heute Abend nicht zu Hause. Von der großen Schinken-Salami-Pizza mit extra Käse weiß sie nichts, und damit das auch so bleibt, soll ich für Sie die Spuren verwischen.«

»Außerordentlich gut kombiniert«, erwiderte Meierhofer lachend. »Haben Sie schon mal über eine Karriere bei der Polizei nachgedacht? Ich geben Ihnen auch ein üppiges Trinkgeld, wenn Sie bis zum nächsten Mal vergessen, was hier und jetzt gerade passiert ist.«

Der Pizzalieferant klopfte sich auf seinen Bauch, der ebenfalls eher in die Kategorie *Waschbär* als in die Abteilung *Waschbrett* fiel.

»Keine Sorge, Herr Inspektor, ich verpfeif Sie nicht. Schon alleine aus Solidarität – das Trinkgeld nehme ich aber natürlich trotzdem gerne.«

Meierhofer hatte das Schweigegeld überreicht und wollte sich bereits mit seiner himmlisch duftenden Pizza nach drinnen verziehen, als der Pizzamann sich räusperte: »Darf ich Sie was fragen, Herr Inspektor? Ist die Dorothea Mutzbacher wirklich tot? Sie hat ihr Geschäft heute den ganzen Tag nicht aufgemacht, das passt eigentlich gar nicht zu ihr. Und bei uns im Ort erzählt man sich, dass sie brutal erstochen an einem Donaustrand auf der anderen Seite gefunden worden ist. Blutüberströmt, so richtig grauslich halt wie in einem Krimi.«

Der Chefinspektor wusste, wie schnell die Gerüchteküche zu brodeln begann, aber trotzdem wunderte es ihn immer wieder, welche haarsträubenden, monströsen Geschichten sich in rasender Geschwindigkeit aus dem kleinen Kern der Wahrheit entwickelten.

»Kennen Sie Frau Mutzbacher etwa?«, fragte Meierhofer nach, ohne eine Antwort zu geben.

Der Pizzalieferant, ein Mann um die fünfzig, wurde etwas rot im Gesicht. »Die Dorothea kennt bei uns im Ort jeder. Sie ist eine Bombenfrau – fesch, gescheit, humorvoll – und dabei so geheimnisvoll, fast unnahbar. Wie gesagt, jeder kennt sie, aber keiner kennt sie wirklich gut, obwohl das viele – vor allem die Männer – sicher gerne von sich behaupten würden. Ich glaub nicht, dass sie bei uns im Ort so was wie echte Freunde hat. Das lässt sie gar nicht zu. Sie ist auch privat nie unterwegs. Nur das Geschäft, das öffnet sie von Montag bis Freitag immer pünktlich. Immer. Außer heute … Also, ist sie wirklich tot?«

Meierhofer wollte und durfte auf diese Frage nicht antworten, deshalb erwiderte er: »Tut mir leid, aber dazu kann ich momentan noch nichts sagen. Wären Sie vielleicht so nett, mir Ihre Telefonnummer dazulassen?«

Der Pizzabote verstand. Er kritzelte eine Handynummer auf die Rückseite der Schinken-Salami-Pizza-Rechnung. »Sie können mich gerne jederzeit anrufen, wenn Sie was brauchen, Herr Inspektor. Aber jetzt sollten Sie Ihre Pizza essen – sonst wird sie noch kalt – oder Ihre Frau kommt nach Hause und erwischt Sie dabei.«

Der Chefinspektor steckte die Rechnung in seine Hosentasche. »Das wollen wir natürlich beides nicht«, meinte er schmunzelnd.

Dann verabschiedete er sich von dem Pizzalieferanten und verschwand mit Einstein und der kulinarischen Sünde in seinen Händen im Inneren des Hauses. Dabei ging ihm nur eines durch den Kopf: Dorothea Mutzbacher und die seltsame Rolle, die sie im Dorfleben ihres Heimatortes anscheinend spielte beziehungsweise gespielt hatte.

*

»Du wirst nicht glauben, was wir alles gefunden haben, Hans! So tolle Babysachen und alles in Gelb, Weiß und anderen neutralen Farben, weil wir uns ja überraschen lassen wollen dieses Mal.«

Aha, jetzt wollten schon *wir* uns überraschen lassen. Anscheinend hatte Irene die Entscheidung der Kinder, sich das Geschlecht des

Babys dieses Mal nicht vor der Geburt sagen zu lassen, mittlerweile zu ihrer eigenen gemacht.

»Und dieses Schwangerschaftsyoga, das ist vielleicht großartig! Wenn's das zu unserer Zeit nur auch schon gegeben hätte. Ich sag dir, da entspannst du total als Schwangere.«

Sollte er anmerken, dass Irene selbst gar nicht schwanger war? Im Anbetracht der Tatsache, dass er vor einer Stunde heimlich eine Riesenpizza vertilgt hatte, unterließ er das lieber. Ein wenig schlechtes Gewissen hatte er schon, deshalb sagte er nur: »Es freut mich, dass Marianne und du eine schöne Zeit hattet. Geht's ihr eh gut?«

Irene, die nun beinahe zeremoniell ein Einkaufssackerl ausräumte, in dem sich verschiedenste Babyutensilien befanden, antwortete: »Aber sicher geht's ihr gut. Viel besser als damals bei Lukas, meint sie. Ich glaube ja, dass das am Schwangerschaftsyoga liegt.«

Meierhofer betrachtete mit gerunzelter Stirn den am Wohnzimmertisch entstehenden Berg an Babyzeug, der stetig anwuchs. Wozu brauchten sie das alles?

»Zieht das Baby zu uns?«, konnte er sich schließlich nicht verkneifen.

Ein strafender Blick seiner besseren Hälfte war die Folge. »Nein, das tut es natürlich nicht, aber ich möchte es jederzeit für ein paar Stunden zu uns nehmen können, ohne Marianne und Karl mühsame Vorbereitungsarbeiten anzutun. Wenn wir alles zu Hause haben, was so ein Baby braucht, macht das die Besuche bei Oma und Opa viel einfacher.«

Die Falten auf Hans Meierhofers Stirn wurden noch tiefer. Was war nur mit Irene los? Das Baby würde im Dezember zur Welt kommen – jetzt hatten sie gerade mal Juni. Er konnte sich nicht daran erinnern, dass sie bei Lukas ebenfalls so ein Trara gemacht hatte. War es die Tatsache, dass Marianne nun ihr zweites Kind bekam? Hatte Irene es doch schlechter verkraftet als er, dass ihnen dieses zweite gesunde Kind nicht beschieden worden war? Umso mehr betete er, dass bei Marianne nun alles glattlief – eine Fehlgeburt wäre wohl nicht nur für sie und Karl, sondern auch für Irene schrecklich. Meierhofer spürte ein Stechen im Bauch, das nicht von der Pizza kam. Genau vor diesem Gefühl hatte er sich gefürchtet, als Marianne ihnen die frohe Botschaft übermittelt hatte. Er hatte Sorge. Sorge um sein ungeborenes Enkerl und den Rest seiner Familie. Hoffentlich würde alles gut werden. Hoffentlich.

»Und, was hast du so getrieben heute Abend? Hast du was zu essen gefunden?« Irenes Bemerkung riss Hans aus seinen sorgenvollen Gedanken. Dafür meldete sich das schlechte Gewissen wieder.

»Ich? Ich hab nicht viel gemacht. Ein bisschen was gegessen und über den neuen Fall nachgedacht.« Meierhofer blickte theatralisch auf die Wohnzimmeruhr.

»Oh, so spät schon?! Ich sollte dringend mit Einstein rausgehen. Komm, Einstein! Wir gehen äußerln!«

Zum Glück war Irene immer noch in die farbenfrohen Babyutensilien vertieft, deshalb bemerkte sie nicht, dass ihr Ehemann Dreck am Stecken hatte. Etwas, das ihr sonst mit hundertprozentiger Sicherheit sofort aufgefallen wäre. Stattdessen murmelte sie nur: »Ist gut.«

Als Meierhofer wenig später mit Einstein durch den Frühsommerabend spazierte, beschäftigten ihn nun zwei Dinge: Dorothea Mutzbachers anaphylaktischer Schock und die Schwangerschaft seiner Tochter. Davon konnte ihn nicht einmal die wundervolle Landschaft um ihn herum ablenken. Hoffentlich würde alles gut werden. Hoffentlich.

# Kapitel 6

»Hast du den Rotwein dabei, Stefano?«, fragte Meierhofer eher rhetorisch, während er aus dem schnittigen Sportwagen des Gruppeninspektors stieg.

Der hob eine Dreier-Wein-Geschenkbox mit italienischer Aufschrift in die Höhe. »Aber naturalmente, ich wusste, dass ich den bald brauchen würde.«

Dieter Doppler mit italienischem Rot- oder aber auch ein paar Flaschen österreichischem Schaumwein zu bestechen, um schneller als gewöhnlich an Informationen zu kommen, gehörte für die beiden Kriminalbeamten mittlerweile zum guten Ton. Wobei es sich selbstverständlich nicht um Bestechung im eigentlichen Sinne handelte. Doppler war einfach ein besonders sympathischer Kollege, bei dem man sich gerne auf diesem Wege für die rasche Arbeit bedankte.

»Ah, die Herren Kriminalinspektoren, welche Ehre mir an diesem Morgen zuteilwird«, tönte Doppler gewohnt sarkastisch, als Meierhofer und Staudinger dessen Büro betraten.

»Entschuldigung, wir müssen uns wohl in der Adresse geirrt haben. Oder wissen Sie vielleicht, wo ich Dieter Doppler, den schrägen Freak mit den langen Haaren und der kultigen Hornbrille finde?«, entgegnete der Chefinspektor nicht weniger zynisch.

»Tja, was tut man nicht alles für die Liebe«, lautete Dopplers kleinlaute Antwort.

Meierhofer lachte auf. »Du und Liebe? Ich dachte, du liebst nur deine Arbeit und ein gutes Gläschen Wein nach Feierabend.«

Staudinger brachte immer noch kein Wort heraus. Er starrte Dieter Doppler mit leicht geöffnetem Mund an. Kein Wunder, immerhin war dieser tatsächlich kaum wiederzuerkennen. Das lange Haar, das er früher meist zu einem Rossschwanz gebunden hatte, war einem modischen Kurzhaarschnitt gewichen. Von der schrulligen Hornbrille fehlte jede Spur.

»Kontaktlinsen«, meinte Doppler, der anscheinend Gedanken lesen konnte, salopp, »aber keine Sorge. Ansonsten hat sich nichts geändert. Vor allem nicht an meiner Liebe zu einem exzellenten Tröpfchen Wein. Ich sehe, du bist gut vorbereitet, Stefano.«

Dieter Doppler deutete auf die Wein-Geschenkbox in Staudingers Händen, was den Gruppeninspektor zu einem lautlosen Nicken bewog.

»Ich muss schon sagen, Dieter, mit deinem neuen Styling machst du ja beinahe Stefano Konkurrenz, was das blendende Aussehen betrifft«, stellte Meierhofer neidlos anerkennend fest, »und das, obwohl du so alt bist wie ich, mein Lieber. Irgendetwas mache ich falsch.«

»Das liegt daran, dass du Antialkoholiker bist, Hans«, konterte Doppler keck. »So ein abendliches Gläschen Rotwein ist der reinste Jungbrunnen.«

Dem Chefinspektor kam ein Lachen aus, dann konzentrierte er sich aber endlich auf den eigentlichen Grund ihres Besuches: »Gut, genug der Höflichkeiten und Schmeicheleien, lass uns zum Geschäftlichen übergehen, Dieter! Was kannst du uns über die am Donaustrand gefundenen Lebensmittel erzählen? Ist der Schokokuchen das Corpus delicti?«

Ein breites Grinsen huschte über das nun noch jugendlicher wirkende Gesicht Dopplers. »Ha, ihr glaubt doch nicht wirklich, dass ich euch das so rasch auf die Nase binde? Zeig zuerst den Wein her, Stefano!«

Staudinger tat, wie ihm geheißen.

»Ja, ja, der ist gut. Richtig gut, soweit ich mich erinnern kann. Drei Flaschen sind zwar nicht allzu viel, aber ich werde ausnahmsweise Gnade vor Recht ergehen lassen.« Dieter Doppler stellte die Wein-Geschenkbox auf seinem Schreibtisch ab und begann dann, im Raum auf und ab zu gehen. Dabei erklärte er: »Nachdem Doktor Ulrich Fläderer mir von seiner Vermutung berichtet hat, dass der tödliche anaphylaktische Schock durch Erdnüsse ausgelöst wurde, habe ich alles, was an Lebensmitteln am Donaustrand gefunden wurde, genauestens untersucht. Vordergründig natürlich den Schokokuchen und die augenscheinlich selbst gemachten Pralinen, aber auch alles andere – den Kräuterdip, die Brötchen, sogar den Wein, falls jemand allergenes Erdnussöl hineingegossen hätte. Das Ergebnis meiner Untersuchungen war erstaunlich.«

Staudinger und Meierhofer, denen Böses schwante, entfuhr es gleichzeitig: »Du hast nichts gefunden.«

Doppler schmunzelte: »Das habt ihr aber toll gemacht. Musstet ihr lange üben, um so synchron zu werden?«

»Hab uns doch gern, Dieter, und spann uns nicht länger auf die Folter! Du hast tatsächlich nichts gefunden, habe ich recht?«, erwiderte der Chefinspektor ein wenig grantig.

»Du hast leider recht, Hans. Nicht die geringste Spur einer Erdnussverunreinigung war zu entdecken. In keinem der erwähnten Lebensmittel. Unter den Köstlichkeiten, die Teil des Picknicks waren, befand sich keine, die in irgendeiner Form mit Erdnüssen in Berührung gekommen wäre.«

»Das heißt, auch das angebissene Schokokuchenstück war clean?«, hakte Staudinger ungläubig nach.

Dieter Doppler verzichtete darauf, ihn aufzuziehen, weil er nachgefragt hatte, und antwortete schlicht: »Genau das heißt es. Das Schokokuchenstück ist also mit Sicherheit nicht das Corpus delicti.«

»Ihr wisst, was das bedeutet«, murmelte Meierhofer.

»Dass wir es wahrscheinlich doch mit einem Mordfall zu tun haben«, lautete die nüchterne Antwort seines jungen Kollegen.

Doppler nickte. »Noch dazu mit einem ziemlich perfiden, wenn ihr mich fragt.«

*

Schwarze Gewitterwolken türmten sich am Himmel, als Meierhofer und Staudinger die Wirkstätte des mittlerweile gar nicht mehr so freakigen Laborheinis verließen. Erstes Donnergrollen war bereits zu hören – es würde nicht mehr lange dauern, bis es krachte.

»Lass uns einen Abstecher in das Kaffeehaus dort drüben machen, Hans! Ich brauch ein bisschen Zucker, um das, was Dieter uns gesagt hat, besser verdauen zu können«, schlug Stefano, der gerne das eine oder andere Stück Mehlspeise aß, was seinem Adonis-Körper unfairerweise überhaupt nichts anzuhaben schien, vor.

Meierhofer, der dringend eine Dosis Koffein benötigte, fackelte nicht lange und steuerte wortlos auf das Kaffeehaus zu.

Erst als sie beide ein ruhiges, abgelegenes Plätzchen gefunden, einen Latte Macchiato beziehungsweise ein Stück Ribisel-Schaumtorte mit grünem Tee bestellt hatten, nahm der Chefinspektor zum eben Erlebten Stellung: »Also, Stefano, wenn Dieters Untersuchungsergebnisse korrekt sind, und davon können wir in Dieters Fall mit Sicherheit ausgehen, dann denke ich wirklich, dass wir es mit einem Mordfall zu tun haben. Ich vermute, es ist so abgelaufen: Der Mörder hat Dorothea Mutzbacher an den einsamen Donaustrand gelockt, indem er ihr ein romantisches Picknick versprochen hat. Er hat den Korb voll vermeintlicher Köstlichkeiten gepackt, darunter auch irgendetwas, in dem Erdnüsse versteckt waren, und sich mit dem Opfer am Strand getroffen. Dorothea Mutzbacher war sehr schick gekleidet, also denke ich, dass sie verliebt war in ihren Picknickpartner und nicht im Geringsten vermutet hat, dass er ihr etwas Böses wollen konnte. Sie hat also die von ihm dargebotenen Speisen, ohne mit der Wimper zu zucken, konsumiert, was ihr zum Verhängnis …«

»So, einmal die Ribisel-Schaumtorte mit grünem Tee und ein Latte Macchiato, die Herren«, unterbrach ein junger Kellner Meierhofer charmant. Die beiden Kriminalbeamten bedankten sich, der ältere griff nach seinem Getränk, während der jüngere – von ersterem neidisch beäugt – ein Stück der kunstvoll aussehenden Torte in seinen Mund steckte. Schmatzend meinte er schließlich: »Also, was den Anfang deiner Ausführungen angeht, bin ich voll deiner Meinung, Hans, aber irgendwie kann ich mir nicht vorstellen, dass Dorothea Mutzbacher, wenn sie wusste, dass sie eine gefährliche Erdnussallergie hat, nur der Liebe wegen so blauäugig ihr Leben aufs Spiel gesetzt hätte. Ich habe einige Allergiker in meinem Bekanntenkreis, und die fragen sogar, wenn sie zu uns zu Besuch kommen, immer noch nach, was im Essen alles drin ist.«

Staudinger schob sich ein weiteres Kuchenstück in den Mund und fuhr dann fort: »Außerdem haben der Picknickkorb, das benutzte Geschirr und die Decke auf mich gewirkt, als ob sie eine Frau ausgewählt hätte. Das hatte doch alles einen femininen Touch, wenn man so sagen kann.«

Nachdem er einen großen Schluck des exzellenten Kaffees genommen hatte, sagte Meierhofer: »Das heißt, du meinst, dass Dorothea Mutzbacher das Picknick selbst vorbereitet hat. Das würde auch erklären, warum sie ihr Notfallset nicht dabeihatte. Gehen wir also davon aus, dass Frau Mutzbacher sicher war, dass ihr Essen unbedenklich ist, weil sie es selbst zubereitet hat. Wie sind dann aber bitte die Erdnussspuren in ihren Kuchen gekommen? War es vielleicht doch nur ein Missgeschick? Ein dummer Zufall?«

»Möglicherweise war eine der Zutaten kontaminiert«, schlug Stefano vor. »Das würde allerdings bedeuten, dass es sich nicht um einen Mordfall handelt.«

»Du vergisst, dass Dieter in keinem der sichergestellten Lebensmittel auch nur die geringste Spur von Erdnüssen gefunden hat. Wahrscheinlicher ist also, dass unser Täter – so es einen gibt – es geschafft hat, Dorothea Mutzbacher ein kontaminiertes Stück Kuchen unterzujubeln.« Der Chefinspektor spürte ein Grummeln in seinem Bauch. Das viele Gerede von Kuchen und Stefanos verführerische Ribisel-Schaumtorte machten es ihm nicht leicht, auf eine süße Sünde zu verzichten.

»Du meinst, er hat ein Stück, in das Erdnüsse eingebacken waren, gegen ein Stück des von Mutzbacher selbst zubereiteten Schokokuchens ausgetauscht und es dann nach vollendeter Tat verschwinden lassen? Das hätte aber vermutlich nur geklappt, wenn die beiden Stücke optisch beinahe identisch gewesen wären und Dorothea Mutzbacher so lange abgelenkt gewesen wäre, dass sie nichts davon mitbekommen hätte«, meinte Staudinger skeptisch.

Der Chefinspektor, der traurig auf den Boden des leeren Latte-Macchiato-Glases blickte, entgegnete leise: »Du hast recht, das wäre wahrscheinlich gar nicht so einfach anzustellen gewesen. Vielleicht ist es also doch so, dass Dorothea Mutzbacher ein von ihrem Gegenüber angebotenes Lebensmittel freiwillig konsumiert hat. Bleiben wir dabei, dass es eine kontaminierte Version des Schokokuchens war, die sie umgebracht hat – immerhin haben wir ein angebissenes Stück Schokokuchen auf ihrem Teller gefunden. Was wäre, wenn ihr Angebeteter ihr stolz einen selbst gebackenen Kuchen präsentiert und ihr geschworen hätte, dass sich darin keine Erdnüsse befanden? Wenn Dorothea Mutzbacher wirklich verliebt in ihren Mörder war, dann hat sie ihm vermutlich tatsächlich vertraut und den Kuchen gegessen. Danach hat der Täter das kontaminierte Stück, um seine Tat zu verschleiern, verschwinden lassen und ein Stück des Mutzbacher-Kuchens auf ihren Teller gelegt, von dem er vorher ein paar Bissen abgestochen hat.«

»Möglich wäre es«, murmelte der Gruppeninspektor. »Wenn sie dem Kerl tatsächlich vertraut hat und er ihr weisgemacht hat, dass sein Kuchen unbedenklich ist, hat sie eventuell wirklich davon gegessen. Wer denkt schon, dass die Person, die man liebt, einen umbringen möchte? Könnte es auch sein, dass er einfach Erdnussstaub über den Kuchen gestreut hat?«

Der Chefinspektor schüttelte den Kopf: »Das kann ich mir nicht vorstellen. Erstens denke ich, dass das zu auffällig gewesen wäre, und zweitens ist es an der Donau ja immer ein bisschen windig. Ich glaube, diese Variante wäre für den Täter zu riskant gewesen.«

Lauter Donner ließ Meierhofers letzte Worte untergehen. Im selben Moment begann es zu hageln.

»Oh, oh, Hagel. Zum Glück habe ich mein Auto untergestellt.« Staudinger hatte eine besondere Beziehung zu seinem Sportwagen, etwas, das Meierhofer als überzeugter Gebrauchtwagenfahrer nicht wirklich nachvollziehen konnte.

»Wir tappen einfach auf viel zu vielen Ebenen noch komplett im Dunkeln, Stefano. Ich schlage vor, wir konzentrieren uns jetzt darauf zu verifizieren, dass es sich bei der Toten tatsächlich um Dorothea Mutzbacher handelt, dann durchsuchen wir ihre Wohnung – natürlich erst, sobald wir die Genehmigung dazu haben –, und danach versuchen wir herauszufinden, wer einen Grund gehabt hätte, Frau Mutzbacher zu ermorden … Zahlen bitte!«

Ein gewaltiger Blitz brachte den Himmel für einen Moment zum Leuchten.

»Howgh, Chefinspektor Meierhofer hat gesprochen«, entfuhr es dem Halbitaliener. Ein Kommentar, dem zur Bestätigung ein polterndes Grollen folgte.

# Kapitel 7

Als Meierhofer und Staudinger die Kremser Außenstelle des Landeskriminalamtes Niederösterreich betraten, wartete bereits eine aufgeregte Eva Brombspeidel auf die beiden. Die junge Kollegin, die sowohl dem Chef- als auch dem Gruppeninspektor äußerst sympathisch war, hielt ein Schreiben in der Hand.

»Das ist gerade per Fax reingekommen«, meinte sie, ohne lange abzuwarten. »Ihr habt die Erlaubnis, Dorothea Mutzbachers Laden und die Wohnung darüber auf den Kopf zu stellen.«

Die junge Polizistin, die mittlerweile sowohl mit Staudinger als auch mit Meierhofer einen amikalen Umgangston pflegte, obwohl die drei noch wenig Berührungspunkte gehabt hatten, blickte die beiden Inspektoren erwartungsvoll an. Der Chefinspektor wusste genau, warum sie das tat. Sie wartete sehnsüchtig darauf, endlich in die Ermittlungsarbeit rund um einen Mordfall einbezogen zu werden. Das hatte sie ihrem Chef in einer ruhigen Stunde anvertraut. Meierhofer, der die Arbeit im Zweier-Team mit Stefano zwar genoss, beschloss, Brombspeidel den Gefallen trotzdem zu tun. Immerhin wusste er noch ganz genau, wie er damals darauf gebrannt hatte, endlich an spannenden Ermittlungen aktiv teilzunehmen.

»Was haltet ihr davon, wenn wir drei gleich zu Dorotheas Laden fahren?«, schlug er also vor.

»Wir drei?!«, antworteten Stefano und die junge Kriminalbeamtin wie aus der Pistole geschossen unisono.

»Na ja, sechs Augen sehen schließlich mehr als vier«, erwiderte Meierhofer lapidar, »oder hast du ein Problem damit, Stefano?«

Staudinger schüttelte den Kopf.

»Wo denkst du hin, Hans! Natürlich nicht. Es freut mich, dich an Bord unseres Ermittlungsdampfers begrüßen zu dürfen, Eva«, flötete er theatralisch.

Brombspeidel, die aufgrund ihres nicht gerade einfach auszusprechenden, unkonventionellen Nachnamens das freundschaftliche »Eva« bevorzugte, strahlte übers ganze Gesicht.

»Ihr nehmt mich wirklich mit? Super, danke, ich kann's nicht glauben. Endlich darf ich auch mal ran. Ich hol nur schnell alles, was ich brauche. Bin gleich wieder da!«

Meierhofer und Staudinger warteten geduldig. Dunkel konnten sie sich daran erinnern, ebenfalls einmal einen derartigen euphorischen Tatendrang an den Tag gelegt zu haben, wenn es um Ermittlungen in einem Mordfall ging. Die anfängliche Aufregung war während der Jahre aber einer gelasseneren Routine gewichen, auch wenn beide ihren Beruf immer noch äußerst ernst nahmen. Irgendwann musste man runter vom Gas, sonst hielt man diesen Job auf Dauer nicht ohne gesundheitlichen Kollateralschaden durch.

»So, bin bereit, los geht's!«

Revierinspektorin Brombspeidel hatte einen Rucksack geschultert. Ihre Wangen glühten ein wenig mehr als sonst, während sie zu der dünnen Jacke griff, die sie stets auf einem der Kleiderhaken im Eingangsbereich der Außenstelle des Kriminalamtes hängen hatte. Mit ihren kurzen dunkelblonden Haaren und den großen, wachen Augen erinnerte sie den Chefinspektor ein wenig an Irene in ihren jungen Jahren.

Also warf er ihr ein freundliches, beinahe großväterliches Lächeln zu, bevor er in Staudingers Richtung meinte: »Du hast es gehört, Stefano, los geht's!«

*

Während sie zu dritt in Meierhofers Espace saßen – Staudingers Sportwagen wäre für das Trio zu eng geworden –, sprach anfangs keiner ein Wort. Zu ungewohnt war die Situation für jeden der drei. Bis der Chefinspektor sich dazu durchrang, den in einer derartigen Lage nicht ungewöhnlichen Small Talk zu starten: »Und, Eva, erzähl, woher kommst du denn eigentlich?!«

Eva Brombspeidel antwortete ungeniert: »Ich bin im tiefsten Waldviertel aufgewachsen. In der Nähe von Litschau – ziemlich nahe an der Grenze.«

»Litschau, das kenn ich«, meinte Staudinger erfreut. »Ist eine schöne Gegend dort oben.«

»Allerdings«, erwiderte die Revierinspektorin. »Viele meinen ja, dass es im Waldviertel mystische Energiequellen gibt. Plätze, die einfach ideal sind, um leere Batterien wieder aufzutanken.«

Meierhofer, der gerne am Ottensteiner Stausee Urlaub machte, nickte zustimmend: »Das kann man wohl sagen. Das Waldviertel ist einzigartig. Genau wie unsere schöne Wachau.«

Für einen Moment waren alle drei stumm und blickten auf die atemberaubende Landschaft, die an ihnen vorüberzog. Nach einer Weile fing Brombspeidel wieder zu plaudern an: »Ich hatte eine wirklich schöne Kindheit und Jugend – wenn man mal davon absieht, dass ich wegen meines Nachnamens in der Schule oft als Brombeere oder Wurstspeidl bezeichnet wurde. Aber was einen nicht umbringt, macht einen stark, nicht wahr? Also hab ich das auch überstanden. Trotzdem kann ich es gar nicht erwarten, bald einen reichen Mann mit wohlklingendem Nachnamen kennenzulernen. Der muss mich dann heiraten, ob er will oder nicht. Liebe ist heutzutage ohnehin sekundär, und seinen Namen kann ich auch behalten, wenn wir wieder geschieden sind.« Die junge Inspektorin lachte herzhaft, was sowohl Meierhofer als auch Staudinger sympathisch fanden. Brombspeidel schien über einen ähnlich schwarzen Humor zu verfügen wie sie beide selbst auch. Was Staudinger mit einem grinsenden »Na, so ein Glück, dass ich schwul bin.« bewies.

Meierhofer räusperte sich und meinte mit gespieltem Ernst: »Aber, aber, meine jungen Kollegen – oder muss ich das ab jetzt gendern? Also KollegInnen mit großem Binnen-I sagen?«

Brombspeidel lachte erneut auf. »Nein, nein, keine Sorge, Chef, Sie dürfen mich ruhig wie einen Mann behandeln.«

Der Chefinspektor musste schmunzeln. »Gut, Eva, ganz wie du willst, also, Kollegen, wenn ich um etwas mehr Ernsthaftigkeit bitten dürfte! Immerhin ermitteln wir anscheinend in einem Mordfall. So, jetzt erzähl weiter, was hat dich nach Krems verschlagen?«

Die Revierinspektorin zuckte mit den Schultern. »Das hat sich halt so ergeben. Schätze, ich wollte Großstadtluft schnuppern, und glaubt mir, da, wo ich herkomme, gilt Krems als eine Großstadt. Dass ich zur Polizei will, wusste ich schon in der Volksschule. Ich hab immer nur Krimis gelesen und mir dabei gedacht, dass es wahrscheinlich nichts Spannenderes auf der Welt gibt, als Verbrechen aufzuklären.«

Meierhofer überlegte still. Na ja, ein bis zwei spannendere Dinge fielen ihm vielleicht schon ein, aber dann kam wohl wirklich bald ihr Beruf.

»Meine Eltern waren anfangs nicht recht begeistert. Die hätten mich gerne als Lehrerin oder Tierärztin gesehen. Vor allem mein Papa hat überhaupt nicht verstanden, warum ich mir das antue. So hat er es immer bezeichnet. Ich glaube, er hat im Grunde immer noch Angst um mich. Weil es eben doch ein gefährlicher Beruf ist.«

Staudinger und Meierhofer dachten beide an das zurück, was sie in den letzten Jahren so erlebt hatten. Gefährliche Situationen hatte es immer wieder gegeben. Zum Glück hatten sie diese mehr oder weniger schadlos überstanden.

»Ich hab mich dann aber durchgesetzt – gegen den Willen meiner Eltern. Sie sind jetzt nicht böse auf mich oder so, aber wenn ich sie zu Hause besuche, reden wir über alles, nur nicht über meinen Beruf. Allzu oft schaffe ich es eh nicht mehr nach Hause – eigentlich ist mittlerweile Krems mein Zuhause, und das ist auch ganz gut so.«

Staudinger blickte seinen Chef kurz an. Dem lag ein Lächeln auf den Lippen. Beide dachten in diesem Moment an dieselbe Person: Gregor, den Spurensicherer. Nie hätten sie geglaubt, einen Menschen kennenzulernen, der noch mehr und schneller sprach als er. Doch in Eva Brombspeidel hatte der Forensiker seine Meisterin gefunden.

»Ich glaub ja immer noch nicht, dass ihr mich echt zu Dorothea Mutzbachers Wohnung mitnehmt. Was wir dort wohl finden werden? Habt ihr eigentlich schon eine Idee, wer die Frau auf dem Gewissen haben könnte? Hatte sie Feinde?«

Der Gruppeninspektor sah den Augenblick gekommen, den Redeschwall seiner jungen Kollegin zu unterbrechen. »Viel haben wir noch nicht in Erfahrung bringen können. Wie es scheint, war Dorothea Mutzbacher der Schwarm aller Männer im Dorf, was die Frauen etwas gegen sie aufgebracht hat. Von sonstigen Feinden wissen wir nichts. Seltsam ist auf alle Fälle, dass kaum einer viel über sie zu wissen scheint, und das, obwohl sie diesen Laden besessen hat, also eine prominente Persönlichkeit war, wenn man so sagen möchte. Sie muss eine sehr geheimnisvolle Person gewesen sein, diese Dorothea Mutzbacher.«

Eva Brombspeidel nickte vehement. »Stimmt, das ist wirklich komisch. Bei uns im Ort, also dort, wo ich aufgewachsen bin, war die Besitzerin der Greißlerei, ich glaub, die war so um die siebzig, die absolute Dorfgatschn. Die, die über jeden was gewusst hat. Und ihre Kunden, die haben die Alte natürlich auch in- und auswendig gekannt. Jeden Ehestreit haben die mitbekommen. Da war nix mit geheimnisvoll. Wenn man in einem kleinen Ort aufwächst, dann ist das halt so. Jeder kennt jeden, ob man das will oder nicht. Das ist ja bei euch in Krems ganz anders. Ich kenn nicht einmal meine direkten Nachbarn, und das, obwohl es jetzt schon mehr als ein halbes Jahr her ist, dass ich in den Wohnblock gezogen bin. Hat sich einfach noch nicht ergeben, dass ich bei ihnen anläute. Ist aber vielleicht eh besser so. Die streiten nämlich auch nicht wenig, die zwei.«

Meierhofer, der sich nicht sicher war, ob ihm von Brombspeidels High-Speed-Erzählungen oder aufgrund der Wetterverhältnisse der Schädel brummte, seufzte erleichtert, als er den Wagen vor Dorothea Mutzbachers Laden parkte.

»So, da wären wir«, tönte er in etwa derselben Stimmlage wie früher, wenn er eine langwierige Fahrt in den Urlaub erfolgreich hinter sich gebracht hatte.

Er hoffte nur, dass die junge Revierinspektorin, die ihm trotz allem immer noch sehr sympathisch war, annähernd so schnell arbeitete, wie sie reden konnte.

*

Dank Staudingers vielseitiger Talente dauerte es nicht lange, bis sich die drei im Inneren von Dorothea Mutzbachers Laden befanden – auch ohne in Besitz des zugehörigen Schlüssels zu sein.

»Wahnsinn, Stefano, wie schnell du das Schloss geknackt hast. Das musst du mir irgendwann beibringen!«, meinte Brombspeidel demzufolge beeindruckt.

Meierhofer nahm bereits die Greißlerei genauer unter die Lupe. Wobei Greißlerei nicht unbedingt der passende Ausdruck für Mutzbachers Geschäft war – dazu war es viel zu modern sortiert. Hier bekam man wirklich alles, was man zum Leben brauchte – und noch mehr.

Mit behandschuhten Händen griff der Chefinspektor nach einem Häferl, auf dem eine perfekte Wachauer Marille prangte. Anscheinend rechnete man hier auch mit touristischem Besuch. So, wie der Laden von außen aussah, war das auch gar nicht so unwahrscheinlich. Er konnte sich nur allzu gut vorstellen, dass er im Laufe der Jahre zu einem beliebten Fotomotiv geworden war. Warum dann nicht auch eintreten und ein paar vermeintlich typisch österreichische Souvenirs erstehen?

»Also, die hätte die Alte bei uns im Dorf sicher nicht verkauft«, hallte die Stimme der jungen Inspektorin plötzlich durch das Gebäude. »Sodom und Gomorrha hätte sie das genannt.« Sowohl Staudinger als auch Meierhofer wandten Brombspeidel, die eine Packung Kondome in die Höhe hielt, ihre Blicke zu.

»Mei, find ich doch ganz klug, dass es so was auch hier zu kaufen gibt. Die Jugend von heute ist in diesen Dingen sicher nicht mehr so gschamig wie wir damals«, meinte der Chefinspektor schließlich lachend.

Staudinger hatte sich indes wieder abgewandt und suchte weiter nach irgendwelchen Auffälligkeiten. Kurz darauf sagte er: »Wie es aussieht, hat Dorothea Mutzbacher mit diesem Laden wirklich ein kleines Schatzkisterl geschaffen. Das Geschäft ist sicher gut gegangen. Alles ist ordentlich, sauber, einladend, modern. Ich würde hier auch einkaufen, wenn ich dringend etwas brauchen würde und mir die Fahrt nach Krems ersparen wollte. Ein Touristenmagnet ist das Schatzkisterl sicher auch gewesen. Sieht doch alles aus, wie aus dem Mariandl-Film entsprungen. Nur eben ein bisschen moderner.«

»Mah, der Mariandl-Film, auf den steh ich total – obwohl der ja wirklich lange vor meiner Zeit gedreht worden ist. Den hab ich mir immer mit meiner Oma angesehen. Ich glaub auch, dass die Touristen auf einen Laden wie diesen voll abfahren. Und die Einheimischen sind sicher gerne hergekommen, weil sie's nicht weit hatten und man sich hier auf ein Tratscherl treffen konnte«, bemerkte Brombspeidel in einen Höllentempo.

»Nicht zu vergessen, die auffällige Attraktivität der Ladenbesitzerin, die die Männer anscheinend wie die Fliegen angezogen hat«, ergänzte Meierhofer nüchtern.

»Wobei das ja eigentlich auch ein Grund sein hätte konnen, dass die Frauen das Schatzkisterl komplett boykottieren«, meinte die Revierinspektorin ein wenig nachdenklich. »Wenn das nicht der Fall war, dann hat diese Dorothea Mutzbacher sicher ein ausgesprochenes Talent im Umgang mit Menschen gehabt.«

Meierhofer fand die Bemerkung seiner jungen Kollegin interessant. Es stimmte wohl, dass Dorothea Mutzbacher ein besonderes

Händchen gebraucht hatte, um die eifersüchtigen Ehefrauen nicht endgültig gegen sich aufzubringen. Ein Boykott des Ladens durch die Bewohnerinnen des Ortes hätte ihr sicherlich große finanzielle Probleme bereitet. Allein vom Tourismus konnte ein Geschäft wie dieses wohl nicht leben. Wie es aussah, war das aber ohnehin nicht der Fall gewesen.

»Ich glaube, hier im Laden finden wir nichts, das uns in unserer momentanen Situation weiterhilft«, durchbrach Staudinger die Stille. »Vielleicht sollten wir uns Dorothea Mutzbachers Wohnung vorknöpfen?«

Meierhofer nickte stumm. Sie hatten einen ersten Eindruck von der Geschäftsfrau Dorothea Mutzbacher bekommen – interessanter war für ihre Ermittlungen aber wahrscheinlich, wie die Privatperson Dorothea Mutzbacher gelebt hatte.

»Auf geht's! Darf dieses Mal ich versuchen, das Schloss zu knacken?!« Ein erwartungsvoller Ausdruck machte sich auf dem Gesicht der Revierinspektorin breit. Der Chefinspektor musste schmunzeln. Irgendwie erinnerte sie ihn in ihrer Euphorie ein wenig an seinen Enkel Lukas. Diese überschäumende Energie hatte man anscheinend nur in wirklich jungen Jahren. Seine Sturm-und-Drang-Zeiten waren ohnehin schon längst vorbei, aber neben Eva Brombspeidel wirkte sogar Stefano ein wenig lasch. Dass er das noch erleben durfte.

*

Brombspeidel brauchte zwar ein wenig länger als Staudinger, um das Türschloss zu Mutzbachers Wohnung zu knacken, aber schließlich war die Revierinspektorin ebenfalls erfolgreich, was sie mit einem strahlenden »Jetzt kann ich mir vorstellen, dass Einbruch auch seinen Reiz hat.« kommentierte.

Ein gespielt strenger Blick Meierhofers war die Folge.

»'Tschuldigung, Chef, war nicht so …«, meinte Brombspeidel daraufhin verschmitzt lächelnd, bis es ihr plötzlich die Sprache verschlug. Auch Meierhofer und Staudinger sagten für einen Moment lang gar nichts. Alle drei waren damit beschäftigt, das, was sie sahen, irgendwie einzuordnen. Langsam durchschritten sie das Vorzimmer, bis sie im Wohnzimmer angelangt waren.

Die junge Kriminalbeamtin fand als Erste wieder Worte: »Seid ihr euch sicher, dass das Dorothea Mutzbachers Hauptwohnsitz ist?«

»Sind wir das, Hans?«, legte Staudinger nach.

Der Chefinspektor nickte. »Allerdings, das sind wir. Dorothea Mutzbacher hat diese Wohnung als ihren Hauptwohnsitz angegeben. Sie lebte seit vielen Jahren hier.«

»Sieht aber nicht so aus, als ob sie während der letzten Jahre hier gewohnt hätte«, meinte Brombspeidel flapsig.

Nein, das tat es tatsächlich nicht. Plastikplanen, wohin das Auge blickte. Überall sah man durchsichtige Plastikplanen. Sie bedeckten die Wohnzimmercouch, sämtliche Kommoden und Kästen, die Essecke, bestehend aus Eckbank, Tisch und zwei Stühlen, und sogar über den Teppichen waren sie ausgebreitet.

»Vielleicht hatte sie vor auszumalen?«, meinte der Gruppeninspektor schulterzuckend.

Brombspeidel fuhr mit dem rechten Zeigefinger über eine der Planen und hielt Staudinger danach ihren völlig verstaubten Finger unter die Nase.

»Noch Fragen?«, lautete ihr knapper Kommentar.

»Wir teilen uns auf«, schlug Meierhofer vor. »Ich übernehme das Schlafzimmer, Stefano die Küche und du, Eva, das Bad!«

Staudinger grinste. »Warum kriegst du immer das Schlafzimmer, alter Mann?«

»Na, weil ich eben der Älteste bin. Die jahrelange Erfahrung prädestiniert mich einfach dafür, dort zu schnüffeln, wo die Leute ihre dunkelsten Geheimnisse aufbewahren.«

»Und ich dachte, die Leichen wären immer im Keller«, erwiderte Brombspeidel schlagfertig.

Meierhofer schüttelte den Kopf.

»Hoffen wir, dass wir hier keine Leichen finden. Egal, in welchem Raum.«

*

Nachdem Meierhofer, Staudinger und Brombspeidel Dorothea Mutzbachers Wohnung durchkämmt hatten, trafen sie einander wieder im von Planen bedeckten Wohnzimmer, um Kriegsrat zu halten.

»Also, das Schlafzimmer war leider gar nicht interessant«, erzählte der Chefinspektor als Erster. »Sieht dort ähnlich aus wie hier. Alles ist unter durchsichtigen Plastikplanen versteckt. Das Bett wurde sicher jahrelang nicht benutzt, die Kästen sind alle komplett leer geräumt. Nur eines ist mir ins Auge gestochen. Das hier. Hab ich unter dem Bett gefunden.«

Meierhofer hielt ein Foto in seinen Händen, das Dorothea Mutzbacher neben einem gut aussehenden, etwa fünfzigjährigen Mann zeigte. Die Geschäftsinhaberin selbst sah darauf aus wie Ende dreißig bis Anfang vierzig, aber nachdem sie nun ja bereits wussten, dass Dorothea Mutzbacher generell mit einem besonders jugendlichen Aussehen gesegnet gewesen war, war es auch gut möglich, dass sie zum Zeitpunkt der Aufnahme bereits älter gewesen war.

»Dorothea Mutzbacher und ihr Mann«, meinte Staudinger knapp.

»Das denke ich auch«, pflichtete Brombspeidel ihm bei, »die beiden sehen aus wie ein klassisches glückliches Ehepaar. Happy und zufrieden, aber nicht mehr extrem heiß ineinander verliebt.«

Meierhofer überlegte einen Moment, ob er auf diese interessante Analyse einer glücklichen Ehe antworten sollte, ließ es dann aber lieber bleiben.

»Ist auf dem Foto ein Datum drauf?«, fragte die Revierinspektorin nach, als niemand etwas erwiderte.

Meierhofer schüttelte den Kopf. »Nein, leider, daran hätte ich auch gedacht. Es stammt wohl nicht, wie von mir erhofft, aus der

Zeit, in der man Fotos noch beim Händler entwickeln ließ, sondern wurde selbst ausgedruckt.«

»Also wurde es wahrscheinlich bereits mit einer Digitalkamera geschossen«, folgerte Brombspeidel leise.

»Oder aber jemand hat ein klassisches Foto, wenn man so sagen kann, eingescannt und es danach ausgedruckt«, entgegnete Staudinger.

Der Chefinspektor packte das Bild in einen Beweissicherungsbeutel.

»Das werden wir schon noch herausfinden. Wie gesagt, war dieses Foto das einzig interessante Objekt, das ich im Schlafzimmer entdecken konnte. Wie sieht's bei euch aus? Stefano?!«

»Ein wenig spannender«, antwortete Staudinger. »Die Küche wurde anscheinend bis vor Kurzem genutzt. Oder, besser gesagt, Teile davon. Eine teure Espressomaschine, Kaffee ohne Ende, Haltbarmilch, Süßstoff und eine benutzte Tasse deuten darauf hin, dass Dorothea Mutzbacher sich hier in der Wohnung ihre Kaffeepause gegönnt hat. Ansonsten ist der Kühlschrank aber leer, und auch in den anderen Küchenkästchen konnte ich nichts finden. Töpfe, Teller, Besteck etc. sind zwar da, aber nichts davon sieht so aus, als ob es in letzter Zeit zum Einsatz gekommen wäre. Über den Esstisch und den Großteil der Stühle hat jemand die gleichen Planen gelegt wie hier im Wohnzimmer. Nur ein Sessel nahe der Espressomaschine steht frei im Raum. Ich denke, dass das derjenige ist, auf dem Dorothea Mutzbacher ein wenig durchgeschnauft hat, wenn sie ihre Kaffeepause gemacht hat. Mehr gibt's von der Küche nicht zu erzählen.«

Brombspeidel räusperte sich. »Gut, dann also zu mir und zum Bad. Eines vorweg: Leichen habe ich auch keine entdeckt, wenn man von ein paar toten Fliegen absieht. Aber dafür etwas anderes, das für uns von Bedeutung sein könnte. Tata!«

Die junge Inspektorin streckte Meierhofer und Staudinger eine Bürste entgegen, auf der sich jede Menge blonder Haare befanden.

»Dorothea Mutzbacher hat zwar anscheinend nicht mehr hier gewohnt, aber schön gemacht hat sie sich in dieser Wohnung immer noch. Wahrscheinlich, um nach ihrem Kaffeepäuschen wieder fesch für ihre Kunden zu sein. Das Badezimmer ist zwar nicht gerade mit Schminkzeug und Toilettenartikeln vollgestopft, aber Lippenstift, Lidschatten, Eyeliner, Wimperntusche, eine Zahnbürste, Zahnpasta, ein Puderdöschen und diese Bürste hier konnte ich finden. Außerdem eine angebrochene Packung Slipeinlagen, die neben der Klopapierrolle auf dem Spülkasten steht. Also würde ich sagen, unsere Tote hat sich hier, bevor es mit der Arbeit weiterging, rundherum frisch gemacht.«

Der Chefinspektor, der spätestens beim Lidschatten gedanklich ausgestiegen war, griff vorsichtig nach der Bürste, um sie ebenfalls in einen Beweissicherungsbeutel zu versenken. Dann sagte er: »Gut gemacht, Eva. Bei dieser Menge an Haaren dürfte ein DNA-Abgleich nicht allzu schwierig werden. Immerhin wissen wir noch nicht offiziell, dass unsere Tote wirklich Dorothea Mutzbacher ist. Die benutzte Tasse nehmen wir auch mit, Stefano! Sicher ist sicher. Und dann hätte ich noch gerne, dass Gregor und seine Leute sich den Laden hier genauer ansehen. Diese Geisterwohnung, denn eines ist auf alle Fälle klar: Dauerhaft gewohnt hat Dorothea Mutzbacher hier nicht. Zumindest nicht in den letzten Jahren. Die Frau gibt uns wirklich zahlreiche Rätsel auf. Nach meinem Geschmack ein paar zu viele, wenn ihr mich fragt.«

# Kapitel 8

Als Meierhofer an diesem Abend nach Hause kam, wartete ein Überraschungsgast in der Küche auf ihn.

»Lukas, was machst du denn hier?«, begrüßte der Chefinspektor seinen Enkel, der einen zufriedenen Einstein auf seinem Schoß sitzen hatte, herzlich. Er erkannte sofort, dass mit dem Teenager etwas nicht in Ordnung war. Im Gegensatz zu Einstein, der die unerwarteten Streicheleinheiten genoss, wirkte er nämlich gar nicht glücklich.

»Ich bin von zu Hause geflohen«, erwiderte Meierhofers Enkel mürrisch.

Oh je, das hatten sie schon einmal gehabt. Stritten Marianne und Karl etwa wegen des Babys?

Lukas schien die Gedanken seines Opas lesen zu können: »Nein, Opa, nicht, weil Mama und Papa streiten, sondern weil ich dieses harmonische, superglückliche, Rosarote-Brille-Baby-Getüdel nicht mehr aushalte.«

Wieder einmal bemerkte Meierhofer, dass er seinen Sarkasmus anscheinend an seinen Enkel vererbt hatte.

Der erzählte frustriert weiter: »Ich hör nur noch Baby hier und Baby da. Wo wird es schlafen? Wo wickeln wir es am besten? Was ziehen wir ihm an? Wird es ein Severin oder doch ein Valentin?«

Aha, Valentin, hatte Irene es wieder einmal nicht lassen können, sich einzumischen.

»Oder, noch besser, vielleicht sogar eine Valentina? Ein Mädchen wäre ja so toll, ganz zauberhaft, zuckersüß, einfach spitzenmäßig. So eine kleine Prinzessin, die man ganz in Rosa stylen, frisieren und von vorne bis hinten verwöhnen kann, das wäre Mamas und

Omas Traum. Dass ich auch noch da bin, interessiert plötzlich keinen mehr.«

Eine einzelne Träne rollte über die linke Wange des Dreizehnjährigen, der augenscheinlich damit kämpfte, keine weiteren folgen zu lassen.

»Ich hör immer nur, dass ich schon groß und vernünftig bin und jetzt helfen soll, wo ich kann. Beim Hausumbau, bei den Einkäufen und dem ganzen anderen Schmarren, den sie sich eigentlich sparen könnten.«

Einstein, der Lukas scheinbar aufmerksam zugehört hatte, winselte leise. Sogar ihm tat der Jugendliche leid, was er durch exzessives Hände-Abschlecken zum Ausdruck brachte.

Meierhofer, der seinen Enkel gut verstehen konnte, tat etwas ganz anderes. Er ging auf Lukas zu, hob Einstein von dessen Schoß, zog den Teenager in die Höhe und drückte ihn fest an sich. Nachdem er sich innerlich einen Moment gegen diese Liebesbekundung gewehrt hatte, gab der Jugendliche auf, schlang seine Arme ebenfalls um seinen Großvater und begann, bitterlich zu weinen.

Eine Weile standen die beiden nur so da, bis Meierhofer begann, beruhigend auf seinen Enkel einzureden.

»Ich versteh dich, Lukas, wirklich. Ich finde dieses Getue rund ums Baby auch nervig, wenn auch aus anderen Gründen als du. Frauen sind halt ein bisschen überemotional, wenn es um Säuglinge geht, das liegt wohl in der Natur, und dein Papa, der kann im Moment wahrscheinlich nicht anders, als da mitzumachen. Schließlich will er ja deine Mama nicht verletzen. Du darfst aber niemals, hörst du, niemals vergessen, wie lieb dich die beiden haben! Im Grunde weißt du doch, dass das so ist, auch wenn sie ihre Aufmerksamkeit momentan dem Baby widmen. Du bist ihr Erstgeborener, der Sohn, der ihnen wichtiger ist als alles andere auf der Welt. Nur, weil du ein Geschwisterchen bekommst, ändern sich doch ihre Gefühle für dich nicht. Stell dir das so vor: Wenn ich mir zu Einstein jetzt noch einen zweiten Hund besorgen würde, dann würde ich doch den kleinen Racker deshalb nicht weniger lieb haben, nicht wahr, Einstein?« Der Malteser bellte zustimmend, als ob er sein Herrchen verstanden hätte.

»Eltern können mehrere Kinder genauso lieb haben wie eines alleine. Du musst dir diese Liebe nicht teilen, sie verdoppelt sich jetzt einfach.«

Lukas schluchzte. »Also, momentan krieg ich aber überhaupt nichts davon mit, dass Mama und Papa mich noch lieb haben. Und Oma auch nicht, die ist ja auch nur noch Baby-narrisch.«

»Apropos, wo ist sie überhaupt?«, warf Meierhofer ein, dem erst jetzt so richtig bewusst wurde, dass seine bessere Hälfte nicht anwesend war.

»Na, schon wieder bei Mama. Keine Ahnung, was sie heute machen. Schwangeren-Yoga, Schwangeren-Qigong, Schwangeren-Gymnastik, irgend so was halt. Ich versteh eh nicht, warum Oma da überall dabei sein muss.«

Meierhofer seufzte.

»Komm, wir setzen uns jetzt wieder hin, und ich mach uns beiden eine heiße Schokolade. Dann erkläre ich dir, warum deine Oma da überall dabei sein muss.«

Nachdem die beiden ihre heiße Schokolade getrunken und der Chefinspektor seinem Enkel von Irenes Fehlgeburten und den seelischen Narben, die diese bei ihr hinterlassen hatten, erzählt hatte, war der Teenager um einiges ruhiger.

»Oh je, das hab ich nicht gewusst. War sicher nicht leicht für Oma«, meinte er ehrlich betroffen. »Vielleicht sollte ich mich zusammenreißen und das Baby-Getue nicht so schwernehmen. Wird sich schon wieder legen.«

Meierhofer klopfte seinem Enkel anerkennend auf die Schulter. Er war doch ein vernünftiger kluger Junge.

»Mach das, Lukas, mach das! Aber wann immer du doch nicht gut damit zurechtkommst, kannst du dich jederzeit an Einstein und mich wenden. Zu dritt stehen wir das schon durch, oder, Einstein?«

Erneut bellte der Malteser zustimmend.

»Gut, hätten wir das also geklärt. Jetzt brauche ich aber endlich was zu essen, ich verhungere ja schon«, lenkte der Chefinspektor, den Kühlschrank öffnend, vom Thema ab.

Lukas lachte auf. »Also, Opa, bei deinen Reserven würde ich mir wirklich keine Sorgen um einen drohenden Hungertod machen.«

»Pass auf, du Frechdachs, sonst gebe ich dir nichts von Omas Dillsoße ab!«, erwiderte der Chefinspektor schmunzelnd.

Als die beiden sich über Irenes köstliche Dillsoße mit gekochtem Rindfleisch und Erdäpfelschmarren hermachten, natürlich nicht ohne ab und zu ein Stück Fleisch für Einstein unter den Tisch fallen zu lassen, war die Welt wieder in Ordnung. Für einen Moment vergaßen sie sowohl Babystress als auch die geheimnisvolle Tote vom Donaustrand.

*

»Guten Morgen, alter Mann. Heute war ich schneller als du«, begrüßte ein frisch-fröhlicher Stefano Staudinger seinen Chef augenzwinkernd. »Ich hab schon einiges nachgeprüft. Dorothea Mutzbacher hat ihren Laden seit achtzehn Jahren. Die Wohnung darüber ist seit zwanzig Jahren als ihr Hauptwohnsitz gemeldet. Daran hat sich auch nichts geändert, als ihr Mann vor einigen Jahren gestorben ist. Warum also ihre vier Wände gestern bei uns den Eindruck hinterlassen haben, als ob sie maximal von Hausgeistern bewohnt wären, ist mir unverständlich. Vielleicht bringen ja Gregor und seine Leute etwas Spannenderes ans Tageslicht. Sie wissen bereits, dass wir eine Durchsuchung der Wohnung wünschen.«

Müde blickte Meierhofer Stefano an. Er hatte am Vorabend lange mit Irene über Lukas und dessen Sorgen gesprochen und war erst spät eingeschlafen. So erwiderte er Stefanos Wortschwall mit einem belegten »Danke, Stefano.«. Danach schlurfte er wortlos zur Kaffeemaschine. Erst, als er seine Hans-Tasse in den Händen hielt, wagte Staudinger, ihn anzusprechen. »Spuck's schon aus! Was ist los mit dir, Hans? Stress mit Irene? Das lästige Dinner Cancelling? Was bereitet dir Sorgen?«

Der Chefinspektor nahm einen Schluck Kaffee, wunderte sich wieder einmal darüber, dass er vor Stefano anscheinend nichts verbergen konnte, und erwiderte schließlich: »Ach, nichts. Eigentlich ist es nichts. Die Babysache liegt mir halt immer noch im Magen.«

»Aber wir haben doch schon besprochen, dass es nichts bringt, wenn du dir jetzt ständig Sorgen um Marianne machst. Ihr wird schon nichts passieren«, meinte Staudinger kopfschüttelnd.

Meierhofer seufzte. »Das ist ja gar nicht mehr das Problem. Es ist einfach genauso, wie ich befürchtet hatte. Diese Veränderung tut unserer Familie nicht gut. Gestern hat Lukas sich bei mir ausgeheult. Er fühlt sich schrecklich, weil alle ihn wie Luft behandeln. Weil er plötzlich nur noch vernünftig und halb erwachsen sein soll. Weil im Moment vor allem das Baby zählt. Stell dir vor, als ich Irene darauf angesprochen habe, hat sie mit totalem Unverständnis reagiert! Lukas soll sich nicht so anstellen, meint sie, nur, weil er jetzt über ein Jahrzehnt das Nestscheißerl gewesen ist und momentan Mariannes Schwangerschaft Priorität hat. Unglaublich, oder?! Irene, die Lukas bis vor Kurzem vergöttert hat, redet auf einmal so über ihren Enkel, nur, weil ein Baby unterwegs ist. Versteh einer die Frauen.«

Staudinger schenkte sich ein Glas Wasser ein und setzte sich neben Meierhofer.

»Nimm's nicht so schwer, Hans, das normalisiert sich sicher bald wieder. Lukas ist ja wirklich kein Kleinkind mehr. Er wird es schon verkraften, dass er momentan nicht im Zentrum der mütterlichen und großmütterlichen Aufmerksamkeit steht. Außerdem hat er ja dich. Er weiß doch sicherlich, dass du immer für ihn da bist. Diese neue Situation tut der Großvater-Enkel-Beziehung vielleicht sogar ganz gut, meinst du nicht?«

Enttäuscht blickte der Chefinspektor in sein leeres Kaffeehäferl. Noch einen durfte er sich momentan nicht genehmigen. Vielleicht sollte er auf eine Halbliter-Tasse umsteigen?

»Die Großvater-Enkel-Beziehung bereitet mir keine Sorgen – eher die Eltern-Kind-Beziehung. Jugendliche sind verletzlicher, als man glaubt. Einerseits tun sie immer so, als wären sie schon erwachsen und hätten es nicht mehr nötig, wie ein Kind behandelt zu werden, andererseits sind sie aber genau das: große Kinder. Marianne, Karl und Lukas – das war immer ein Triumvirat der besonderen Art. Ich würde es einfach schade finden, wenn sich das jetzt ändern würde. Lukas hat es nicht verdient, ersetzt zu werden.«

»Blödsinn, Marianne und Karl ersetzen Lukas doch nicht! Das wird schon alles, Hans, mach dir nicht so viele Gedanken! Ich wette mit dir, dass Lukas in einem Jahr der stolzeste große Bruder ist, den man sich vorstellen kann.« Der Gruppeninspektor klopfte seinem Chef aufmunternd auf die Schulter.

»Dein Wort in Gottes Ohr«, entgegnete dieser leise.

»Morgen, Stefano! Morgen, Chef!« Eine extrem gut gelaunte Eva Brombspeidel unterbrach das viel zu ernste Männergespräch.

»Morgen, Eva«, antworteten beide unisono.

»Ich hab mich bereits darum gekümmert, dass alles, was wir gestern in Dorothea Mutzbachers Wohnung sicherstellen konnten, im Labor untersucht wird«, erklärte die Revierinspektorin ungefragt. »Ich hoffe, das ist in Ordnung.«

Meierhofer, der nicht wollte, dass Brombspeidel etwas von seinen privaten Problemchen mitbekam, nickte zufrieden. »Aber natürlich, Eva, danke. Glaubt ihr, dass die DNA-Proben mit denen der Leiche übereinstimmen werden?«

»Aber sicher, die Tote muss einfach Dorothea Mutzbacher sein. Immerhin ist heute ein Anruf aus ihrem Dorf reingekommen. Man ist dort in großer Sorge um die Schöne, da ihr Laden immer noch nicht geöffnet hat. Etwas, das es angeblich in all den Jahren nie gegeben hat«, sprudelte Brombspeidel drauflos.

Staudinger musste schmunzeln: »Na, wenn man sich in *ihrem* Dorf solche Sorgen um Dorothea Mutzbacher macht, dann kann es sich bei der Toten vom Donaustrand eigentlich nur um die hübsche Ladenbesitzerin handeln.«

Eva Brombspeidel versetzte Staudinger lachend einen Stoß und meinte, an Meierhofer gewandt, selbstironisch: »Chef, ich fühle mich von Gruppeninspektor Staudinger gemobbt. Anscheinend nimmt er mich nicht ganz ernst. Das liegt sicher daran, dass ich eine Frau bin.«

»Dann sollten Sie sich an die Gleichbehandlungsbehörde wenden, Frau Kollegin«, meinte Meierhofer augenzwinkernd.

Warum machte er sich eigentlich Sorgen wegen seines ungeborenen zweiten Enkelkindes? Immerhin erlebte er gerade im Büro, wie es war, Familienzuwachs zu bekommen: anfangs zwar ungewohnt, aber letztendlich herrlich erfrischend.

*

Nachdem sich der Vormittag mehr oder weniger ereignislos dahingezogen hatte, beschloss Meierhofer gerade, eine ausgedehnte Mittagspause zu machen, als Brombspeidels aufgeregte Rufe ihn aus seiner Langeweile rissen: »Chef! Chef, komm schnell!«

Staudinger war seinem Vorgesetzten aufgrund seiner Sportlichkeit zuvorgekommen und leistete der Revierinspektorin bereits Gesellschaft. Lautstark meinte er: »Hans! Wo bleibst du denn?! Das musst du dir anschauen!«

»Meine Güte, ein alter Mann ist eben kein D-Zug. Was ist denn Spektakuläres passiert, dass ihr so nervös seid, ihr junges Gemüse?«, entgegnete der Chefinspektor im großväterlichen Tonfall.

Keiner der beiden erwiderte etwas. Stattdessen deutete Brombspeidel auf den Bildschirm ihres Computers.

Alles, was Meierhofer auf den ersten Blick erkennen konnte, war, dass sie ein E-Mail-Programm geöffnet hatte. Ein wenig verärgert beugte sich der Chefinspektor vor, um dem Bildschirm der Revierinspektorin die erwartete Aufmerksamkeit zu schenken. Dabei schnaufte er verächtlich, immerhin musste er nun wegen einer blöden Mail auf sein heißersehntes Mittagessen verzichten.

Gelangweilt begann Meierhofer zu lesen. Bis er begriff, womit er es zu tun hatte. »Das, das gibt's doch nicht«, stammelte er leise, als er die Botschaft, die die Außenstelle des Landeskriminalamtes Niederösterreich per E-Mail erhalten hatte, zur Gänze erfasst hatte.

*An die Kriminalbeamten, die im Fall der Frauenleiche vom Donaustrand ermitteln:*

*Die Tote ist keineswegs ein bemitleidenswertes Opfer. Sie hat schon vor langer Zeit Schuld auf sich geladen und ihr Ende zu Recht verdient. Eigentlich hätte sie weit schlimmere Qualen erleiden müssen, um wiedergutzumachen, was sie anderen angetan hat. Aber ich habe Gnade vor Recht ergehen lassen. Immerhin waren ihre Taten bereits verjährt.*

*Da sie sich damals nicht alleine zur Täterin gemacht hat, wird auch noch ein anderer büßen müssen. Manche Wunden heilen nie, aber süße Rache macht es einfacher, sie zu ertragen.*

*Endstation Donaustrand – Henriette, deine Fahrt ist hiermit zu Ende.*

*Hochachtungsvoll,*

*eine verwundete Seele*

# Kapitel 9

»Unglaublich, eine Mail vom Täter, wir haben tatsächlich eine Mail vom Täter bekommen. Wir brauchen dringend einen Profiler! Anscheinend haben wir es mit einem Serientäter zu tun, Chef! Wer weiß, wie viele Tote wir noch an Donauständen finden werden. Strände gibt's hier ja ohne Ende. Und wenn man erst überlegt, wie lang die Donau ist. Die fließt ja nicht nur durch die Wachau!« Brombspeidel konnte ihre Aufregung nur schwer verbergen.

Während Meierhofer, dem es die Sprache verschlagen hatte, gar nichts sagte, legte Staudinger seiner Kollegin den Arm um die Schulter und meinte beruhigend: »Okay, Eva, jetzt atmest du erstmal durch, und dann besprechen wir alles in Ruhe!«

Brombspeidel machte eine eigenwillige Armbewegung, die Meierhofer von seiner Gattin kannte. Wie nannten sich diese Verrenkungen nochmal?

»Qigong«, erklärte die junge Inspektorin, als sie den Blick des Chefinspektors bemerkte, »das holt mich wieder runter.«

»Mit Qigong kennt Hans sich nicht aus«, erwiderte Staudinger lachend. »Wenn unser Chef runterkommen will, macht er sich einen Latte Macchiato.«

Meierhofer hörte nicht auf die Worte seiner Kollegen. Er las sich die Nachricht, die ihnen der Täter geschickt hatte – falls es sich nicht um einen Trittbrettfahrer handelte – noch einmal durch. Was passte daran nicht? Was stimmte nicht?

Aber natürlich, dass ihm das nicht gleich aufgefallen war!

»Henriette! Warum schreibt der Täter, dass Henriettes Fahrt hiermit zu Ende ist, wenn die Tote doch Dorothea hieß?«, murmelte der Chefinspektor kaum hörbar.

»Ganz einfach, die Tote vom Donaustrand ist gar nicht die vermisste Dorothea Mutzbacher«, erklärte eine durch ihre Qigong-Übungen wieder geerdete Eva Brombspeidel schulterzuckend.

»Oder aber«, warf Staudinger ein, »wir haben einfach etwas übersehen. Irgendetwas müssen wir übersehen haben.«

*

*Er blickt auf den Computer. Werden sie ihm antworten? Haben sie seine Nachricht verstanden? Er weiß selbst nicht so genau, warum er diese Botschaft unbedingt loswerden wollte. Obwohl, nein, das stimmt natürlich nicht, eigentlich weiß er ganz genau, warum er diese E-Mail verschickt hat. Alle sollen erfahren, was er damals durchmachen musste. Er will, dass alle wissen, was passiert ist. Er will verhindern, dass irgendjemand Mitleid mit der Toten hat. Mitleid ist an dieser Stelle nämlich ganz und gar nicht angebracht. Die alte Weißhuber hat verdient, was er ihr angetan hat! Keiner darf ungestraft das tun, was sie damals verbrochen hat. Er weiß auch schon, wer als Nächster dran glauben muss. Auch ihn wird er bestrafen. Sie müssen dafür bezahlen. Die, die ihn zu dem gemacht haben, was er heute ist. Eine verwundete Seele.*

*

»Gibt es etwas Neues zu unserer verwundeten Seele, Eva?« Meierhofer blickte die Revierinspektorin, die sich im EDV-Bereich noch besser auskannte als er selbst, gespannt an.

Brombspeidel schüttelte enttäuscht den Kopf. »Nein, leider nichts Konkretes, Chef. Der Typ scheint, wenn man seine Nachricht im Hinblick auf die Ausdrucksweise und die Rechtschreibung betrachtet, nicht ungebildet zu sein. Allzu jung ist er anscheinend auch nicht mehr, worauf das *Hochachtungsvoll* hindeutet. Wie ich erwartet hatte, wurde die E-Mail von einem Internet-Café aus versandt. Alles, was wir herausfinden konnten, war, dass sich dieses in Wien befindet. Der Laden ist leider nicht videoüberwacht und legt Wert auf höchste Diskretion. Unsere verwundete Seele kann also so ziemlich jeder sein, der sich in den letzten Tagen in Wien aufgehalten hat.«

»Ein Internet-Café in Wien, na toll«, raunte der Chefinspektor ein wenig frustriert.

Staudinger, der gerade ein Telefongespräch geführt hatte, schaltete sich ein: »Das war unser Freund Doppler. Er hat mir versprochen, bei der Analyse der DNA-Proben aus Dorothea Mutzbachers Wohnung Gas zu geben. Übrigens ganz ohne von mir eine alkoholische Gegenleistung zu verlangen.«

Ein Lächeln huschte über Meierhofers Gesicht. »Sieh an, sieh an, ist unser liebenswerter Laborheini etwa unter die Samariter gegangen?«

»Nein, ich denke, es interessiert ihn einfach selbst, ob die Tote nun Dorothea Mutzbacher ist oder nicht. Vielleicht handelt es sich ja doch um eine Henriette?« Der Gruppeninspektor wandte sich wieder seinem Computer zu.

»Gut, nachdem momentan anscheinend ohnehin die Luft heraußen ist, ganz etwas anderes. Hat außer mir irgendjemand hier Hunger?«, lenkte der Chefinspektor, dessen Magen schon dabei war, sich selbst zu verdauen, das Gesprächsthema auf wirklich Essenzielles.

»Allerdings, Chef, einen Bärenhunger. Seit den zwei Käsleberkäs-Semmeln heute Mittag hab ich nichts mehr gegessen«, lautete Brombspeidels spontane Antwort.

»Und was ist mit dem Schokocroissant, das du vorhin zum Kaffee verdrückt hast?«, zog Staudinger seine Kollegin auf.

Die machte eine wegwerfende Handbewegung. »Ach, so ein Schokocroissant, das zählt doch gar nicht. Soll ich uns Kebabs holen, Chef? Oder isst der feine Herr Staudinger so was etwa nicht?« Da hatte der Gruppeninspektor seine Retourkutsche.

»Kebabs wären toll, Eva«, meinte Meierhofer dankbar, nachdem er einen Blick auf Staudingers Armbanduhr geworfen hatte. Exakt

16:00 Uhr, er hatte also noch zwei Stunden.

»Weil wir heute anscheinend noch Überstunden machen müssen, lade ich euch beide ein«, tönte der Chefinspektor großzügig, während er in seiner Geldbörse nach einem passenden Schein suchte.

Dabei musterte er seine schlanke Kollegin unauffällig etwas genauer, als er das sonst tat. Zwei Käsleberkäs-Semmeln, ein Schokocroissant und nun auch noch Kebab. Wo aß Brombspeidel das alles bloß hin? Andererseits war es bei ihrem Energie-Level nicht weiter verwunderlich, dass ihr Stoffwechsel auf Hochtouren lief. Tja, die Zeiten des raschen Stoffwechsels hatte er schon lange hinter sich. Er musste mittlerweile sogar auf die Uhr schauen, bevor er sich etwas zu essen genehmigte. Ob es auch noch in den Bereich Dinner Cancelling fiel, wenn er seine zwei bis drei Kebabs zwischen 17:50 und 17:59 Uhr zu sich nahm? Die beinahe philosophischen Gedanken des Chefinspektors wurden jäh unterbrochen.

»Danke, Chef, ich bin gleich wieder da!«, trällerte Brombspeidel, als sie nach dem Fünfziger griff, den Meierhofer aus den Untiefen seiner Brieftasche zutage gefördert hatte. Dann verschwand sie mit einer leichtfüßigen Anmut, die man jemandem, der zwei Käsleberkäs-Semmeln und ein Schokocroissant im Magen hatte, beinahe nicht zugetraut hätte.

»So, Hans, jetzt genießen wir die Momente der Stille und konzentrieren uns auf Dorothea Mutzbacher«, lautete Staudingers augenzwinkernder Kommentar, nachdem seine Kollegin den Raum verlassen hatte.

»Machen wir das, Stefano, machen wir das! Vielleicht finden wir dann auch endlich heraus, was es mit dieser ominösen Henriette auf sich hat. Als ob Dorothea Mutzbacher alleine nicht schon geheimnisvoll genug gewesen wäre.«

*

Eine Stunde später hatte Meierhofer einen vollen Bauch, aber ein schlechtes Gewissen. Gut, er hatte sich an die Regeln des von Irene verschriebenen Dinner Cancellings gehalten, aber leichte Kost waren die köstlichen Kebabs, die er richtiggehend verschlungen hatte, nicht unbedingt. Es war wie immer. Sobald er in einem kniffeligen Fall steckte, der all seine Aufmerksamkeit verlangte, trat alles andere in den Hintergrund. Vor allem aber seine Vernunft, was die Nahrungsaufnahme anging.

»Also, ich glaub, ich geh nach Hause, Hans. Auch wenn wir nach der E-Mail davon ausgehen müssen, dass Gefahr im Verzug besteht, wüsste ich beim besten Willen nicht, was wir jetzt noch tun könnten. Solange wir auf Dopplers Ergebnisse warten müssen, macht das doch alles keinen Sinn«, warf Staudinger, dem vom stundenlangen Recherchieren am Computer bereits der Schädel brummte, das Handtuch.

Der Chefinspektor konnte seinen Kollegen bestens verstehen. Gerade hatten sie wieder eine dieser Phasen erreicht, in denen man das Gefühl hatte, nonstop im Trüben zu fischen. Ohne Aussicht auf einen Fang, sei er auch noch so klein.

Auch Brombspeidel, die sonst vor Elan nur so sprühte, war anzumerken, dass sie keine Lust mehr hatte. »Ich seh das genauso, Stefano. Solange wir nicht mit Sicherheit wissen, dass die Tote vom Donaustrand tatsächlich Dorothea Mutzbacher ist, stehen wir an. Die Spur des E-Mail-Verfassers können wir nicht erfolgreich zurückverfolgen, und mein Kopf ist momentan auch zu voll, um über das Verwundete-Seele-Geschreibsel nachzudenken.«

Meierhofer, der erstaunt beobachtet hatte, wie Brombspeidel zwei riesige Kebabs verdrückt hatte, wunderte sich, dass ihr Kopf voll war und nicht ihr Bauch. Danach schalt er sich für seine dummen, klischeehaften Gedanken. Warum sollte die junge Revierinspektorin, nur, weil sie schlank und eine Frau war, zur Abteilung der Salatesserinnen gehören? Wie immer, wenn der Chefinspektor sich dabei erwischte, in Schubladen zu denken, war er entsetzt von sich selbst. Außerdem zeigten ihm diese gar nicht angebrachten unnötigen Gedankengänge auch, dass es wohl wirklich Zeit war, eine Pause einzulegen. Auch sein Gehirn lief nicht mehr auf Hochtouren, sondern hatte bereits in den Stand-by-Modus gewechselt. Es war Zeit, ein Machtwort zu sprechen.

»In Ordnung, Leute. Machen wir für heute Schluss! Wenn wir Glück haben, wissen wir morgen schon, ob unsere Tote nun Dorothea Mutzbacher ist oder nicht. Dann können wir mit Vollgas loslegen. Wenn ihr vor dem Schlafengehen noch ein wenig über den Inhalt der E-Mail nachdenkt, kann das aber mit Sicherheit nicht schaden. Falls unser Täter es tatsächlich auch noch auf andere abgesehen hat, sollten wir ihm möglichst bald auf die Schliche kommen.«

Meierhofer blickte Brombspeidel und Staudinger lange an und wunderte sich, warum beide gegen ein Lachen anzukämpfen schienen.

»Was ist los? Hab ich irgendetwas Lustiges gesagt?«, fragte er ein wenig beleidigt nach.

Aus Brombspeidel brach es als Erstes heraus: »Nein, nein, Chef, nichts Lustiges. Es ist nur gut, dass Sie nicht wissen, was ich vor dem Schlafengehen alles mache.«

Auch Staudinger konnte sich einen flapsigen Kommentar nicht verkneifen: »Manchmal merkt man eben wirklich, dass du schon ein paar Jährchen mehr auf dem Buckel hast als wir, Hans. Ich zähle vor dem Einschlafen weder Schäfchen, noch denke ich über Fälle nach. Da weiß ich mir schon Besseres zu tun.«

Brombspeidel kicherte schelmisch.

Nun konnte auch der Chefinspektor nicht anders, als zu schmunzeln. »Unglaublich, diese Jugend von heute. Null Respekt vor dem Alter«, brummelte er. Dann griff er nach seinem Autoschlüssel. »Macht vor dem Schlafengehen doch, was ihr wollt! Ich denke darüber nach, was die verwundete Seele uns mit der Nachricht eigentlich genau sagen wollte. Wenn wir den Typen dann rasch schnappen, gebühren die Lorbeeren aber ausschließlich mir. Gute Nacht und treibt es nicht zu bunt!«

Auch Brombspeidel und Staudinger brachen ihre Zelte ab. Dass soeben eine weitere E-Mail im Posteingang der Außenstelle des Landeskriminalamtes Niederösterreich eingetroffen war, bemerkte keiner.

# Kapitel 10

Schon bevor Meierhofer seine Schuhe ausgezogen hatte, wusste er, dass etwas nicht in Ordnung war. Er wurde zwar nicht immer von einer gut gelaunten Irene empfangen, wenn er abends nach Hause kam, aber die trübe Stimmung, die heute in der Luft hing, hatte eine besondere Qualität. Nicht einmal Einstein war so fröhlich wie sonst, als er an seinem Herrchen hochsprang. Ein unangenehmes Gefühl machte sich im Magen des Chefinspektors breit. Was war passiert? Und wo zum Teufel war Irene?

»Irene? Schatz, wo bist du?!«, rief Meierhofer ehrlich besorgt. Ihm schwante Böses, als seine Gattin ihm aus dem Schlafzimmer antwortete.

Ihre Stimme klang tränenerstickt. Das war ganz und gar kein gutes Zeichen. Rasch näherte er sich dem großen Raum, der sich am Ende des Ganges befand. Wie er befürchtet hatte, lag Irene weinend auf ihrer Seite des gewaltigen Ehebettes. Das schreckliche Gefühl in Meierhofers Bauch wurde noch stärker. Düstere Erinnerungen huschten durch seinen Kopf.

»Bitte nicht! Bitte nicht! Bitte nicht!«, wiederholte er stumm. Er traute sich nicht nachzufragen. Die Antwort, die er zu bekommen befürchtete, wollte er einfach nicht hören. Das hatten sie doch schon durchgemacht. Viel zu oft durchgemacht. Aber es half alles nichts. Er musste Gewissheit haben. Kurz räusperte sich der Chefinspektor, dann flüsterte er: »Hat sie es verloren?«

Irene, die sich mittlerweile aufgerichtet hatte, schüttelte den Kopf. Augenblicklich fiel Meierhofer ein tonnenschwerer Stein vom Herzen. Egal, was es war, es war nicht so schlimm wie damals.

»Verloren hat sie es nicht, aber sie hatte Blutungen und wurde ins Spital eingeliefert. Wie es aussieht, muss sie in vorzeitigen Mutterschutz gehen und sich ab jetzt schonen. Sonst besteht die Gefahr einer Fehlgeburt.«

Da war es, das furchtbare Wort, vor dem er, seit er von Mariannes Schwangerschaft erfahren hatte, Angst gehabt hatte: Fehlgeburt. Egal, was er wirklich empfand, Meierhofer wusste, dass er seine Frau nun auf alle Fälle beruhigen musste. Zu schlimm waren die Wunden, die ihre Fehlgeburten damals bei ihr hinterlassen hatten. Also meinte er, wenn auch nicht hundertprozentig überzeugend: »Mach dir keine Sorgen, Schatz! Es wird schon alles gut werden. Im Krankenhaus ist Marianne in den besten Händen. Sie wird das Baby nicht verlieren, nur weil sie Blutungen hatte.«

Als er den letzten Satz ausgesprochen hatte, wurde dem Chefinspektor heiß und kalt. Zu spät – nun konnte er ihn nicht mehr zurücknehmen. Irenes erster Fehlgeburt waren ebenfalls anfangs nicht besonders beunruhigend wirkende Blutungen vorausgegangen. Wie hatte er das nur vergessen können?

»Also, ich meine, heutzutage ist das doch alles nicht mehr so wie bei uns damals. Die Medizin ist heute schon viel weiter«, versuchte Meierhofer, seinen Fehler wiedergutzumachen. Irenes Reaktion zeigte ihm, dass es dafür zu spät war. Herrgott nochmal, warum hatte er seinen Mund nicht halten können!

»Lass mich bitte alleine, Hans!«, schluchzte sie, während sie sich wieder hinlegte und ihr nasses Gesicht in ihrem Polster vergrub.

»Okay, gib mir Bescheid, wenn du was brauchen solltest!«, erwiderte der Chefinspektor zärtlich, bevor er seiner Gattin einen Kuss auf den Hinterkopf gab. Dann schlurfte er frustriert ins Wohnzimmer, um seine Tochter anzurufen. Seine kleine Maus, die eigentlich längst groß und stark geworden war. Aber für ihn würde sie immer genau das bleiben: seine kleine Maus, für die er sein Leben lassen würde. Er würde nicht zulassen, dass jemand ihr wehtat! Bitter war nur, dass er in diesem Fall keine Chance hatte, sie vor etwaigen Schmerzen – egal, ob seelischer oder körperlicher Natur – zu bewahren. In dieser Sache gab es nur einen, der seinen Augenstern beschützen konnte, und dieser eine war um einiges mächtiger als er selbst. Zum ersten Mal seit langer, langer Zeit begann Meierhofer zu beten.

*

Nach einer Nacht voller konfuser Träume kam der Chefinspektor gerädert ins Büro. Da er morgens noch mit Marianne telefoniert hatte, der es den Umständen entsprechend gut ging, und danach in Ruhe mit Irene gefrühstückt hatte, war er der Letzte, der die Neuigkeiten erfuhr: »Wir haben Dopplers Bestätigung, Hans. Die DNA, die wir in Dorothea Mutzbachers Wohnung gefunden haben, stimmt mit der der Toten vom Donaustrand überein. Nachdem die Tote außerdem von Cecilia Habermüllner am Tatort identifiziert wurde, können wir nun meiner Meinung nach fix davon ausgehen, dass Dorothea Mutzbacher nicht mehr unter uns weilt.«

Staudinger griff nach seiner Stefano-Tasse und trank einen Schluck des intensiv nach Walderdbeeren duftenden Tees.

»Wir haben Dorothea Mutzbachers DNA übrigens auch durch unsere Datenbanken gejagt. Kein Treffer. Was immer sie Schlimmes verbrochen hat, es war es uns nicht wert, deshalb ihre DNA zu archivieren«, ergänzte Brombspeidel, die gerade eine Topfengolatsche vertilgte.

Erst als der Chefinspektor auf diese Botschaften nicht mit entsprechender Begeisterung reagierte, hakte Staudinger nach: »Alles okay, Hans? Geht's dir nicht gut?«

Meierhofer, der seine privaten Sorgen ursprünglich nicht mit der gesamten Belegschaft teilen hatte wollen, seufzte laut und berichtete dann von den Ereignissen des vergangenen Abends. Danach fühlte er sich wider Erwarten besser. Probleme runterzuschlucken, war eben nicht seine Art. Er musste darüber reden, um sie bewältigen zu können.

»Kopf hoch, Chef, das wird schon wieder«, tröstete Brombspeidel ihn sogleich in ihrer charmanten Art, »mich hätte meine Mutter auch fast verloren. Aber ich hab mich dagegen gewehrt. Mein Lebenswille war anscheinend schon immer riesengroß. Ich bin dann mehr als sieben Wochen zu früh gekommen. Wenn man meiner Mama Glauben schenken kann, war ich furchtbar klein und zerbrechlich damals. Und, tata, seht mich heute an, ist doch alles dort, wo es hingehört, findet ihr nicht auch?!«

»Doch, könnte weit schlimmer sein«, meinte Staudinger grinsend.

Ein Lächeln huschte über Meierhofers Gesicht. Er konnte sich glücklich schätzen, Eva und Stefano in seinem Team zu haben.

»So ist's schon besser, Chef. Können wir uns nun wieder dem Mordfall zuwenden? Ich hab nämlich gestern doch noch ein wenig darüber nachgedacht, kurz vor dem Schlafengehen«, lenkte Brombspeidel das Gespräch unvermittelt auf Berufliches.

»Tatsächlich«, erwiderte der Chefinspektor amüsiert, »und, was ist dabei herausgekommen? Weißt du nun, was die verwundete Seele uns mitteilen wollte?«

Die Revierinspektorin schüttelte den Kopf: »Nein, ich hab nicht über die Nachricht nachgedacht, sondern über etwas anderes. Wir können ja mehr oder weniger davon ausgehen, dass Dorothea Mutzbacher, von der wir nun wissen, dass sie unsere Tote ist, in der letzten Zeit nicht in der Wohnung über ihrem Laden gelebt hat. Seht ihr das auch so?«

Beide Männer nickten, woraufhin Brombspeidel fortfuhr: »Gut, also, ich hab mir Folgendes überlegt. Gehen wir davon aus, dass Dorothea Mutzbacher zu Fuß zu ihrem Picknick-Date aufgebrochen ist. Ihr Outfit lässt nicht darauf schließen, dass sie eine weite Strecke hinter sich gebracht hat, um dorthin zu gelangen. Ihre Ballerinas sind erstens nicht unbedingt das geeignete Schuhwerk für ewig lange Wanderungen und sehen außerdem noch aus wie neu. Das ist mir auf den Fotos vom Tatort sofort aufgefallen. Ich denke also, dass unsere Tote, die sich anscheinend für ihr Rendezvous extra neu eingekleidet hat, in der Nähe des Donaustrandes gewohnt hat.«

Staudinger schüttelte skeptisch den Kopf.

»Ich weiß nicht, Eva, das ist jetzt aber ein bisschen weit hergeholt. Sie könnte doch genauso gut mit dem Auto an den Strand gefahren sein. Oder ihr Mörder hat sie mit seinem Wagen abgeholt.«

Meierhofer schüttelte zweifelnd den Kopf. »Nein, das denke ich nicht, Stefano. Erinnere dich an den Tag des Leichenfundes! Wir mussten mehr oder weniger mitten auf der Straße parken, um zum Tatort zu kommen. Hätte der Täter sein Auto nahe des versteckten Strandstückes auf der Straße geparkt, wäre das viel zu auffällig und an dieser Stelle außerdem illegal gewesen. Ob er, mit einem geplanten Mord im Hinterkopf, dieses Risiko eingegangen wäre?«

»Was, wenn die beiden mit dem Boot zum Strand gefahren sind? Wäre doch auch eine Möglichkeit?«, schlug der Gruppeninspektor vor.

Nun war es an Brombspeidel, den Kopf schütteln. »Und wo hätte dieses Boot während des Picknicks bitte schön ankern sollen? Das wäre ja auch wieder viel zu auffällig gewesen.«

»Außer aber, es handelte sich um eine der Zillen, wie sie zum Beispiel die Feuerwehren der Orte rund um die Donau im Einsatz haben. Eine Zille am Donaustrand, ich glaube, die hätte in unserer Gegend kaum wen gestört«, widersprach der Chefinspektor.

Die Revierinspektorin war nun Feuer und Flamme. »Das ist es, Chef! Eine Zille! Damit hätte der Täter auf alle Fälle flüchten können. Dass er Dorothea Mutzbacher damit zum Donaustrand gebracht hat, wäre natürlich auch eine Möglichkeit, aber wahrscheinlicher finde ich, dass der Strand als Treffpunkt ausgemacht war, der Täter eine Zille dort versteckt hatte und mit dieser nach vollbrachter Tat relativ unauffällig geflüchtet ist. Und nachdem Dorothea Mutzbacher nagelneue Ballerinas und ein luftiges Sommerkleid getragen hat, bleibe ich dabei, dass sie nahe des Donaustrandes gewohnt hat. Vertraut mir – weibliche Intuition nennt man das.«

»Was meinst du, Stefano, spricht etwas dagegen, sich die Gegend rund um den Tatort genauer anzusehen? Möglicherweise liegt unsere bezaubernde Eva mit ihrer weiblichen Intuition sogar richtig?«, meinte Meierhofer, dem Brombspeidels Idee nicht so abwegig vorkam, in Richtung des Gruppeninspektors.

Der antwortete grinsend: »Also, bezaubernd hast du *mich* noch nie genannt, Hans. Wenn das so weitergeht, werde *ich* mich an die Gleichbehandlungstypen wenden. Und nein, es spricht nichts dagegen. Schauen wir uns den Tatort noch einmal an. Vielleicht bringt uns das ja wenigstens ein bisschen weiter.«

# Kapitel 11

Erneut saßen die drei in Meierhofers Auto, in dem es dank der Klimaanlage trotz der gleißenden Junisonne angenehm kühl war. Lange dauerte es nicht mehr, bis die Sommerferien anbrachen und die zahlreichen wunderschönen Strände der Donau, so das Wetter mitspielte, bevölkert werden würden.

Michael Jackson sang gerade seinen Welthit *Thriller*, als sich Brombspeidel plötzlich auf die Stirn schlug.

»Meine Güte, ich werd auch schon alt! Jetzt hab ich doch glatt vergessen, euch die E-Mail zu zeigen, die gestern Abend noch reingekommen ist. Ich hab sie leider erst heute Morgen gelesen.«

»Eine Mail? Etwa von unserer verwundeten Seele?«, fragte Meierhofer gespannt nach.

Brombspeidel nickte und zog ein säuberlich gefaltetes A4-Blatt aus ihrer Hosentasche. Dann begann sie zu lesen:

*An die Kriminalbeamten, die im Fall der Frauenleiche vom Donaustrand ermitteln:*

*Vieles ist oft nicht so, wie es auf den ersten Blick scheint. Namen sind doch nur Schall und Rauch.*

*Eines sollte man auf alle Fälle nie vergessen: Sich der süßen Verführung hinzugeben, kann tödlich sein.*

*Eine weitere Lektion, die ich im Laufe der Jahre leider lernen musste, möchte ich Ihnen ebenfalls noch mit auf den Weg geben: Blut ist leider nicht immer dicker als Wasser.*

*Hochachtungsvoll,*
*eine verwundete Seele*

»Denkt ihr, das ist eine Anspielung darauf, dass er die Tote in seiner letzten Nachricht mit Henriette angesprochen hat, sie aber in Wirklichkeit Dorothea hieß? Und meint er mit der süßen Verführung den Schokokuchen, der Dorothea Mutzbacher wahrscheinlich getötet hat? Und was soll bitte das Gerede von Blut und Wasser?«, fragte Brombspeidel, nachdem sie die nicht allzu lange Botschaft vorgetragen hatte.

»Keine Ahnung«, erwiderte Meierhofer. »Ich muss generell sagen, dass ich aus den Nachrichten der verwundeten Seele noch nicht so recht schlau werde. Ich hab mich aber auch noch nicht gut genug damit beschäftigt. Da ist mir gestern Abend das mit Marianne dazwischengekommen. Leider habe ich es dann nicht mehr geschafft, mich gedanklich …«

Staudinger unterbrach seinen Chef, der gerade dabei war, am tatsächlich gut versteckten Tatort vorbeizufahren: »Wir sind da, Hans! Dort drüben kannst du wohl noch am ehesten parken. Die Nachrichten sollten wir uns später genauer vorknöpfen. Jetzt hat erstmal der Donaustrand Vorrang.«

*

Am Strand selbst gab es wenig Spektakuläres zu entdecken. Nun, da die Picknickutensilien verschwunden waren, sah er einfach nur aus wie ein klitzekleiner, jedoch sehr schöner und idyllischer Donaustrand.

»Verflixt, ich hab nicht daran gedacht, meine neuen teuren italienischen Lederschuhe im Büro zu lassen und mir die alten Turnschuhe anzuziehen!«, fluchte Staudinger, der Angst um seine schicken Treter hatte, gerade.

Brombspeidel lachte auf.

»Na, so ein Glück, dass ich mir gar keine teuren italienischen Lederschuhe leisten kann. So hab ich ein Luxusproblem weniger.« Sie deutete auf eine Stelle am Ende des kleinen Strandstückes, die durch Bäume und Sträucher gut vom Wasser abgeschirmt wurde.

»Da drüben! Das wäre doch das perfekte Versteck für eine Zille!«

Meierhofer, der aufgrund der unerträglichen Hitze große Lust verspürte, seine Zehen in die Donau zu strecken, so, wie er das als Kind immer gemacht hatte, nickte.

»Hier hätte man die Zille weder vom Wasser noch von der Straße aus gesehen. Ich halte es mittlerweile auch für am wahrscheinlichsten, dass unser Täter über den Wasserweg geflüchtet ist. Wir werden das aber noch nachprüfen. Im Selbstversuch. Ich hab da schon was Spannendes im Kopf.«

»Spannender Selbstversuch, Chef?«, hakte Brombspeidel nach.

»Oh je, mir schwant Böses«, lautete Staudingers Kommentar.

Der Chefinspektor tat, als hätte er beide Bemerkungen nicht gehört, und sprach weiter. »Aber dazu später, jetzt lasst uns erstmal Evas Idee nachgehen! Schauen wir, ob man vom Strand aus ein Haus hier in der Nähe erreichen kann. Dazu müssen wir auf alle Fälle hier entlanggehen.«

Meierhofer machte sich nach links auf, wo er einen verborgenen schmalen Weg entdeckt hatte. Staudinger und Brombspeidel folgten ihm im Gänsemarsch. Mehr Platz bot der Pfad nicht.

»Ich komm mir vor wie damals im Kindergarten, als wir immer im Gänsemarsch hinter Tante Elvira herspazieren mussten«, motzte die junge Revierinspektorin, der das Gehtempo ihres Chefs nicht hoch genug war.

Staudinger wandte sich zu ihr um. »Sei froh, dass wir beim Wandern nicht auch noch ein Liedchen singen müssen. So war das bei uns früher üblich.«

»Ach, gegens Singen hätte ich nichts. Ich habe eine ausgesprochen schöne Singstimme«, erwiderte Brombspeidel keck.

Ein sarkastisches »Ja, das kann ich mir nur allzu gut vorstellen. Du bist sicher ein Sopran, der Gläser zum Zerbersten bringt.« war die Antwort des Gruppeninspektors.

Meierhofer gab ein Grunzen von sich. »Also, der Vergleich mit dem Kindergarten passt bei euch zweien wirklich bestens. Jetzt seid aber bitte beide einmal leise, sonst bekommt später keiner von euch ein Eis!«

Ein zweistimmiges »Ja, Chef!« war die Folge.

Nachdem die drei schon etwa fünf Minuten den verwachsenen Pfad die Donau entlanggegangen waren, blieb der Chefinspektor plötzlich abrupt stehen.

»Das gibt's doch nicht. Da ist tatsächlich ein Haus«, murmelte er erstaunt.

Allerdings, da war ein Haus oder, besser gesagt, ein Häuschen. Eines, das aussah, als wäre es einem Märchen entsprungen. Ein winziges weißes Hexenhäuschen mit schweren dunkelbraunen hölzernen Fensterläden, grünen Fensterrahmen und einem dicht mit Moos bewachsenen ziegelroten Dach. Um das Bild perfekt zu machen, lag dahinter auch noch ein kleiner verwilderter Garten.

»Das sieht ja aus wie in Hänsel und Gretel«, staunte Brombspeidel.

Staudinger nickte zustimmend. »Allerdings, auch wenn das Baumaterial zum Glück ein anderes ist als im Märchen. Wer wohl in diesem Hexenhäuschen wohnt?«

»Na, hoffen wir mal, dass es unsere Dorothea Mutzbacher war«, erwiderte Meierhofer, der nun langsam auf das kleine Haus zuging, wobei er ins Schnaufen geriet. Aus hochwasserschutztechnischen Gründen lag das Hexenhäuschen nämlich nicht auf Donauebene, sondern ein schönes Stück höher. Trotzdem, dachte der Chefinspektor, war zumindest der Keller des Gebäudes, so es einen hatte, sicher schon einige Male überflutet worden. Brombspeidel und Staudinger, denen die plötzliche Steigung weit weniger Probleme bereitete, folgten ihrem Vorgesetzten leichtfüßig.

Kurz darauf strömten die drei in verschiedene Richtungen aus, um sich das Haus von allen Seiten anzusehen. Meierhofer nahm sich dabei den Hauseingang vor. Er klingelte mehrmals, in der Hoffnung, dass ihnen niemand öffnen würde. Und tatsächlich, auch nach dem dritten Läuten, das man aufgrund dessen Länge und Intensität wirklich nicht überhören hätte können, blieb die

Haustür geschlossen. Auch sonst schien sich nichts im Inneren des Häuschens zu regen. Der Chefinspektor trat einen Schritt zurück. Dabei fiel sein Blick auf den Briefkasten, der unter einer dicken Schicht Efeu versteckt war. Zwei verschnörkelte Buchstaben prangten auf diesem:

*H. W.*

*

*Er ist verärgert. Sie haben auf keine seiner Nachrichten geantwortet. Ob sie diese überhaupt gelesen und verstanden haben? Werden sie ihn ernst nehmen? Werden sie seinen Hinweisen nachgehen? Werden sie entdecken, was hinter alldem steckt? Wird endlich aufgedeckt werden, was sie damals verbrochen hat? Er hofft auf Gerechtigkeit. Seine Rache hat er schon – alles, was er jetzt noch will, ist Gerechtigkeit.*

*

»H. W.«, las Meierhofer flüsternd zum wiederholten Male. H wie Henriette. Wenn das kein Zufall war. Sie mussten sich zu diesem Haus Zutritt verschaffen. Unbedingt! Er war sich sicher, dass eine Durchsuchung des kleinen Häuschens einige Geheimnisse lüften würde. Und das war alleine Eva Brombspeidel zu verdanken. Meierhofer bezweifelte, dass er selbst auch auf die Idee gekommen wäre, in der Nähe des Donaustrandes nach einer Behausung zu suchen.

»Eva! Stefano! Kommt her und seht euch das an!«, rief der Chefinspektor, da er den anderen seine Entdeckung nicht länger vorenthalten wollte.

Staudinger, der rascher da war als seine Kollegin, die im Garten des Hauses herumstreifte, stieß einen erstaunten Pfiff aus, als er die Buchstaben sah.

»H. W. – Das H steht mit Sicherheit für Henriette. Und das W? Das W ist mir im Zuge der Recherchen zu diesem Fall doch auch schon untergekommen. W, W, W – so ein Schmarren, irgendwie komm ich gerade nicht drauf.«

»Du wirst halt auch schon alt, mein Lieber«, meinte Meierhofer schmunzelnd. »Am besten, du versuchst erst gar nicht draufzukommen, was sich hinter dem W versteckt, dann fällt es dir ganz von selbst wieder ein. Ist zumindest bei mir immer so. Wo bleibt Eva denn?«

Der Gruppeninspektor zuckte mit den Schultern. »Keine Ahnung, ich glaube, der Garten hat es ihr angetan. Ich weiß nicht, was sie dort sucht.«

»Eva?!«, rief Meierhofer noch einmal.

»Ich bin hier hinten«, antwortete die Revierinspektorin, »und ihr solltet auch herkommen und euch das unbedingt anschauen!«

Sowohl Meierhofer als auch Staudinger ließen sich das nicht zweimal sagen. Wenn man dem Tonfall in Eva Brombspeidels Stimme vertrauen konnte, hatte sie etwas Aufregendes entdeckt. Die beiden Inspektoren eilten gespannt auf ihre junge Kollegin zu.

»Schaut euch das bitte an!« Brombspeidel trat ein paar Schritte zurück, um den Blick auf das, was sie gefunden hatte, freizugeben.

»Was zum Teufel?!«, entfuhr es dem Chefinspektor, während sein Kollege zeitgleich ein italienisches »Al diavolo!« von sich gab.

Hier, mitten in dem kleinen verwilderten Garten dieses Hexenhäuschens, unter einem alten Apfelbaum, versteckte sich ein winziger Grabstein. Auf diesem stand in derselben verschnörkelten Schrift, in der die Buchstaben H. W. auf den Briefkasten geschrieben worden waren, ein einzelner Name:

*Dorothea*

*

Auf der Rückfahrt ins Büro sagte anfangs keiner etwas. Alle drei waren sie damit beschäftigt, das Erlebte irgendwie einzuordnen. Dorothea Mutzbacher war am Donaustrand nahe des Hexenhäus chens an einem anaphylaktischen Schock gestorben. So viel war, nach der Analyse der DNA-Proben und Cecilia Habermüllners Aussagen, eigentlich klar.

Warum aber hatte dann der Täter von einer Henriette gesprochen? Einer Henriette, die vermutlich in dem kleinen Häuschen in der Nähe des Tatortes gelebt hatte. Und warum hatte diese Henriette in ihrem Garten einen Grabstein aufgestellt, den der Name Dorothea zierte? Egal, wie man es drehte und wendete – das ergab alles keinen Sinn.

»Sobald wir wieder im Büro sind, rufe ich meine Freundin bei der Staatsanwaltschaft an«, durchbrach Staudinger schließlich die Stille, »damit sie dafür sorgt, dass wir das Häuschen so schnell wie möglich unter die Lupe nehmen können. Wir sollten auch Gregor und seine Leute darauf ansetzen.«

»Allerdings, das sollten wir«, erwiderte Meierhofer nüchtern. Ihn wurmte, dass er sich auf all das absolut keinen Reim machen konnte.

Brombspeidel, der es gar nicht ähnlich sah, ruhig zu sein, sagte noch immer nichts. Dafür hatte sie einen kleinen Block und einen Kugelschreiber aus ihrer Tasche gezogen und machte sich jetzt wie wild Notizen.

»Notizblock und Kugelschreiber, Eva? Ich steh ja auch auf diese klassischen Methoden, aber dir hätte ich eher zugetraut, dass du dir mit einem Smartphone oder einem Tablet Aufzeichnungen machst«, zog Staudinger seine Kollegin auf.

Die zuckte mit den Schultern. »Keine Ahnung, warum, aber so ein weißes Blatt Papier ist mir einfach lieber als jedes digitale Sheet.«

»Weiß! Aber natürlich, das war es! Eva, du bist ein Schatz!«, entfuhr es dem Gruppeninspektor, dem ein Licht aufgegangen war.

Die anderen beiden verstanden ob des emotionalen Ausbruchs ihres Kollegen allerdings nur Bahnhof. Bis Staudinger sie aufklärte: »Weißhuber! Das war der Name mit W, der mir bei meinen Recherchen untergekommen ist. Dorothea Mutzbacher hieß ledig

Dorothea Weißhuber. Weißhuber war ihr Mädchenname. Mamma mia!« Staudinger schlug sich auf die Stirn.

Sowohl Brombspeidel als auch Meierhofer warteten gespannt, was der Gruppeninspektor nun noch offenbaren würde.

»Wie konnte ich nur so blind sein! Ich hab mich doch vor Kurzem mit meiner Bekannten beim Standesamt kurzgeschlossen, um möglichst viel über Dorothea Mutzbacher und ihre Familie herauszufinden.«

Brombspeidel war ehrlich beeindruckt: »Wahnsinn, wo du überall Bekannte hast, Stefano.«

Staudinger ignorierte die Bemerkung seiner Kollegin und erzählte weiter: »Das war noch, bevor uns diese verwundete Seele diese erste E-Mail geschickt hat, deshalb habe ich die Sache mit dem Vornamen nicht so wichtig genommen. Aber jetzt, jetzt ist es mir wieder eingefallen! Unglaublich, dass ich das nicht gleich bemerkt habe! Langsam werde ich anscheinend wirklich alt. Tut mir echt leid, dass ich das anfangs übersehen habe. Vielleicht …«

Die Spannung im Wagen stieg ins Unermessliche. Was Brombspeidel auch charmant zum Ausdruck brachte: »Herrschaftszeiten, Stefano, jetzt komm endlich auf den Punkt!«

Staudinger genoss es nun regelrecht, die beiden anderen auf die Folter zu spannen. Also wartete er noch einen Moment, bevor er das Geheimnis lüftete. »Leute, ihr werdet es nicht glauben, aber Dorothea Mutzbacher, deren Eltern schon lange tot sind, hatte auch eine kleine Schwester. Und der Name dieser Schwester war … na, kommt ihr drauf? Also, der Name dieser Schwester war tatsächlich Henriette.«

Als der erwartete Jubel ausblieb, war Staudinger ein wenig enttäuscht.

Meierhofers einzige Reaktion lautete: »Wieso *war*?«

Der Gruppeninspektor versuchte es ein weiteres Mal. Erneut wartete er einen Augenblick zu lange, bevor er die Bombe platzen ließ: »Na ja, *war*, weil diese kleine Schwester sehr jung verstorben ist.«

Ein paar Sekunden lang sagte keiner etwas.

Bis Brombspeidel erstaunlich ruhig kombinierte: »Wenn Weißhuber Dorothea Mutzbachers Mädchenname war, dann hieß ihre Schwester also Henriette Weißhuber.«

Meierhofer schluckte. »Henriette Weißhuber – H. W. – genau wie die Buchstaben auf dem Briefkasten des kleinen Häuschens. Wo sind wir da bloß reingeraten?«

# Kapitel 12

Zurück im Büro arbeiteten Meierhofer und sein Team auf Hochtouren. Während Brombspeidel sich gerade mit Gregor kurzschloss, um das weitere Vorgehen zu besprechen, und Staudinger die sozialen Netzwerke durchkämmte, konzentrierte Meierhofer sich darauf herauszufinden, wann und wie Henriette Weißhuber genau gestorben war.

Aus den offiziellen Aufzeichnungen ging hervor, dass sie im Juni 1964 ertrunken war, die exakten Umstände wurden dabei aber nicht erwähnt. Also folgte der Chefinspektor seinem Bauchgefühl und begann, alte Ausgaben verschiedener lokaler Zeitungen durchzuackern. Es dauerte auch nicht allzu lange, bis er fündig wurde:

*Tödlicher Unfall auf Ausflugsschiff*

*Eigentlich sollte es ein besonders schöner Tag für die kleine Henriette W. aus Melk werden. Zur Feier ihres sechsten Geburtstages unternahm sie mit ihren Eltern und ihrer zwölfjährigen Schwester eine Schifffahrt auf der Donau in der Wachau. Aufgrund eines plötzlich aufziehenden Gewitters begaben sich die Eltern ins Innere des Ausflugsschiffes. Nur die beiden Schwestern blieben unbemerkt auf dem Freideck desselbigen. Als das Schiff in Krems anlegte, war Henriette W. nicht mehr an Bord. Ihr Leichnam wurde erst viele Stunden später an einem Strandstück am nördlichen Donauufer gefunden. Henriettes unter Schock stehende Schwester konnte keine genauen Angaben zu dem Unfall machen. Der junge, aber dennoch erfahrene Kapitän Franz P. meinte, er könne sich nicht erklären, wie es zu diesem Unfall kommen konnte. Die Polizei geht davon aus, dass Henriette*

*W. auf die nasse Reling des Schiffes geklettert war, das Gleichgewicht verlor und infolgedessen über Bord ging.*

Meierhofer stieß einen leisen Pfiff aus. Henriette Weißhuber war anscheinend das kleine Mädchen gewesen, das den Schiffsausflug nicht überlebt hatte. Er konnte sich daran erinnern, dass dieser Unfall die Medien zur damaligen Zeit einige Tage lang beschäftigt hatte. Ihm war der Vorfall in Erinnerung geblieben, weil er kurz darauf mit seinen Eltern ebenfalls eine Ausflugsfahrt auf der Donau unternommen hatte. Seine Mutter, die ihn immer ein wenig überbehütet hatte, hatte ihn an diesem Tag laufend ermahnt, sich nicht über die Reling des Schiffes zu beugen. Eine Ermahnung, die er als Lauser anfangs ignoriert hatte – bis sein Vater eingeschritten war. Meierhofer hatte den Rest des Ausfluges unter Deck verbracht. Er wusste noch, dass er damals in Gedanken das Mädchen, das bei dem Unfall gestorben war, verflucht hatte. In seinen Augen war dieses daran schuld gewesen, dass seine Mutter während des Ausfluges so übervorsichtig gewesen war.

Der Chefinspektor druckte den Bericht aus, um ihn Brombspeidel und Staudinger zeigen zu können. Dabei ging ihm ein Gedanke durch den Kopf: Hatte Dorothea Mutzbacher – damals noch Weißhuber – eventuell etwas mit dem Tod ihrer Schwester zu tun gehabt?

*

»Gregor und seine Leute haben die Wohnung über Dorothea Mutzbachers Laden genauestens durchsucht. Er meint, wir hatten mit unserer Vermutung recht. Dauerhaft gewohnt dürfte dort schon jahrelang niemand mehr haben. Nur das Bad und die Küche wurden in der letzten Zeit benutzt. Auf dem Foto, das wir entdeckt haben, sind übrigens tatsächlich Dorothea und ihr Mann zu sehen. Außerdem hat Gregor Dorothea Mutzbachers Fingerabdrücke darauf gefunden. Das hilft uns aber nicht wirklich weiter.

Das Häuschen nahe des Donaustrandes nimmt sich Gregor noch heute vor. Ich hab ihm gesagt, er soll unbedingt nach DNA-Spuren suchen. Damit wir sichergehen können, dass H. W. und Dorothca Mutzbacher ein und dieselbe Person sind.« Brombspeidel, die ihren Teil der Erklärungen hiermit beendet hatte, griff nach einem der Butterkekse in der Schachtel, die Meierhofer vor ihnen auf den Tisch gestellt hatte.

»Danke, Eva«, meinte der Chefinspektor anerkennend, »und, Stefano, was hast du im Internet herausgefunden? War irgendetwas Interessantes dabei?«

Ein wissendes Lächeln erschien auf dem Gesicht des Gruppeninspektors. »Allerdings, das war es.«

Er legte einige Ausdrucke auf den Tisch.

»Ich hab mich auf Fetzbook umgesehen.«

Brombspeidel blickte Staudinger verständnislos an. Der machte eine wegwerfende Handbewegung.

»Vergiss es, Eva, das ist ein Insider. Also, wie ihr sehen könnt, war Henriette Weißhuber, die Dorothea Mutzbacher verblüffend ähnlich sieht, im sozialen Netzwerk ziemlich aktiv. Ganz im Gegensatz zu Dorothea Mutzbacher selbst, über die ich ja gar nichts finden konnte. Unser Glück ist, dass sich Henriette Weißhuber nicht besonders gut mit den Sicherheitseinstellungen ausgekannt oder diese bewusst ignoriert hat. Wir können also alles, was sie gemacht hat, ohne große Umstände nachvollziehen. Weißhuber hatte nicht allzu viele virtuelle Freunde, aber eine Person hat während der letzten Monate nonstop mit ihr kommuniziert. Haltet euch fest! Was glaubt ihr, wie sich diese Person genannt hat?«

Der Gruppeninspektor sah Meierhofer und Brombspeidel gespannt an. Die erwiderten wie aus einem Mund: »Eine verwundete Seele?«

Die Enttäuschung stand Staudinger ins Gesicht geschrieben.

»Könnt ihr hellsehen?«, motzte er.

»Nein, aber lesen«, konterte Brombspeidel schmunzelnd, während sie auf die Ausdrucke auf dem Tisch vor ihnen deutete.

Meierhofer ignorierte das Geplänkel zwischen seiner Kollegin und seinem Kollegen und fasste die Fakten zusammen.

»Gut, wir sind uns also einig, dass Dorothea Mutzbacher und …«, er griff nach den Ausdrucken, »… diese Henriette Weißhuber ein und dieselbe Person sind beziehungsweise waren. Wenn die verwundete Seele wirklich Dorothea Mutzbachers Mörder sein sollte, hat sie mit ihm übers Internet kommuniziert.«

»Warum gehen wir – und das schließt auch mich selbst ein – eigentlich die ganze Zeit davon aus, dass es ein Täter ist? Könnte nicht auch eine Frau hinter dem Mord stecken?«, warf Brombspeidel ein.

Staudinger schüttelte den Kopf.

»Das denke ich nicht. Ich hab mir die Kommentare der verwundeten Seele durchgelesen – alles deutet darauf hin, dass es sich um einen Mann handelt. Auch das Profilfoto, von dem ich allerdings annehme, dass es ein Fake ist, zeigt einen Mann.«

Die Revierinspektorin gab nicht nach. »Aber gerade das Internet hätte einer Frau doch die Möglichkeit gegeben, sich überzeugend als Mann zu verkaufen. Die Tatwaffe war voraussichtlich ein Stück Kuchen. Es war also kein besonders brutaler Mord, der große körperliche Kraft erfordert hätte. Ich bleib dabei, auch eine Frau könnte hinter dem Mord stecken.«

Der Gruppeninspektor blickte seine Kollegin skeptisch an. »Ich weiß nicht, heißt das, du glaubst, eine Frau hat sich bewusst als Mann ausgegeben, um sich so an Dorothea Mutzbacher zu rächen? Das wäre doch spätestens während des Picknicks aufgeflogen.«

Brombspeidel zuckte mit den Schultern.

»Stimmt – oder aber, es waren überhaupt mehrere Täter.«

Meierhofer schritt ein. »Möglich ist alles, Leute. Gehen wir trotzdem der sprachlichen Einfachheit halber davon aus, dass es sich um einen Täter handelt, in Ordnung? Was ist dir denn an der Kommunikation zwischen der verwundeten Seele und Dorothea Mutzbacher alias Henriette Weißhuber besonders aufgefallen, Stefano?«

»Unglaubliches. Sie hat ihm gegenüber zum Beispiel ihre Erdnussallergie erwähnt. Auch über Kuchenrezepte haben die beiden sich ausgetauscht. Die verwundete Seele scheint überraschenderweise ein leidenschaftlicher Koch und Hobbybäcker zu sein. Weshalb ihm Weißhuber auch ihr Lieblings-Schokokuchenrezept genannt hat. Er hat ihr übrigens versprochen, das Rezept auszuprobieren, und sie hat daraufhin gemeint, dass sie das Resultat dann gerne kosten würde, um sicherzugehen, dass er wirklich genauso gut backen könne wie sie selbst. Das ganze Gerede über Kuchen macht richtig hungrig.« Staudinger ließ einen Butterkeks in seinem Mund verschwinden.

Der Chefinspektor nickte zufrieden.

»Jetzt wissen wir auch, wie der Täter es geschafft hat, Mutzbacher den mit Erdnüssen kontaminierten Schokokuchen unterzujubeln. Er hat ihn wahrscheinlich zum romantischen Picknick mitgenommen und sie an ihr Versprechen, seine Backkünste zu beurteilen, erinnert. Hattest du beim Lesen der Kommentare das Gefühl, dass Mutzbacher in die verwundete Seele verliebt war?«

Staudingers Antwort kam wie aus der Pistole geschossen: »Ganz sicher. Phasenweise dachte ich, auf der Seite eines verknallten Teenagers gelandet zu sein. Der Typ hat sich ihr aber auch als wahrer Traummann präsentiert. Keine Ahnung, warum Menschen immer wieder auf so was reinfallen.«

»Ich kenn jede Menge Leute, die ihre Partner im Internet gefunden haben. So abwegig ist das gar nicht. Man geht ja nicht davon aus, dass sich hinter der vermeintlichen neuen Liebe ein Fakeprofil verbergen könnte«, sagte Brombspeidel.

»Sollte man aber vielleicht«, meinte Meierhofer, »in meinen Augen nehmen die Leute das Thema Sicherheit im Internet nicht ernst genug. Können wir herausfinden, wer tatsächlich hinter dem Profil steckt?«

Brombspeidel kam Staudinger zuvor: »Das wird sicher schwierig, Chef. Selbst, wenn wir uns mithilfe eines richterlichen Beschlusses die IP-Adresse des PCs holen, von dem aus unsere verwundete Seele gearbeitet hat, wette ich mit dir, dass wir am Ende bei dem Internet-Café landen, von dem aus er auch die E-Mails verschickt hat.«

»Das denke ich auch«, stimmte der Gruppeninspektor seiner Kollegin zu. »Niemand, der ein Verbrechen auf diese Weise angeht, ist so dumm, seine Spuren nicht gut genug zu verwischen. Der Typ weiß, wie man's macht. Aber jetzt erzähl endlich, was du über die echte Henriette Weißhuber herausgefunden hast! Wie ist sie denn damals ums Leben gekommen?«

Der Chefinspektor räusperte sich und begann dann zu erzählen. Auch den Zeitungsartikel ließ er Brombspeidel und Staudinger lesen. Nachdem Meierhofer seine Ausführungen beendet hatte, war es kurz leise. Bis es aus der Revierinspektorin heraussprudelte: »Also, wenn ihr mich fragt, hat Dorothea Mutzbacher ihre Schwester damals über die Reling geschubst. Weil ihr das einen psychischen Knacks verpasst hat, hat sie nach dem Tod ihres Mannes begonnen, ein Doppelleben zu führen. Sie hat ihre Wohnung verlassen und im Hexenhäuschen ein Leben als Henriette Weißhuber begonnen. Deshalb auch der Grabstein mit dem Namen Dorothea darauf. Der, den wir im Garten des Häuschens entdeckt haben. Er ist ein Zeichen dafür, dass sie ihr altes Ich, also Dorothea, begraben hat. Weil sie aber von irgendetwas leben musste, hat sie den Laden nicht aufgegeben. Deshalb eben ein Doppelleben. Tagsüber war sie Dorothea Mutzbacher, die erfolgreiche, charmante Geschäftsfrau, nach Feierabend und im Internet ihr Alter Ego Henriette Weißhuber.«

Während Staudinger anzusehen war, dass er Brombspeidels Theorie eine gewisse Skepsis entgegenbrachte, meinte Meierhofer: »Das wäre durchaus möglich, Eva. Ein während der Kindheit oder Pubertät durchlebtes Trauma – und den Mord oder Totschlag an der eigenen Schwester darf man sicher als solches ansehen – kann vermutlich gravierende Spätfolgen haben. Was für mich da allerdings nicht ins Bild passt, sind die Aussagen der verwundeten Seele. Die klingen für mich danach, als ob Dorothea

Mutzbacher ihm selbst Schaden zugefügt hätte. Vom eventuellen Mord oder Totschlag an ihrer Schwester abgesehen, muss Dorothea Mutzbacher in meinen Augen auch noch etwas anderes verbrochen haben. Noch dazu, wenn es – laut der ersten E-Mail der verwundeten Seele – anscheinend Komplizen gegeben hat. Während des Unfalls auf dem Ausflugsschiff war Dorothea Mutzbacher nachweislich mit ihrer Schwester alleine am Freideck des Schiffes. Ich denke also, dass unsere Tote vom Donaustrand ein weiteres dunkles Geheimnis hatte. Aber, wie gesagt, das ist nur meine persönliche Vermutung. Bauchgefühl, wenn man so sagen will.«

»Apropos Bauchgefühl. Was haltet ihr davon, wenn wir es für heute gut sein lassen?«, schlug Staudinger, der gerade einen Blick auf seine Armbanduhr geworfen hatte, gähnend vor.

Brombspeidel unterstützte den Gruppeninspektor: »Ich bin auch schon ziemlich müde und extrem hungrig. Mein Hirn funktioniert heute nicht mehr so, wie es sollte. Es war doch ein ziemlich langer, intensiver und anstrengender Tag.«

Meierhofer nickte stumm. Wenn sogar das Energiebündel Brombspeidel eine Pause brauchte, war es wohl wirklich Zeit, nach Hause zu gehen. Sie waren heute ein gutes Stück weitergekommen. Dorothea Mutzbacher war zwar noch kein offenes Buch für sie, aber ganz so geheimnisvoll wie zu Beginn der Ermittlungen war sie nun nicht mehr.

# Kapitel 13

Meierhofer spürte, wie sein Herz immer schneller schlug, als er sich dem Landesklinikum Krems näherte. Er konnte Krankenhäuser einfach nicht ausstehen. Aber Irene hatte darauf bestanden, dass er Marianne besuchte, und ihm war natürlich bewusst, dass sich das als Vater auch so gehörte. Also versuchte er, seine innerliche Abwehrhaltung in den Griff zu bekommen, um Marianne, die diese sicher spüren würde, nicht vor den Kopf zu stoßen.

»Papa, was machst du denn so spät noch hier?!«, lautete die freudige Begrüßung seiner Tochter. Marianne freute sich immer noch genauso darüber, ihren Vater zu sehen wie damals als Kind. Schön eigentlich, dass sie es geschafft hatten, die herzliche Eltern-Kind-Beziehung ins Erwachsenenalter zu retten.

Der Chefinspektor ging auf seine Tochter zu und gab ihr einen Kuss auf die Wange.

»Hallo, mein Schatz, gut siehst du aus«, flüsterte er dabei liebevoll.

Das war gelogen. Marianne sah ganz und gar nicht gut aus. Wieder machte sich das unangenehme Gefühl in Meierhofers Bauch breit. War ihr Zustand gefährlicher, als er gedacht hatte? Sie war so grau im Gesicht – und diese dunklen Augenringe.

Marianne schien seine Gedanken lesen zu können. »Mach dir keine Sorgen, Papa, das schaut wilder aus, als es ist. Uns geht's gut.«

Uns? Warum uns? Ach ja, das Baby!

»Ich muss mich jetzt halt ein bisschen schonen. Arbeiten darf ich nicht mehr gehen, und zu Hause muss ich auch kürzertreten. Das werden lange Monate bis zum Geburtstermin. Ich hoffe, meine Männer halten das durch.« Marianne seufzte.

Meierhofer fand, dass es an ihm war, ein Machtwort zu sprechen. »Deine Männer, mein Schatz, sind sehr wohl in der Lage, einmal ein paar Monate auf dich Rücksicht zu nehmen! Karl und Lukas wird es ganz guttun, die Hausarbeit zu übernehmen. Sie sind ja schließlich modern, so wie ich.«

Es stimmte, auch der Chefinspektor hatte nichts dagegen, den Staubsauger in die Hand zu nehmen oder den Geschirrspüler auszuräumen. Was er konnte, konnten die beiden Jungspunde doch schon lange.

»Ich besteh darauf, dass du auf dich – also auf euch zwei – schaust, Marianne! Du bist mein einziges Kind, und ich will nicht, dass dir etwas passiert. Also denk jetzt einmal nicht zuerst an alle anderen, sondern an dich – also an euch zwei –, und gib Ruh', verstanden?!«

Ein Lächeln ließ Mariannes Gesicht gleich viel weniger grau aussehen. Sie salutierte und rief: »Ja, verstanden, Herr Chefinspektor!«

»Oh je, hab ich wieder den Polizisten raushängen lassen?«, erwiderte Meierhofer zerknirscht.

Seine Tochter schüttelte den Kopf. »Nein, nur den liebevollen, besorgten Vater. Du hast ja recht, Papa, ich muss wirklich aufhören, zuerst an alle anderen zu denken. Aber, na ja, du weißt doch selbst, wie schwierig das ist, wenn man grundsätzlich kein Egozentriker ist.«

Allerdings, das wusste er. Und nachdem auch Irene ein Mensch war, dem das Wohl der anderen vor das eigene ging, war es Marianne nicht zu verdenken, dass sie ein Problem damit hatte, plötzlich in ihren Augen egoistisch zu handeln.

»Sieh es so, mein Schatz, du bist nicht selbstsüchtig, wenn du nun auf dich schaust, sondern du machst das alles dem kleinen Floh da drin zuliebe.« Meierhofer deutete auf den Bauch seiner Tochter, der wieder ein bisschen dicker geworden war.

»Johanna«, antwortete diese zärtlich.

»Wie bitte?«

»Sie wird Johanna heißen, Papa. Benannt nach ihrem einzigartigen Großvater.«

Der Chefinspektor spürte, wie Tränen der Rührung in ihm hochstiegen. Johanna – so ein schöner Name. Kaum jemand in seinem täglichen Umfeld wusste, dass Hans Meierhofer eigentlich ein Johann Meierhofer war. Dass Marianne das Bedürfnis hatte, seine Tochter nach ihm zu benennen, fand er unglaublich. Apropos.

»Sie? Weißt du denn schon, dass es ein Mädchen wird? Ich dachte, ihr wollt euch überraschen lassen?«

Nun wurde Marianne rot im Gesicht. Das stand ihr zwar um einiges besser als der fahle Teint vorhin, der Chefinspektor wusste aber, dass es ein Zeichen dafür war, dass seine Tochter etwas angestellt hatte.

»Du musst mir versprechen, es Mama nicht zu sagen«, beichtete sie, »aber das war eine klitzekleine Notlüge. Ich hab Karl gebeten, Mama das Geschlecht des Babys nicht zu verraten, weil ich wusste, dass sie uns sonst dazu drängen würde, alles in Rosa zu besorgen. Und du kennst mich doch, Papa, ich kann Rosa nicht ausstehen. Aber Gelb, Gelb find ich schön. Also, lass Mama bitte in dem Glauben, dass wir uns überraschen lassen wollen. Sie wird's schon verkraften. Außerdem weiß man ja nie, ob es dann auch wirklich stimmt. Vielleicht meinen die Ärzte, ein Mädchen auf dem Ultraschallbild gesehen zu haben, und dann ist es doch ein Bub, der etwas Essenzielles versteckt hat.«

Meierhofer musste schmunzeln. Eigentlich war es ja nicht seine Art, Geheimnisse vor Irene zu haben, aber in diesem Fall konnte er wohl eine Ausnahme machen. Er hob eine Hand zum Schwur und sagte feierlich: »Ich schwöre hiermit, der großen Mutter nicht zu verraten, dass das Wesen im Bauch der kleinen Mutter ein Mädchen ist.«

Marianne gluckste, wie sie das auch als Kind getan hatte, wenn ihr Vater sie zum Lachen bringen wollte. Auf einmal spürte Meierhofer das dringende Bedürfnis, sie in den Arm zu nehmen, was er auch tat.

»Versprich mir auch was, mein Schatz! Du passt auf euch auf, und wenn du etwas brauchen solltest, gibst du deinem alten Vater Bescheid!«

»Mach ich, Papa, versprochen. Ich hab dich lieb.«

»Ich hab dich auch lieb, mein Schatz, ich hab dich auch lieb.«

*

Ein aufgeregter Einstein begrüßte Meierhofer begeistert, als der Chefinspektor an diesem Abend endlich nach Hause kam. Erst jetzt, als das Wollknäuel an ihm auf und ab sprang, wurde ihm bewusst, wie müde er schon war. Trotzdem beschloss er, noch einen Spaziergang mit dem kleinen Malteser zu unternehmen. Das würde ihnen beiden guttun. Immerhin war es ein lauer, sonniger Juniabend, und so ein Spaziergang in ihrer schönen Gegend war eines der besten Mittel, um abzuschalten. Hunger hatte er seltsamerweise keinen, und außerdem war es schon weit nach sechs.

»Ich geh mit Einstein raus!«, rief er Irene zu.

»In Ordnung! Wie geht's Marianne?! Gibt's was Neues?!«, antwortete seine bessere Hälfte.

Meierhofer hoffte, dass er überzeugend klang, als er erwiderte: »Gut, und nein, es gibt nichts Neues!«

Irgendwie hatte er ein schlechtes Gewissen dabei, Irene zu beschwindeln, aber nachdem er geschworen hatte dichtzuhalten, musste er das jetzt auch durchziehen.

Der Spaziergang mit Einstein war dann wirklich Balsam für seine Seele. Die Vögel zwitscherten melodisch, die Grillen zirpten so laut, dass er das Gefühl hatte, irgendwo im Süden zu sein, und ein angenehmes Lüfterl umwehte ihn. Dazu die atemberaubende Landschaft.

»So muss es im Himmel sein«, schoss es Meierhofer durch den Kopf. Nur, dass es dort in seiner Vorstellung auch noch Latte Macchiato und deftiges Essen gab. Weil's dann eh schon wurscht war.

Meierhofer genoss die Ruhe, als plötzlich ein schriller Schrei ihn aus seiner friedlichen Feierabendstimmung riss. »Ah, der Herr Kommissar! Na, so ein Glück, dass ich Sie jetzt grad da treff. Ich wollt sowieso schon zu Ihnen ins Büro kommen, mir is da nämlich noch was ganz Wichtiges eingfallen!«

Der Chefinspektor, der es nicht besonders mochte, wenn man ihn als Kommissar bezeichnete, glaubte, seine Augen nicht zu trauen. Das war tatsächlich Cecilia Habermüllner in all ihrer Pracht, die da auf ihn zustapfte – anders konnte man das beim besten Willen nicht bezeichnen.

»Frau Habermüllner, so eine Freude, was gibt's denn?«, begrüßte er die ältere Dame, die damals am Tatort Dorothea Mutzbachers Leiche identifiziert hatte. Wie beim letzten Mal trug sie einen Hauskittel, allerdings hatte sie heute keine Lockenwickler im Haar, sondern dieses unter einem Tuch versteckt, wie schon seine Oma es getragen hatte.

»Also, mir is da, wie gsagt, noch was eingfallen, Herr Kommissar. Die Dorothea, die hab ich ja immer wieder beobachtet, nicht, dass S' jetzt meinen, ich wär neugierig oder so, aber sie war halt eine wichtige Frau bei uns im Ort.«

Meierhofer musste schmunzeln. Auch wenn er es privat widerwärtig fand, wenn Leute ihre Nase zu tief in die persönlichen Angelegenheiten ihrer Mitmenschen steckten, war es aus beruflicher Sicht ein Segen, dass es Menschen wie Cecilia Habermüllner gab.

Die setzte nun einen besonders verschwörerischen Gesichtsausdruck auf und flüsterte dann: »Also, wenn S' mich fragen, ich glaub, die Dorothea, also, ich glaub, die hat gar nicht in der Wohnung über ihrem Gschäft gwohnt.«

Erwartungsvoll blickte Cecilia Habermüllner den Chefinspektor an. Der tat ihr den Gefallen. »Nein, was Sie nicht sagen, Frau Habermüllner! Wie kommen Sie denn darauf?«

Die ältere Dame nickte zufrieden und berichtete weiter: »Also, früher, als ihr Mann noch glebt hat, da hat die Dorothea sicher mit ihm über dem Gschäft gwohnt. Da war immer was los. Ma hat Stimmen ghört und so. Ich wohn ja gleich in der Nähe, müssen S' wissen. Aber dann, nach dem Tod von ihrem Alten, da hat sich die Dorothea verändert. Is noch ein bisserl attraktiver wordn, würd ich sagen. Sie hat sich mehr aufbrezelt und so halt. Und dann hat ma plötzlich gar nix mehr ghört von derer ihrer Wohnung aus. Also hab ich mich, so mehr vorsichtshalber halt, amal am Abend, als das Gschäft schon zu war, so a bisserl auf die Lauer glegt, würd ich sagen. Sie werdn nicht glauben, was ich da gsehn hab!«

Cecilia Habermüllner legte eine künstliche Pause ein, um die Spannung zu steigern. Meierhofer stieg erneut darauf ein. »Erzählen Sie, Frau Habermüllner, bitte!«

»Also, die Dorothea is zwar eine Zeit lang in ihrer Wohnung über dem Gschäft verschwunden – da wär mir fast schon a bisserl fad gwordn – aber dann, dann is sie wieder runterkommen. Sie is ins Auto gstiegen und wegfahren. Dabei hat sie irgendwas mit einer Henriette oder so gflüstert. Zum Glück hab ich ein so gutes Hörgerät. Ich glaub, sie hat gsagt, jetzt komm ich zu dir, Henriette, oder so ähnlich. Das hab ich schon recht komisch gfunden, weil natürlich jeder weiß, dass die Henriette die tote Schwester von der Dorothea is, und die is sicher nicht in der Nähe begraben. Warum hätt sie die an dem Abend ausgrechnet am Friedhof besuchen sollen? Ihr Geburtstag war's auf alle Fälle nicht, weil der war ja damals, kurz bevor's bei dem Unfall gstorbn is – also irgendwann im Juni, und beobachtet hab ich das schon im März. Ich hab dann noch lang gwartet, und die Dorothea is nicht mehr zruckkommen. Also hab ich am nächsten Tag, schon bevor das Gschäft aufgmacht hat, hingschaut, und was glauben S', da is sie dann erst erschienen. Mit einem andern Gwand als am Vorabend und frisch hergricht. Weil ich sichergehen wollt, dass ich mich nicht täuscht hab, hab ich das dann ein paar Tage so gmacht – das mit dem Beobachten halt –, und jeden Tag war's das Gleiche. Ich sag Ihnen, Herr Kommissar, die Dorothea, die hat gar nicht in der Wohnung über ihrem Gschäft gwohnt.«

Meierhofer brachte es nicht übers Herz, Cecilia Habermüllner zu sagen, dass sie das bereits wussten. Außerdem war es tatsächlich interessant für ihn, ihre Vermutung durch die Beobachtungen der Frau bestätigt zu wissen. Charmant lächelnd, bedankte er sich. »Frau Habermüllner, mit dieser Aussage haben Sie uns in unseren Ermittlungen sicher ein schönes Stückchen weitergebracht. Ich wünsch Ihnen noch einen angenehmen Abend, und wenn Ihnen noch etwas einfallen sollte, schauen S' einfach bei uns im Büro vorbei, in Ordnung?«

Leider schien Cecilia Habermüllner den Wink mit dem Zaunpfahl nicht verstanden zu haben. Sie machte keine Anstalten, das Feld zu räumen.

»Gibt's noch etwas, Frau Habermüllner?«, fragte der Chefinspektor ein wenig genervt nach. Langsam hatte er keine Lust mehr, seinen wertvollen Feierabend mit unnötigen Gesprächen über ihren Mordfall zu verplempern.

Dorothea Mutzbachers Nachbarin überlegte einen Moment. Dann flüsterte sie: »Ich weiß nicht, ob's wichtig is, Herr Kommissar, aber als ich die Dorothea vor ein paar Wochen nochmal beobachtet hab, war ich nicht die Einzige, die ihr hinterherspioniert hat.«

Na toll, wollte Cecilia Habermüllner ihm jetzt noch von einer zweiten neugierigen Dorfbewohnerin berichten, die mit ihr gemeinsam Geheimagentin gespielt hatte?

»Da war noch dieser Mann. Einer, den ich bei uns im Dorf vorher noch nie gsehen hab. Der hat die Dorothea auch beobachtet, und nachdem sie davongfahren is, hat er sich auf sein Motorrad gsetzt und is ihr hinterher.«

# Kapitel 14

»Ich lehne mich jetzt vielleicht ein bisschen weit aus dem Fenster, traue mich aber zu behaupten, dass unsere verwundete Seele Dorothea Mutzbacher gestalkt hat«, eröffnete Meierhofer ohne langes Herumgeplänkel ihre Besprechung am nächsten Morgen.

Brombspeidel, die gerade von einer Extrawurstsemmel mit Gurkerln abbiss, kaute erstaunt weiter, während Staudinger, der den Mund frei hatte, sagte: »Gestalkt? Wie kommst du denn jetzt darauf, Hans?«

Der Chefinspektor berichtete seinem Team ausführlich von der abendlichen Begegnung mit Cecilia Habermüllner.

»Na, so ein Glück, dass diese Habermüllner nicht neugierig ist«, meinte Brombspeidel, nachdem Meierhofer seinen Bericht abgeschlossen hatte, grinsend. »Konnte sie den Täter vielleicht auch beschreiben?«

»Allerdings, das konnte sie. Er war groß, muskulös, hat dunkle Biker-Bekleidung getragen, außerdem einen flaschengrünen Helm, der genau zu seiner Maschine, die laut Frau Habermüllner schwarz und grün war, gepasst hat«, erwiderte der Chefinspektor.

Staudinger griff nach seiner Stefano-Tasse. »Ein flaschengrüner Helm? Das klingt nach einem spannenden Anhaltspunkt. Ich denke nicht, dass viele Motorradfahrer flaschengrüne Helme tragen.«

»Die Habermüllner meinte außerdem noch, dass der Typ ziemlich gefährlich ausgesehen hat«, ergänzte Meierhofer schmunzelnd, »und dass sie das Nummerntaferl leider nicht sehen konnte, weil er seine Maschine zuerst versteckt gehabt hat und dann viel zu schnell an ihr vorbeigefahren ist. Ich hab Frau Habermüllner gebeten, heute im Laufe des Tages vorbeizukommen.«

Brombspeidel steckte den Rest ihrer Semmel in den Mund.

»Wann hat Cecilia Habermüllner den Typen denn beobachtet?«

»Das war vor ein paar Monaten. Das genaue Datum konnte sie mir nicht nennen, aber sie ist sich sicher, dass es ein Dienstag war, weil sie sich danach *Universum* im Fernsehen angesehen hat. Leider weiß sie nicht mehr, worum es in dieser *Universum*-Ausgabe gegangen ist. Das hätte uns sicherlich weitergeholfen«, antwortete Meierhofer, während er aufstand, um sich einen Kaffee zu machen.

»Vor ein paar Monaten passt zeitlich ganz gut. Online ist die verwundete Seele das erste Mal vor dreieinhalb Monaten mit Henriette Weißhuber alias Dorothea Mutzbacher in Kontakt getreten«, merkte Staudinger an.

Brombspeidel packte eine zweite Wurstsemmel – dieses Mal mit Kantwurst und Käse belegt – aus und fasste zusammen: »Wir haben also einen Verdächtigen, der vor dreieinhalb Monaten übers Internet Kontakt zu Henriette Weißhuber alias Dorothea Mutzbacher aufgenommen und sie zur etwa selben Zeit, gehen wir einmal davon aus, dass es so ist, auch im echten Leben beobachtet hat. Dieser Verdächtige ist groß, muskulös, fährt ein schwarz-grünes Motorrad, trägt dunkle Biker-Bekleidung und einen flaschengrünen Helm. Außerdem nennt sich unser Verdächtiger eine verwundete Seele, was darauf schließen lässt, dass er irgendein Trauma hat, das noch nicht richtig aufgearbeitet wurde.«

Staudinger übernahm. »Ein Trauma, das in ihm den Wunsch ausgelöst hat, Dorothea Mutzbacher zu töten. Was wir nicht vergessen dürfen, ist die Tatsache, dass der Mann anscheinend gut kochen und backen kann. Vielleicht ist das ja nicht nur ein Hobby, sondern auch sein Beruf?«

Meierhofer nickte. »Das wäre eine Möglichkeit. Andererseits ist ein gerne kochender und backender Mann heutzutage ja nicht mehr sooo außergewöhnlich. Kannst du bitte überprüfen, ob die verwundete Seele auf ihrer Fetzbook-Seite«, ein Grinsen huschte über das Gesicht des Chefinspektors, das vom Gruppeninspektor erwidert wurde, »eventuell auch übers Motorradfahren schreibt, Stefano? Such auch nach Fotos, die etwas über ihn verraten könnten!«

»Keine Chance, Hans«, kam es wie aus der Pistole geschossen, »die verwundete Seele weiß, wie gesagt, genau, was sie tut. Der Typ hat auf keinen Fall im Internet Spuren hinterlassen, die eindeutig auf ihn hinweisen könnten. Ich bin mir sicher, dass alles, was ich auf seiner Seite an Fotos finde, gefakt ist. Er würde uns seinen Kopf ja sonst auf dem Silbertablett präsentieren. Oder was meinst du, Eva?«

Brombspeidel, die bereits die Hälfte ihrer zweiten Semmel verdrückt hatte, zuckte mit den Schultern.

»Also, es hilft nichts, Chef. Wenn du mich fragst, kommen wir dem Typen erst auf die Schliche, wenn wir wissen, welches Trauma Dorothea Mutzbacher bei ihm ausgelöst hat und wodurch das geschehen ist. Wir werden die Zusammenhänge nur dann verstehen, wenn wir das große dunkle Geheimnis der Toten kennen. Was hat sie angestellt? Was verbrochen? Warum hat die verwundete Seele einen derartigen Hass auf sie? Entweder wir finden das bald heraus, oder ein weiterer Mord hilft uns auf die Sprünge.«

»Ein weiterer Mord?«, fragte Staudinger erstaunt nach.

»Na ja, die verwundete Seele meinte doch, dass noch jemand daran glauben müsse. Wenn er also wirklich eine zweite Person tötet und wir dann Zusammenhänge herstellen können …«

In Meierhofers Blick lag eine Spur Entsetzen, als er donnerte: »So weit wollen wir es erst gar nicht kommen lassen, Eva! Wir müssen den Täter finden, noch bevor es ein weiteres Opfer gibt!«

*

Der Chefinspektor hatte die Arbeit unter ihnen dreien aufgeteilt. Während Brombspeidel sich um den lästigen Papierkram kümmerte und mit dem Pressebeauftragten konferierte, war Staudinger zum Hexenhäuschen nahe des Donaustrandes gefahren, um vor Ort zu eruieren, wie Gregor und seine Leute vorankamen.

Meierhofer selbst war auf dem Weg zur Schiffstation Stein, weil er einen Termin mit Franz Poltinger hatte, dem Mann, der Kapitän des Ausflugsschiffes gewesen war, auf dem die kleine Henriette Weißhuber 1964 ums Leben gekommen war. Poltingers Wunsch war es gewesen, das Gespräch während einer Schifffahrt von Krems nach Spitz zu führen, und Meierhofer hatte dem alten Herrn diesen Gefallen getan. Allerdings nicht ganz selbstlos, immerhin war es für ihn interessant, sich ein wenig in die Lage von damals zu versetzen.

Als der Kriminalbeamte an der Schiffstation ankam, entdeckte er Franz Poltinger sofort unter den Wartenden. Der Fünfundachtzigjährige war groß, sehr schlank, trug ein Sakko im Marinestil samt passendem Einstecktuch und hatte seine dichten weißen Haare zu einem ordentlichen Scheitel gekämmt. Er sah aus, als wäre er einer Fernsehserie entsprungen. Der klassische Kapitän in Ruhe eben.

»Kapitän Poltinger, nehme ich an.« Meierhofer streckte dem alten Herrn die rechte Hand hin, die dieser mit erstaunlich festem Griff in die seine nahm.

»Das Kapitän können Sie getrost weglassen, junger Mann, diese Funktion erfülle ich schon lange nicht mehr.«

Junger Mann – der Chefinspektor musste schmunzeln. Es war schon eine Weile her, dass man ihn zuletzt so genannt hatte.

»Bitte folgen Sie mir, Herr Inspektor, das Schiff hat bereits angelegt!«

Langsam, aber dennoch sicher ging Poltinger auf das Ausflugsschiff zu. Während Meierhofer ihm folgte, fragte er sich, wie viele der Menschen in der Traube vor ihm Touristen waren. Obwohl er wusste, dass er in einer besonders schönen Gegend zu Hause war, verwunderte es den Chefinspektor immer wieder, dass so viele Menschen aus aller Herren Länder diese besuchten, um hier Urlaub zu machen.

»Ich war sehr erstaunt über Ihren Anruf, Herr Inspektor«, meinte Poltinger, als sie das Schiff betraten. »Eigentlich hatte ich nicht mehr damit gerechnet, dass sich noch einmal jemand der Sache von damals annehmen würde. Obwohl es höchste Zeit ist, das zu tun. Ich habe immer gesagt, dass es bei dem Vorfall im Jahre 1964 nicht mit rechten Dingen zugegangen ist. Aber Ihre Kollegen haben mir keinen Glauben geschenkt. Für sie war der Tod der kleinen Henriette ein bedauerlicher Unfall. Was halten Sie davon, einen Platz auf dem Freideck einzunehmen? Heute ist es so schön und um diese Zeit trotzdem nicht allzu heiß.«

Meierhofer nickte und folgte dem Kapitän in Ruhe auf das Freideck. Von hier aus hatte man einen beeindruckenden Blick auf die Donau. Diesen musste auch die sechsjährige Henriette Weißhuber gehabt haben, bevor sie ums Leben gekommen war.

»Ich danke Ihnen für Ihre Bereitschaft, mir etwas über den Vorfall von damals zu erzählen, Herr Poltinger«, meinte der Chefinspektor, als die beiden zwei Sitzplätze nahe der Reling gefunden hatten.

»Keine Ursache. Ich bin, wie gesagt, ganz froh, dass mir endlich jemand zuhört. So muss ich diese Geschichte nicht mit ins Grab nehmen. Was wollen Sie denn genau wissen?« Poltinger blickte Meierhofer mit wachen Augen an.

Der lächelte und antwortete: »Ach, fangen Sie einfach ganz von vorne an, Herr Kapitän!«

Poltinger nickte. Dann begann er zu erzählen. »Ich weiß noch wie heute, dass es ein sechster Juni war. Daran erinnere ich mich, weil ich es amüsant fand, dass die kleine Henriette ihren sechsten Geburtstag mit einer Schifffahrt am 06.06. feiern durfte. Die Familie hatte das Schiff für sich alleine gebucht, was, wie Sie sich vorstellen können, gerade für damalige Zeiten nicht gerade billig war. Henriettes Eltern waren wohlhabend, und das strahlten sie auch aus. Es waren etwa dreißig Gäste geladen, wobei mir auffiel, dass darunter nur zwei Kinder waren: Henriette und ihre zwölfjährige Schwester Dorothea. Nachdem die Fahrt zur Feier des Geburtstages der kleinen Henriette unternommen wurde, kam mir das ein wenig merkwürdig vor. Gut, rauschende Kindergeburtstagspartys, wie sie heute meine Urenkel feiern, waren damals vielleicht noch nicht üblich, aber zumindest ein oder zwei Freundinnen hätte ich bei einer Feier wie dieser erwartet. Aber nein, an Bord waren bis auf die beiden Schwestern ausschließlich Erwachsene.

Die Fahrt war bis ins Detail durchgeplant. Frau Weißhuber, Henriettes Mutter, hatte genaue Anweisungen gegeben, wie die Feier abzulaufen hatte. Das Essen war vom Feinsten, eine Band spielte Rock'n'Roll, was ich ausgesprochen modern fand, und der Champagner floss in Strömen.«

»Klingt nicht gerade nach einem Kindergeburtstag«, warf Meierhofer ein.

Poltinger schüttelte den Kopf.

»Nein, das war es auch nicht. Es war eine Feier, die den Geladenen zeigen sollte, wie wohlhabend Familie Weißhuber war. Um die kleine Henriette ging es in Wirklichkeit gar nicht, sie war, wie ihre Schwester auch, eher lästiges Anhängsel. Allerdings bekam sie eine mehrstöckige Geburtstagstorte. Darüber hat sich die Kleine angeblich ehrlich gefreut. Falls Sie sich fragen, warum ich das alles so genau weiß: Die Besatzung, die damals an Bord war, und ich haben diesen Tag immer und immer wieder besprochen. Der Tod des Mädchens hat uns alle schwer geschockt. Keiner von uns ist je vollständig darüber hinweggekommen.«

Für einen Moment widmete der Chefinspektor seine Aufmerksamkeit dem wundervollen Ausblick. Die bewaldeten Hügel an beiden Seiten der Donau, die in der Sonne glitzerte, hatten wirklich etwas ganz Besonderes. Vom Wasser aus wirkte die Wachau noch ein bisschen beeindruckender als sonst. Dann wandte er sich wieder Franz Poltinger zu: »Können Sie mir vielleicht sagen, welchen Eindruck Sie von der Beziehung der beiden Schwestern zueinander hatten?«

Der alte Herr nickte erneut.

»Allerdings, das kann ich. Wissen Sie, ich habe selbst zwei Töchter, die damals gerade dreizehn und sieben Jahre alt waren, also in einem ähnlichen Alter wie die beiden Weißhuber-Mädchen. Meine Mädchen hatten auch immer wieder ihre Streitigkeiten, aber die Art und Weise, wie Dorothea Weißhuber mit ihrer kleinen Schwester umgegangen ist, die hat mich wirklich entsetzt. In ihren Gesten und Worten lag so viel Hass. Generell schien Dorothea Weißhuber ein schwieriger Charakter zu sein. Sie wirkte auf mich arrogant, widerspenstig und gefühlskalt. Nun war es auch damals nicht einfach, ein Teenager zu sein, aber Dorothea Weißhuber legte ein Verhalten an den Tag, wie man es in dieser Zeit bei jungen Leuten eigentlich nicht geduldet hat. Trotzdem schien die kleine Henriette zu ihr aufzusehen. Die Sechsjährige war, soweit ich das beurteilen kann, ein echter Sonnenschein. Äußerst liebenswert, das genaue Gegenteil ihrer Schwester.«

Meierhofer ließ die Worte ein wenig sacken, dann hakte er nach. »Denken Sie, dass Dorothea auf ihre kleine Schwester eifersüchtig war? Weil diese so liebeswert war?«

Der Kapitän in Ruhe überlegte einen Moment.

»Das wäre durchaus möglich. Aber, wie gesagt, so viel habe ich von den beiden Mädchen nicht mitbekommen. Was ich Ihnen berichten kann, ist nur mein persönlicher erster Eindruck. Wahrscheinlich sollten Sie, was diese Dinge angeht, jemanden fragen, der die beiden besser kannte.«

Gute Idee. Das würde er sich als Nächstes vornehmen.

»Bitte, erzählen Sie mir doch, was vor dem Unfall passierte!«, forderte der Chefinspektor Franz Poltinger höflich auf.

Dessen Blick verfinsterte sich. Es war ihm anzusehen, dass ihm der Vorfall von damals auch nach all den Jahren noch im Magen lag.

»Die Feier war gerade in vollem Gange, alle hielten sich auf dem Freideck auf, als plötzlich Gewitterwolken aufzogen. Es dauerte nicht lange, bis es blitzte und donnerte, weshalb die Partygäste Hals über Kopf unter Deck flüchteten. Alle bis auf die zwei Mädchen. Eine meiner Bekannten, die an diesem Tag als Kellnerin arbeitete, erzählte mir, dass sie Frau Weißhuber darauf angesprochen hätte, dass die beiden Kinder im Freien geblieben waren. Doch der schien das egal zu sein. Zu diesem Zeitpunkt war, wie gesagt, schon eine Menge Champagner die Kehlen der Feiergesellschaft hinuntergeflossen. Ich möchte nicht sagen, dass sie alle betrunken waren, aber zumindest angeheitert. Was die beiden Mädchen anstellten, interessierte deshalb wohl niemanden.«

Meierhofer räusperte sich. »Haben Sie oder Ihre Besatzung irgendetwas von dem Unfall mitbekommen?«

Poltinger schüttelte vehement den Kopf.

»Nein, natürlich nicht, sonst hätten wir doch sofort eingegriffen. Erst als wir in Krems anlegten, fiel auf, dass Henriette nicht mehr an Bord war. Ihre Schwester, Dorothea, wirkte schwer geschockt. Sie hat kein Wort mehr gesprochen. Wenn Sie mich fragen, ich denke, dass sie etwas mit dem Tod ihrer Schwester zu tun hatte. Dass die kleine Henriette von alleine über die Reling ging, halte ich für eher unwahrscheinlich. Ich vermute, dass jemand nachgeholfen hat. Und nachdem meine Besatzung und die erwachsenen Partygäste für den Rest der Fahrt nachweislich alle unter Deck waren, kann es nur Dorothea Weißhuber gewesen sein. Wer weiß, vielleicht sind die beiden in Streit geraten, und Dorothea konnte ihre Wut nicht in den Griff bekommen. Dass sie ihrer Schwester gegenüber Wut empfand, war ja, wie gesagt, augenscheinlich. Möglich wäre natürlich auch, dass Dorothea ihre Schwester überredet hat, auf die Reling zu klettern«, Poltinger war anzumerken, dass er sich mit der Frage, was damals passiert war, über Jahre hinweg beschäftigt hatte, »vielleicht im Rahmen einer Wette. Da die Reling nass war, war es sicher nicht einfach, darauf Halt zu finden. Was an diesem Tag schlussendlich wirklich geschehen ist, weiß aber keiner – außer, wie ich vermute, Dorothea Weißhuber. Warum fragen Sie sie denn nicht einfach?«

»Weil sie tot ist«, lautete Meierhofers nüchterne Antwort.

*

Nach dem interessanten Gespräch mit Kapitän Poltinger beschloss Meierhofer, nicht gleich zurück ins Büro zu fahren, sondern Gregor und Stefano einen Besuch abzustatten. Als der Chefinspektor bei dem kleinen Häuschen nahe ihres Tatortes eintraf, war dort der Teufel los. Überall wuselte es von Gregors Leuten in ihren Ganzkörperkondomen. Der Meister selbst begrüßte Meierhofer mit einem freundlichen »Pass ja auf, dass du mir keine Spuren zerstörst, Hans!«, was dieser mit einem noch herzlicheren »Ich freu mich auch wahnsinnig, dich zu sehen, Gregor!« quittierte.

Staudinger, der zwischen all den weiß gekleideten Personen in seinem bunten Outfit aussah wie ein Paradiesvogel, berichtete seinem Chef, was Gregor und dessen Team bereits herausgefunden hatten. »Also, es hat sich auf alle Fälle ausgezahlt, dass ich mich mit meiner Freundin bei der Staatsanwaltschaft kurzgeschlossen habe, um die Erlaubnis einzuholen, das Häuschen durchsuchen zu lassen. Es wurde übrigens vor einigen Jahren von den Erben seiner Vorbesitzerin an eine Henriette Weißhuber verkauft. Wir haben den Kaufvertrag gefunden.«

»Du meinst wohl, *ich* habe den Kaufvertrag gefunden!«, verbesserte Gregor entrüstet.

»Eigentlich hab ja *ich* ihn entdeckt, Chef«, schaltete sich eine junge Beamtin aus Gregors Team ein, was diesem ein verschmitztes Lächeln entlockte.

Staudinger ignorierte die Einwürfe und sprach weiter: »Auch sonst deutet alles darauf hin, dass in diesem Häuschen eine Frau namens Henriette Weißhuber lebt beziehungsweise gelebt hat. Nachdem wir, also Gregors Leute, auch Geschäftsunterlagen zu Dorothea Mutzbachers Laden im Hexenhäuschen gefunden haben, gehen wir weiterhin davon aus, dass Henriette Weißhuber und Dorothea Mutzbacher ein und dieselbe Person sind oder, besser gesagt, waren.«

»Ich hab schon einiges an DNA-Spuren zur Analyse eingepackt«, erklärte Gregor, »wir sollten also bald mit Sicherheit wissen, ob Dorothea Mutzbacher tatsächlich ein Doppelleben geführt hat.«

»Davon gehe ich aus«, erwiderte Meierhofer, der sich seit dem Gespräch mit Franz Poltinger sicher war, dass Dorothea Mutzbacher in ihrer Kindheit ein Henriette-Trauma erlitten hatte, das sie bis zu ihrem Tod verfolgt hatte.

»Ich eigentlich auch«, stimmte der Gruppeninspektor seinem Chef zu. »Komm mal mit, Hans! Ich muss dir unbedingt etwas zeigen. Dürfen wir, Gregor?«

Der Spurensicherer nickte. »Aber denkt daran: Nichts angreifen! Zumindest nicht ohne Gummihandschuhe!«

Meierhofer folgte Staudinger ins Innere des kleinen Häuschens, das genauso idyllisch war wie dessen Äußeres. Henriette Weißhuber hatte Geschmack gehabt, das musste man ihr lassen. Alles war rustikal-urig eingerichtet, hatte aber trotzdem einen modernen Touch. Man fühlte sich hier einfach wohl.

»Wir müssen in den ersten Stock!« Staudinger deutete auf eine schmale, hölzerne, stark gewundene Wendeltreppe, bei deren Anblick dem Chefinspektor schwindelig wurde. »Keine Angst, Hans, sieht schlimmer aus, als es ist. Mir ist nicht schlecht geworden, als ich vorhin da raufgegangen bin«, lachte sein junger Kollege, als er den Blick seines Freundes sah. »Glaub mir, es zahlt sich auf alle Fälle aus.«

Seufzend quälte sich Meierhofer hinter Staudinger die Treppe hinauf. Bequem war das nicht gerade. Aber nachdem Dorothea Mutzbacher alias Henriette Weißhuber eine gertenschlanke Frau gewesen war, hatte sie wohl weit weniger Probleme mit der Bezwingung der Wendeltreppe gehabt als er selbst.

»Der Grabstein im Garten ist übrigens ein Dummy, wenn man das so nennen kann. Darunter befindet sich nichts außer jungfräulicher Erde. Es ist also keine Leiche im Garten vergraben«, erklärte der Gruppeninspektor, der gerade die letzte der Stufen erklommen hatte.

»Das war zu erwarten ... Und, was gibt's jetzt hier oben so Spannendes?«, fragte der Chefinspektor schnaufend, als er im Vorraum des Obergeschosses stand.

Der Gruppeninspektor lächelte wissend und öffnete die Tür zu einem der drei Zimmer, die sich hier oben befanden.

»Das solltest du dir am besten selbst ansehen.«

*

*Er nimmt den Motorradhelm ab und beobachtet seine Zielperson ganz genau. Lange wird es nicht mehr dauern, bis er erneut zuschlagen wird. Genau wie Henriette Weißhuber hat auch sein neues Opfer es mehr als verdient, das Zeitliche zu segnen. Tief sind die Wunden, die die beiden ihm damals gemeinsam zugefügt haben. Eines ist ihm klar: Dieses Mal wird es um einiges schwieriger werden. So einfach wie bei Henriette wird es nie wieder sein.*

*

»Das gibt's doch nicht!«, entfuhr es Meierhofer.

»Ich hab dir ja gesagt, dass es sich auszahlt, hier heraufzukommen«, entgegnete Staudinger grinsend.

Der Chefinspektor trat in den kleinen Raum, um ihn sich genauer anzusehen. Dabei blieb ihm vor Staunen der Mund offen stehen. Hunderte Fotografien und Zeichnungen bedeckten die Wände des winzigen Zimmers, auch einige Graffiti-ähnliche Schriftzüge befanden sich darunter. Während die durchaus gelungenen Zeichnungen vor allem Ausflugsschiffe und Donaustrände zeigten, waren auf den großformatigen Ausdrucken alter Polaroids zwei Mädchen zu sehen. Einem der beiden, dem älteren, hatte jemand auf allen Fotografien einen schwarzen Balken über die Augen gelegt. Ob das digital oder per Lackstift passiert war, konnte Meierhofer auf den ersten Blick nicht erkennen, er ging aber von Ersterem aus. Die Schriftzüge bestanden eigentlich aus zwei sich permanent wiederholenden Namen. Einer der Namen war stets in bunten, lebendigen Farben gehalten, der andere in Schwarz- und Grautönen. Der farbenfroh gestaltete Name lautete Henriette, der düstere Dorothea.

# Kapitel 15

Meierhofer blickte auf die sonnendurchfluteten Hügel vor sich. Auf die wunderschöne Landschaft, die den Touristen hier sicher immens dabei half, ihre leeren Batterien wieder aufzuladen. Schade eigentlich, dass er selbst hier kein Urlauber war, sondern in dieser Perle der Natur lebte. Dadurch nahm er sie nie so bewusst und ausschließlich positiv besetzt wahr, wie er das als Tourist wohl getan hätte.

Der Chefinspektor fühlte zum ersten Mal seit Langem diese Sehnsucht nach dem Waldviertel in sich aufkeimen. Nach seinem Wohnwagen am Stausee. War er etwa urlaubsreif? Brauchte er eine Auszeit? Abstand vom stressigen Alltag?

Die Melodie eines Popsongs, der im Radio zurzeit auf und ab gespielt wurde, riss Meierhofer aus seinen Gedanken. Noch bevor ihm bewusst war, woher sie kam, hörte er schon: »Staudinger, was kann ich für Sie tun? … Gregor, mein Freund, hast du schon wieder Sehnsucht nach uns? Wir sind doch erst seit einer Viertelstunde weg? … Nein, aber du wirst es mir sicher gleich verraten. … Echt? … Schön blöd von ihr, nicht wahr, das hätte ihr vielleicht das Leben gerettet … Ich richte es ihm aus … Mach's besser!«

Der Gruppeninspektor beendete das Gespräch und legte sein Smartphone auf den kleinen Kaffeehaustisch, den er sich mit Meierhofer teilte.

»Wo bleibt denn nur meine Schaumrolle? Ich bin schon total unterzuckert«, motzte er dabei.

Meierhofer, der sich vorbildlicherweise nur einen Kaffee bestellt hatte, schmunzelte.

»Wir sind ja gerade erst gekommen, Stefano. Schau mal, was

hier los ist! Die netten Damen und Herren können doch auch nicht zaubern.«

Staudinger blickte um sich. Tatsächlich, kein einziger Stuhl des Gastgartens des kleinen Kaffeehauses war noch frei. Kein Wunder bei diesem Kaiserwetter. Drinnen sah es wahrscheinlich nicht anders aus. Schließlich war das Haus für seine köstlichen Mehlspeisen berühmt.

»Stell dir vor, wie es hier in ein paar Wochen zugeht. Wenn die echten Wachauer Marillen reif werden und jeder Lust auf Marillenkuchen, Marillenknödel und Palatschinken mit Marillenmarmelade hat«, meinte der Gruppeninspektor grinsend.

»Also, ich hätte schon jetzt Lust darauf«, erwiderte Meierhofer, »aber lass uns über etwas anderes reden! Was wollte Gregor denn von dir?«

»Einmal die Schaumrolle, ein Marillensaft, aufgspritzt auf einen halben Liter, und ein Latte Macchiato. Bitte schön, die Herren.«

»Danke schön«, lautete die einstimmige Antwort der beiden Inspektoren. Als die Kellnerin wieder gegangen war, erklärte Staudinger: »Gregor hat gerade im Windfang des Hexenhäuschens eine interessante Entdeckung gemacht. Auf einem der Kleiderhaken hing eine violette Handtasche, in der sich ein Notfallset für Allergiker befindet. Unser Opfer hat also ein solches besessen, aber dieses anscheinend bewusst nicht zum Date mitgenommen … Mhm, die Schaumrolle ist echt köstlich. Solltest du auch probieren, Hans!«

»Nein danke, ich schau auf meine schlanke Linie. Eigentlich ist es ein Wahnsinn, dass sie das Notfallset einfach zu Hause gelassen hat. Anscheinend hat sie ihrem Mörder blind vertraut.«

»Und das, obwohl die beiden einander vorher noch nie getroffen hatten. Ich hab mir ja jeden der Kommentare genau durchgelesen – in ihren letzten sprechen sie beide vom ersten Treffen. Henriette Weißhuber und die verwundete Seele.«

Der Chefinspektor genoss den ersten Schluck seines Kaffees und sagte dann: »Manchmal denk ich mir, dass die alten Zeiten, so ganz ohne moderne Medien, auch nicht die schlechtesten waren. Das Internet ist schon eine tolle Errungenschaft, aber ganz ungefährlich ist es nicht.«

»Man muss halt wissen, wie man richtig damit umgeht«, konterte Staudinger, »aber das tun viele Leute nicht. Oder sie sind, wie ich es in Henriette Weißhubers Fall annehme, einfach zu blauäugig ... Das eine Zimmer in ihrem Häuschen ist ein Wahnsinn, oder?«

Der Gruppeninspektor biss ein weiteres Mal herzhaft von seiner luftigen Schaumrolle ab. Meierhofer hatte große Mühe, ihm dabei nicht bis in den Magen zu schauen. Also konzentrierte er sich wieder auf ihren Fall. »Es kam mir vor wie ein Schrein. Dorothea Mutzbacher hatte augenscheinlich ein schweres psychisches Problem. Vielleicht hatte sie ja wirklich etwas mit dem Tod ihrer kleinen Schwester damals, im Jahr 1964, zu tun, und das hat bei ihr dann dazu geführt, dass sie zu einer gespaltenen Persönlichkeit wurde. Irgend so was Posttraumatisches halt. Was mich allerdings wundert, ist, dass sie es trotzdem geschafft hat, ihre Rolle als Ladenbesitzerin weiterzuspielen, ohne in ihren Kunden den geringsten Verdacht zu wecken. Ich kenn mich mit diesen Dingen allerdings gar nicht aus. Was das angeht, müssen wir auf alle Fälle einen Polizeipsychologen hinzuziehen.«

»Mein Problem ist, dass ich überhaupt nicht verstehe, wie der Vorfall von damals mit unserer verwundeten Seele zusammenhängt. Warum hat der Tod der kleinen Henriette ihn so aus der Bahn geworfen? Warum war er in seinen Augen Grund genug dafür, Dorothea Mutzbacher umzubringen?« Staudinger steckte den letzten Bissen seiner Mehlspeise in den Mund und blickte dann enttäuscht auf den leeren Teller.

Der Chefinspektor legte die Stirn in Falten. »Ich bin mir nicht sicher, dass es alleine der Vorfall aus dem Jahr 1964 war, der zu Dorothea Mutzbachers Todesurteil wurde. Da muss noch irgendetwas anderes dahinterstecken. Das sagt mir mein Bauch.«

»Dein Bauch sagt dir wahrscheinlich, dass du dir gefälligst auch eine Schaumrolle gönnen sollst«, meinte Staudinger schelmisch.

»Ich bestell mir eine zweite. Möchtest du nicht doch auch eine?«

Meierhofer staunte wieder einmal, was junge Menschen essen konnten, ohne sofort dick zu werden. Oder lag das gar nicht am Alter? Hatten Stefano und Eva einfach gute Gene? Ganz im Gegensatz zu ihm selbst, der eine Schaumrolle nur anzusehen brauchte, um zuzunehmen.

»Schau, hier gibt's auch Topfenkuchen für Diabetiker. Zumindest den könntest du essen.« Der Gruppeninspektor hob die Hand, um eine der Kellnerinnen auf sich aufmerksam zu machen.

»Fräulein, eine Schaumrolle noch, bitte schön!«

»Bringen Sie uns doch gleich zwei!«, rief Meierhofer. Schließlich lebte man nur einmal. Und wie schnell so ein Leben vorbei sein konnte, wurde ihnen gerade wieder vor Augen geführt.

*

»Der Kollege von der Wasserpolizei hat sich gemeldet, Chef«, waren Brombspeidels erste Worte, als Meierhofer und Staudinger zurück ins Büro kamen. »Sie haben den Selbstversuch in deinem Auftrag durchgeführt, und alles ist so, wie du gemeint hast, soll ich dir ausrichten. Der Kollege wartet auf deinen Anruf. Eigentlich hatte ich ja gehofft, dass wir an deinem spektakulären Selbstversuch aktiv teilnehmen dürfen. Und, was habt ihr zwei heute Vormittag alles herausgefunden? Bei mir im Büro war's stinklangweilig.«

Die beiden Inspektoren berichteten ihrer Kollegin, was sie erlebt hatten. Nachdem sie geendet hatten, war Brombspeidel deutlich anzusehen, dass sie ein wenig neidisch war.

»Wui, da habt ihr's aber ganz schön krachen lassen ohne mich. Dieses Zimmer in Henriette Weißhubers Häuschen muss ich mir unbedingt anschauen! Hoffentlich hat Gregor viele Fotos gemacht. Ich wette mit euch, dass sie das Notfallset nur zu Hause gelassen hat, weil es nicht zu ihrem Outfit gepasst hätte – also die violette Handtasche meine ich. Die muss extrem verknallt gewesen sein in ihren Mörder, wenn sie ihm so sehr vertraut hat. Ich bin beim ersten Date immer ein bisschen skeptisch. Ihr glaubt ja gar nicht, wie viele schräge Typen da draußen herumlaufen.«

»Doch, das tun wir«, erwiderte Meierhofer.

»Weißt du, wir haben beruflich häufiger mit solchen Kerlen zu tun«, ergänzte Staudinger grinsend.

»Ach, hab mich doch gern, Stefano! So ruhig war's in den letzten Stunden ohne dich.« Die Revierinspektorin wollte sich gerade wieder ihrem Schreibtisch zuwenden, als Staudinger ihr etwas entgegenstreckte.

»Hier, für dich, Eva. Weil wir ohne dich unterwegs waren.«

Brombspeidel warf einen Blick in das Papiersackerl, das der Gruppeninspektor ihr gegeben hatte, und strahlte kurz darauf übers ganze Gesicht.

»Stefano, du bist ein Schatz! Ich liebe Schaumrollen.«

»Da soll nochmal einer sagen, Frauen wären nicht launisch«, brummte Meierhofer. »In einem Moment verfluchen sie dich, im nächsten lieben sie dich wieder. Eigentlich ein Wunder, dass ich schon so lange verheiratet bin. Ich ruf den Kollegen von der Wasserpolizei an. Stört mich bitte nicht!«

»Wir und stören, Hans?« Staudinger tat entsetzt.

Brombspeidel biss von der Schaumrolle ab, die der Gruppeninspektor ihr mitgebracht hatte. Mit vollem Mund sagte sie schließlich: »Wir sind unauffällig wie immer, Chef, versprochen.«

*

*Er weiß nicht, ob er schon heute zuschlagen soll. Zu groß ist die Sorge, eventuell erwischt zu werden. Bei Henriette hat er es damals ruhig angehen lassen, was sich als goldrichtig erwiesen hat. Es hat eine Weile gedauert, bis sie ihm ihr Vertrauen geschenkt hat. Doch dann hat sie ihm blind vertraut. Ein großer Fehler ihrerseits. Er weiß schon lange, dass man niemandem blind vertrauen darf. Das hat er von ihr gelernt. Eine schmerzhafte Lektion, die er nie vergessen wird. Eine schmerzhafte*

*Lektion, die zahlreiche Wunden auf seiner Seele hinterlassen hat. Eine schmerzhafte Lektion, die ihr schließlich selbst das Genick gebrochen hat. Süße Rache – noch einmal möchte er dieses Glücksgefühl verspüren. Aber es ist zu früh. Ein wenig muss er sich noch gedulden. Dann kann er sein Werk vollenden.*

*

»Also, es ist so, wie ich vermutet habe. Die Kollegen der Wasserpolizei haben eine Zille dort versteckt, wo du meintest, Eva – an dieser durch Bäume und Sträucher abgeschirmten Stelle des kleinen Donaustrandes. Dann sind sie mit ihrem Motorboot an unserem Tatort vorbeigefahren. Die Zille war vom Wasser aus nicht zu sehen. Außerdem haben sie die Flucht mit der Zille rekonstruiert. Der Kollege, der alles vom Motorboot aus beobachtet hat, meinte, dass der Täter kaum Aufmerksamkeit erregt hätte, wenn er auf diesem Weg geflohen wäre. Sicher weniger, als wenn er ein Auto nahe des Strandes geparkt hätte.«

Meierhofer beendete seine Ausführungen. Weder Brombspeidel noch Staudinger sagten etwas. Also fuhr der Chefinspektor fort: »Ich möchte gerne einen Abstecher nach Melk machen – zu Dorothea Mutzbachers Elternhaus. Dieser Kapitän, mit dem ich mich heute unterhalten habe, hat da so eine Bemerkung gemacht. Er meinte, dass ich mit jemandem sprechen müsse, der Dorothea besser kannte als er selbst. Vielleicht gibt es ja dort noch ehemalige Nachbarn, die sich an die Familie Weißhuber erinnern können. Möchtet ihr mich begleiten?«

Brombspeidel schüttelte den Kopf.

»Also, mögen würde ich schon, aber ich bin leider immer noch nicht mit dem lästigen Papierkram durch. Wenn ich das heute nicht erledige, sind noch ein paar Tage damit angepatzt. Ich mach das also lieber gleich.«

Auch Staudinger gab Meierhofer einen Korb. »Tut mir leid, Hans, aber ich hab Gregor versprochen, später noch einmal bei Henriette Weißhubers Häuschen vorbeizuschauen. Keine Ahnung, warum er mich da braucht.«

»Na, wahrscheinlich, weil man sich in deiner Gesellschaft einfach immer wahnsinnig wohlfühlt, schöner Mann«, spottete Brombspeidel.

Staudinger verpasste ihr daraufhin grinsend einen sanften Schlag auf den Hinterkopf.

Der Chefinspektor zuckte mit den Schultern.

»Meinetwegen, dann fahr ich eben alleine. Seid aber nicht enttäuscht, wenn ich den Fall im Handumdrehen auf eigene Faust löse!«

»Soll ich dir die Melker Adresse raussuchen, Hans?«, fragte Staudinger, der diese Dinge normalerweise übernahm, nun wieder ernst.

Meierhofer schnappte sich die dünne Jacke, die er über seinen Sessel gehängt hatte. Falls es länger dauern würde, konnte es nicht schaden, sie dabeizuhaben.

»Schon erledigt«, antwortete er. »Wartet nicht auf mich, es kann spät werden!«

»Ja, Schatz«, erwiderten Brombspeidel und Staudinger wie aus einem Mund. Dann brachen sie in schallendes Gelächter aus.

Schmunzelnd verließ der Chefinspektor sein Büro. So ein Glück, dass sich hier keiner zu ernst nahm. Das machte ihren Job um einiges einfacher.

# Kapitel 16

Meierhofer genoss die Fahrt nach Melk. Manchmal war es gar nicht schlecht, alleine zu sein. So konnte man wenigstens in Ruhe über alles nachdenken. Der Lösung ihres Falles näherte er sich dennoch nicht. Momentan hatte er gerade wieder das Gefühl, nicht vom Fleck zu kommen. Dieses eine Puzzlestück, das alles plötzlich ganz einfach machen würde, das fehlte noch. Der Nebel lichtete sich zwar langsam, aber von Sonnenschein konnte noch keine Rede sein. Meierhofer musste lächeln. Er war ja ein echter Poet. Vielleicht sollte er anfangen zu schreiben? War angeblich ein ganz nettes Hobby.

Der Chefinspektor dachte über das Benediktinerkloster Stift Melk nach. Er fand, dass es eines der schönsten Gebäude war, die er je gesehen hatte. Ähnlich wie Stift Göttweig, das ebenfalls etwas ganz Besonderes war. Immer wieder beeindruckte ihn derartige Baukunst. Er hatte es schwierig genug gefunden, ein kleines Einfamilienhaus zu errichten.

»Nach dreihundert Metern biegen Sie links ab.« Die flötende Stimme des Navigationsgerätes riss Meierhofer aus seinen Gedanken.

Fünf Minuten später hatte er sein Ziel erreicht: das ehemalige Haus der Familie Weißhuber. Wobei Villa der passendere Ausdruck gewesen wäre. Dem gelben Haus war anzusehen, dass man es sich nur leisten konnte, wenn man das nötige Kleingeld besaß. Ohne lange nachzudenken, klingelte der Chefinspektor. Es dauerte nicht lange, bis ihm die Tür geöffnet wurde. Eine gestresste junge Frau, die ein Baby auf dem rechten Arm trug und einen etwa Zweijährigen an der linken Hand hatte, blickte ihn genervt an.

»Was wollen Sie?«, fragte sie ohne ein Wort der Begrüßung.

Meierhofer hielt ihr seinen Ausweis unter die Nase. Wer ihm unfreundlich kam, hatte damit zu rechnen, genauso behandelt zu werden. »Chefinspektor Meierhofer, Kriminalpolizei Niederösterreich!«, polterte er.

Die junge Mutter wurde blass. Noch blasser, als sie ohnehin schon gewesen war.

»Ist e… et… etwas passiert?«, stammelte sie.

Nun hatte Meierhofer Mitleid mit ihr und dem kleinen Jungen, der sich verängstigt an seine Mama klammerte. Also wechselte er vom Bad Cop zum Good Cop. »Nein, keine Sorge. Ich bräuchte nur eine Auskunft von Ihnen. Können Sie mir irgendetwas über Familie Weißhuber erzählen, die dieses Haus hier vor Ihnen bewohnt hat?«

»Familie Weißhuber?«, erwiderte die junge Frau irritiert.

»Ja, genau.«

»Wir haben das Haus einer Familie Baumstingl abgekauft. Den Namen Weißhuber habe ich noch nie zuvor gehört. Aber vielleicht fragen Sie unsere Nachbarn, Herrn und Frau Lieblich. Die beiden sind an die neunzig und wohnen schon ewig hier. Wenn Ihnen jemand weiterhelfen kann, dann sicher die zwei.« Sie deutete auf ein blaues Haus, das links neben der gelben Villa stand. In diesem Moment begann das Baby, herzzerreißend zu weinen, was Meierhofer an Marianne und das, was sie erwartete, erinnerte. Er nickte der jungen Mutter zu. »Das mache ich, danke schön. Auf Wiedersehen.«

»Wiedersehen.«

Als sie die Tür vor seiner Nase zugeknallt hatte, blickte sich der Chefinspektor noch einmal genau um. Die Villa war ein beeindruckendes Gebäude, der Garten, in dem sie lag, wunderschön und weitläufig. Hier war Dorothea Mutzbacher also aufgewachsen. Ihre Kindheit hätte eigentlich eine glückliche sein müssen. Andererseits machte Geld alleine nicht zufrieden. Meierhofer dachte an Kapitän Poltingers Beschreibung der Zwölfjährigen zurück. Was war es, das die jugendliche Dorothea zu einem so hasserfüllten Mädchen gemacht hatte?

*

»Frau Lieblich?«, fragte Meierhofer vorsichtig, als ihm eine alte zerbrechliche Dame öffnete, die ein elegantes Kostüm trug und ihre weißen Haare zu einer kunstvollen Hochsteckfrisur drapiert hatte.

»Ja bitte, was wollen Sie denn?«, erwiderte die Angesprochene freundlich.

Der Chefinspektor zog zum zweiten Mal an diesem Tag seinen Ausweis aus der Hosentasche. Diesmal aber weit weniger energisch als zuvor. »Meierhofer mein Name, hätten Sie eventuell einen Moment Zeit für mich?«

Frau Lieblich machte eine einladende Handbewegung.

»Kommen Sie bitte herein, Herr Inspektor. Recht lange haben wir aber nicht Zeit, wir müssen zu einer Feier. Heute ist unser fünfzigster Hochzeitstag.«

»Wer ist es denn, Schatzerl?« Herr Lieblich hätte Franz Poltingers Bruder sein können. Er sah dem Kapitän sehr ähnlich und war ebenso korrekt gekleidet wie dieser heute Morgen. Eher schon festlich, aber kein Wunder, wenn es eine Goldene Hochzeit zu feiern gab.

Der Chefinspektor streckte dem alten Herrn die Hand hin. »Meierhofer mein Name, Herr Lieblich. Ich arbeite für die Kriminalpolizei und hätte ein paar Fragen an Sie. Keine Sorge, ich halte Sie beide nicht allzu lange auf. Herzlichen Glückwunsch zur Goldenen Hochzeit! Ich hoffe sehr, dass ich diese mit meiner Frau auch einmal feiern darf. Dauert bei uns aber noch ein bisschen.«

Ein Lächeln huschte über Frau Lieblichs Gesicht. Meierhofer fand, dass ihr Nachname bestens zu ihr passte. Vor allem, als sie erwiderte: »Kein Wunder, Herr Inspektor, Sie sind ja schließlich noch ein Jungspund.«

Jungspund – so nannte er Stefano gerne. Es war eben alles nur eine Frage der Perspektive.

»Soll ich Ihnen einen Kaffee machen?«, fragte Herr Lieblich den Kriminalbeamten, während dieser auf der Wohnzimmercouch Platz nahm. Meierhofer war erstaunt. Der Jubilar schien trotz seines hohen Alters ein moderner Mann zu sein.

»Ein Kaffee wäre toll«, antwortete er ehrlich erfreut.

»Was hätten Sie denn gerne? Cappuccino, Espresso, Melange, einen Großen Braunen oder vielleicht einen Latte Macchiato? Unsere Kaffeemaschine kann das alles. Haben wir von unseren Enkerln zur Goldenen Hochzeit bekommen. Vorige Woche schon, Sie sind also nicht das Versuchskaninchen.«

Der Chefinspektor schmunzelte. Herr Lieblich war ihm äußerst sympathisch. »Einen Latte Macchiato bitte.«

Erst jetzt wurde Meierhofer bewusst, dass sein Besuch die Lieblichs überhaupt nicht zu überraschen oder beunruhigen schien. Noch bevor er fragen konnte, warum das so war, sagte Frau Lieblich, die sich auf einen Stuhl nahe der Couch gesetzt hatte: »Sie sind sicher wegen Dorothea Weißhuber hier, nicht wahr? Wir haben gehört, dass sie nicht mehr am Leben ist.«

Der Kriminalbeamte blickte Frau Lieblich erstaunt an.

»Franz Poltinger ist der Bruder eines guten Bekannten meines Mannes«, erklärte diese. Unglaublich, wie schnell sich schlechte Nachrichten verbreiteten. Es war doch erst ein paar Stunden her, dass er mit dem Kapitän gesprochen hatte.

Die alte Dame kam Meierhofer erneut zuvor: »Jetzt wollen Sie sicher von uns wissen, wie Dorothea früher war. Was wir über sie erzählen können.«

Der Chefinspektor nickte.

»Gut, also ich fange am besten ganz von vorne an. Mein Mann und ich, wir leben schon seit über sechzig Jahren in diesem Haus.«

Meierhofer rechnete nach.

»Ja, genau, junger Mann. Wir haben anfangs in wilder Ehe hier gelebt. Etwas, das zur damaligen Zeit absolut anrüchig und verboten war. Aber mein Mann und ich, wir waren unserer Zeit schon immer ein bisschen voraus.«

Ein verschmitztes Lächeln breitete sich auf dem Gesicht der alten Dame aus, was diesem plötzlich eine unglaubliche Jugendlichkeit verlieh.

»Kurz nachdem wir hier eingezogen sind, wurde die Weißhuber-Villa neben uns gebaut. Sie können sich vielleicht vorstellen, dass wir zu Beginn nicht sonderlich begeistert davon waren, plötzlich Nachbarn zu bekommen. Die ruhige Lage hatte etwas für sich. Aber die Weißhubers waren ein nettes Paar. Sie hatten, als sie schließlich hier einzogen, eine süße kleine Tochter: Dorothea. Die Kleine war ein bezauberndes Kind. Ein bisschen leid tat sie mir, weil sie ausschließlich von Erwachsenen umgeben war. Die Weißhubers wollten nicht, dass sie zu anderen Kindern Kontakt hatte. Warum, habe ich nie verstanden. Aber Dorothea schien trotzdem sehr glücklich zu sein, bis …«

»… bis Henriette geboren wurde«, unterbrach Meierhofer Frau Lieblich.

Die nickte.

»Genau so war es. Dorothea verkraftete es nicht, nach sechs Jahren plötzlich entthront zu werden. Die Weißhubers waren sehr wohlhabend, und dementsprechend verwöhnten sie ihr erstes und damals noch einziges Kind. Als dann Henriette geboren wurde, musste Dorothea sich nicht nur die Liebe und die Aufmerksamkeit ihrer Eltern teilen, sondern auch all die Kleider, Spielsachen und Süßigkeiten, die sie immer bekommen hatte. Dazu kam, dass Henriette ein ganz besonderes Kind war – klug, bildschön und stets gut gelaunt. Die Weißhubers hatten nun zwei großartige Töchter. Leider geriet Dorotheas Großartigkeit mehr und mehr in Vergessenheit, weil die engelhafte Henriette ihre ältere Schwester von Anfang an in den Schatten stellte.«

»Bitte schön, Ihr Latte Macchiato, Herr Inspektor.«

Der Chefinspektor hatte gar nicht gehört, dass Herr Lieblich den Raum betreten hatte. Dieser stellte nun ein Tablett, auf dem sich ein perfekter Latte Macchiato und einige Amarettini befanden, vor Meierhofer auf den Tisch.

»Herzlichen Dank, das sieht ja toll aus«, entgegnete dieser ehrlich beeindruckt.

»Nichts zu danken. Ich muss meiner Frau übrigens zustimmen. Dorothea Weißhuber konnte nicht damit umgehen, dass ihre kleine Schwester sie vom Thron gestoßen hatte. Sie hat sich uns diesbezüglich einmal anvertraut. Weinend meinte sie damals, dass sie nur mehr die zweite Geige spielen würde, sich ungeliebt fühlte.«

Augenblicklich musste Meierhofer an Lukas und das Gespräch zwischen ihnen beiden denken. »Aber geht es nicht jedem Kind so, das nach vielen Jahren des Einzelkind-Daseins ein Geschwisterchen bekommt?«, warf er deshalb ein.

Frau Lieblich schüttelte den Kopf.

»Nein, auf keinen Fall. Wir haben selbst zwei Kinder. Unsere Tochter war ebenfalls sechs, als unser Sohn geboren wurde, und sie hat sich schon während der Schwangerschaft wahnsinnig auf ihr Geschwisterchen gefreut. Auch als er dann auf der Welt war, hat sie ihren kleinen Bruder von Anfang an vergöttert. Dieses innige Verhältnis haben die beiden auch heute noch. Man muss das als Eltern einfach richtig angehen, dann kommt es erst gar nicht zu Animositäten zwischen den Geschwistern.«

Nun übernahm wieder Herr Lieblich. »Die Weißhubers haben das Konkurrenzdenken unter den Mädchen gefördert. Fragen Sie mich nicht, warum. Dorothea wurde oft darauf hingewiesen, dass sie nicht ganz so hübsch und nicht ganz so klug war wie ihre kleine Schwester.«

Meierhofer dachte daran, dass jeder Dorothea Mutzbacher als eine besonders attraktive Frau beschrieben hatte. Wie passte das zusammen?

»Also begann Dorothea irgendwann, ihre Schwester zu piesacken. Vor allem dann, wenn kein Erwachsener dabei war. Wir konnten das manchmal beobachten, wenn die Kinder unbeaufsichtigt im Garten waren und wir selbst uns auch im Freien aufhielten. Anfangs hatte ich noch Verständnis für Dorothea – immerhin war es nicht in Ordnung, wie ihre Eltern sie in Bezug auf die kleine Schwester behandelten, aber nach einer Weile machte mir das Verhalten des Mädchens Angst. Es bekam etwas Bösartiges.«

Frau Lieblich machte eine Pause, als müsste sie sich kurz sammeln. Deshalb fuhr ihr Gatte fort: »Wir haben die Weißhubers natürlich auf unsere Beobachtungen angesprochen, aber sie haben das nur als Humbug abgetan. Außerdem haben sie uns vorgeworfen, wir würden uns in ihre privaten Angelegenheiten einmischen. Wissen Sie, damals war Herr Weißhuber beruflich sehr erfolgreich und die beiden so beliebt, dass es ihnen wichtiger war, mit ihren Bekannten zu feiern, als sich um die Kinder zu kümmern. Das übernahmen die zahlreichen Kindermädchen, die die Weißhubers öfter wechselten als andere Leute ihre Unterhosen – verzeihen Sie bitte die saloppe Ausdrucksweise. Wie auch immer, die Weißhubers hatten gar kein ehrliches Interesse an den beiden Kindern. Sehr schade war das. Wir haben dann irgendwann kapituliert und nichts mehr gesagt.«

Meierhofer nahm einen Schluck des Latte Macchiatos.

»Der ist hervorragend, Herr Lieblich. Ihre Enkerln haben Ihnen da ein besonderes Hochzeitstagsgeschenk gemacht, muss ich sagen. Können Sie sich eigentlich noch an den Tag des Schiffsunfalls erinnern? Wissen Sie vielleicht, was davor geschehen ist?«

Frau Lieblichs Blick verfinsterte sich.

»Den Tag des Schiffsunglücks, den werde ich nie vergessen.«

# Kapitel 17

»Opa! Opa, komm auch rein ins Wasser!« Der kleine Bub, dem seine Großmutter gerade die Schwimmflügerln angezogen hat, winkt seinem Opa begeistert zu.

Der schüttelt den Kopf.

»Nein, die Oma geht mit dir schwimmen. Ich schwimm nicht so gern in der Donau. Wenn ihr mit dem Schwimmen fertig seid, spielen wir zwei Ball, in Ordnung?!«

»Ist gut«, meint der Kleine. Dann hält er quietschend seine Zehen in den mächtigen Strom.

Es ist ein Tag, wie er im Bilderbuch steht: Die Sonne brennt vom strahlend blauen Himmel, die Vögel zwitschern melodisch. Eine angenehme Brise macht die Hitze erträglicher. Hier am idyllischen Donaustrand lässt es sich sogar bei diesem Wetter bestens aushalten. Wer braucht da noch das Meer?

»Opa, schau, ich schwimm schon!«, ruft der Kleine euphorisch, als er bis zur Hüfte im Wasser steht.

»Super, mein Großer!«, antwortet sein Opa lächelnd und streckt dabei einen Daumen in die Höhe. Schon lange war er nicht mehr so glücklich wie heute. Mit dem Kleinen an den Strand zu fahren, war eine prima Idee gewesen. Das war ein Tag, den sie alle drei nie vergessen würden. Zufrieden streckt er sich auf der gemütlichen Sonnenliege aus und berührt mit einer Hand den hellen Kies unter sich. Dass er dabei durch ein Fernglas beobachtet wird, ahnt er zum Glück nicht.

*

»Schon am Morgen dieses Tages hatte ich ein schreckliches Gefühl im Bauch«, begann Frau Lieblich, leise zu erzählen, »fragen Sie mich nicht, warum. Es war wie eine Vorahnung. Henriette kam noch zu uns rüber und erzählte uns begeistert, dass sie alle einen Schiffsausflug auf der Donau machen würden. Zur Feier ihres sechsten Geburtstages. Es sollte ihr letzter werden.«

Die alte Dame holte tief Luft. Man merkte ihr an, dass sie gegen die Tränen kämpfte.

»Ich hab dann auch Dorothea auf den Ausflug angesprochen. Sie hat ganz eigenartig reagiert. Sie meinte, sie würde dafür sorgen, dass Henriette den Ausflug niemals vergessen würde. Dabei hatte ihr Gesichtsausdruck etwas Diabolisches. Irgendwie ahnte ich, dass dieser Ausflug nicht gut enden würde. Aber was hätte ich denn tun sollen? Ich hätte mich doch lächerlich gemacht, wenn ich die Weißhubers darauf angesprochen hätte. Als Henriette mir an diesem Vormittag zuwinkte, kamen mir die Tränen. So wie jetzt gerade.«

Herr Lieblich reichte seiner Gattin ein Taschentuch. Die tupfte sich damit übers Gesicht und fuhr fort: »Als die Weißhubers an diesem Abend nicht nach Hause kamen, wusste ich endgültig, dass etwas Schreckliches geschehen sein musste. Tags darauf war es dann schon in den Nachrichten. Ich weiß nicht, ob Sie sich daran erinnern können – wahrscheinlich sind Sie zu jung dafür – aber der furchtbare Unfall ging durch alle Medien. Also die, die es damals schon gab.«

Meierhofer nickte.

»Ich kann mich sogar sehr gut daran erinnern, Frau Lieblich. Soooo jung bin ich nämlich auch nicht mehr, aber danke für das Kompliment ... Wie ging es mit den Weißhubers weiter?«

Herr Lieblich seufzte.

»Die haben die Sache natürlich nicht verkraftet. Ihre Ehe ist daran zerbrochen. In der damaligen Zeit war das noch eine Seltenheit. Damals hat sich nicht beinahe jeder Zweite nach einigen Jahren wieder scheiden lassen. Dorothea haben die beiden aber schon davor nach Oberösterreich geschickt. Gleich im Anschluss an den Unfall. In irgendeinem Internat haben sie das arme Mädchen untergebracht. Dorothea ist dann auch in Oberösterreich geblieben. Bis vor etwa zwanzig Jahren. Da hat sie schließlich mit ihrem damaligen Mann diesen Laden in der Wachau eröffnet. Wir waren ein paar Mal dort, um bei ihr einzukaufen. Sie war stets sehr freundlich. Natürlich haben wir sie nicht auf Henriette und den Unfall angesprochen, aber es schien so, als habe sie Frieden mit der Vergangenheit geschlossen. Umso schlimmer, dass sie nun gewaltsam sterben musste.«

Frau Lieblich warf einen Blick auf ihre goldene Armbanduhr, die sie wahrscheinlich zur Feier des Tages trug.

»Ach du meine Güte, so spät schon? Seien Sie uns nicht böse, Herr Inspektor, aber wir müssen los! Schließlich können wir unsere Kinder, Enkerln und Urenkerln nicht warten lassen. Oder gibt es noch eine Frage, die unbeantwortet geblieben ist?«

Meierhofer schüttelte den Kopf und erhob sich langsam.

»Nein, vielen Dank, Sie haben mir sehr geholfen, und ich möchte Sie auch nicht weiter belästigen. Ich wünsche Ihnen beiden alles Gute. Frau Lieblich, Herr Lieblich. Bitte, geben Sie sich keine Mühe, ich finde selbst hinaus.«

Der Chefinspektor gab beiden die Hand, dann verließ er das Haus. Noch einmal blickte er dabei auf die gelbe Villa, die nebenan lag. Dabei sah er vor seinem inneren Auge die beiden Mädchen – Schneeweißchen und Rosenrot – die scheinbar alles gehabt hatten, denen es aber dennoch an einem gefehlt hatte: der Aufmerksamkeit und aufrichtigen grenzenlosen Liebe ihrer Eltern.

*

*Er ist wütend. Fast hätte er es hinter sich gebracht, aber es ging nicht. Ein Kind war dabei. Und auch sonst zu viel los. Wenn ein Kind dabei ist, kann er es auf keinen Fall durchziehen. Schließlich möchte er nicht daran schuld sein, dass eine Kinderseele verwundet wird. So wie seine damals.*

*Dann wäre er um keinen Deut besser als die zwei.*

*Ob er der Polizei noch eine Nachricht zukommen lassen soll? Oder ist das zu gefährlich? Spaßig ist es – zu sehen, wie sie immer noch im Dunkeln tappen und nichts verstehen, gar nichts. Dabei hätte er geglaubt, dass sie eigentlich ganz fähig wären, die drei, die man auf den Fall angesetzt hat. Vor allem der Alte, der ein bisschen aussieht wie der Weihnachtsmann. Aber so kann man sich täuschen. Der Einzige, der hier wirklich clever ist, ist anscheinend er selbst.*

*

Seufzend stieg Meierhofer aus seinem Wagen. Er war komplett geschafft. In Momenten wie diesen spürte er, dass er auf den Sechziger zuging. Der heutige Tag war aber auch wirklich anstrengend gewesen. So vieles hatte er erledigt, so vieles in Erfahrung gebracht. Und trotzdem fehlte es immer noch, dieses eine magische Puzzleteil, das ihm helfen würde, den Fall zu lösen. Kaum hatte der Chefinspektor die Gartentüre geöffnet, stürmte auch schon Einstein auf ihn zu. Die Liebe eines Hundes war wohl die bedingungsloseste, treueste von allen.

»Hallo, Großer. Ja, sooo lange war das böse Herrli heute weg. Aber das Frauli hat doch sicher bestens auf dich aufgepasst … Nicht so wild! … Ui, hast du ein schönes Bauchi! Ja, Bauchi kratzen ist spitze, gell?!«, begrüßte Meierhofer den kleinen Malteser und dachte dabei wieder einmal, dass jemand, der keine Affinität zu Hunden hatte, ihn wahrscheinlich für grenzdebil halten würde, wenn er hören könnte, wie der Chefinspektor mit seinem vierbeinigen Freund sprach. Doch das war ihm egal. Schon immer hatte er versucht, das Kind in sich nicht sterben zu lassen.

Kind – sterben – da waren sie wieder, die Gedanken an Henriette und Dorothea Weißhuber. Seltsam, dass er gerade jetzt an einem Fall wie diesem arbeitete. Jetzt, da Lukas bald ein Geschwisterchen bekommen würde. So alles gut ging. Hoffentlich ging alles gut.

»Sag mal, muss ich eifersüchtig auf Einstein sein? So hingebungsvoll hast du mich schon lange nicht mehr gestreichelt«, holten Irenes lachende Worte Meierhofer aus seinen trüben Gedanken.

»Du bist ja auch nicht überall so schön kuschelig-weich behaart«, konterte er schelmisch. Seine bessere Hälfte ging auf den Chefinspektor zu, umarmte ihn und drückte ihm einen Kuss auf die linke Wange.

»Ich hab uns etwas Schönes gekocht. Du musst doch einen Bärenhunger haben.«

Meierhofer hob erstaunt die Augenbrauen. Die Uhr im Auto hatte vorhin 19:30 angezeigt – eigentlich war es also laut Irenes Dinner-Cancelling-Regeln schon viel zu spät, um etwas Schönes zu essen. Hatte er irgendetwas vergessen? Ihren Geburtstag, den Tag ihres ersten Kusses, den Hochzeitstag?

Nachdem er alle Daten in Gedanken durchgegangen war, atmete er erleichtert auf. Nein, er hatte nichts Wichtiges verschwitzt. So ein Glück, das hätte gefährlich werden können. In diesen Dingen verstand seine sonst so humorvolle Gattin nämlich nur bedingt Spaß.

Schon am Duft, der ihm durch das Küchenfenster entgegenströmte, erkannte der Chefinspektor, was Irene gezaubert hatte: ihre berühmten Brathendln mit extra viel Kümmel, Reis und Petersilkartoffeln. Dazu gab es der Vollständigkeit halber sicher mindestens zwei verschiedene Salate. Laut knurrend machte Meierhofers Magen sich bemerkbar. Außer dem Frühstück und der Schaumrolle hatte er heute noch nichts gegessen. Kein Wunder, dass er hungrig war, auch wenn er das bis eben gar nicht bemerkt hatte.

»Das duftet einmalig, Schatz«, sagte er, als er sich auf seinen Stammplatz setzte.

»Möchtest du ein alkoholfreies Bier dazu trinken?«, fragte Irene liebevoll.

Meierhofer nickte. Dann sprach er aus, was er schon die ganze Zeit dachte: »Gibt's was zu feiern?«

Irene stellte das Bier vor ihrem Gatten ab und begann dann, das Essen auszuteilen.

»Marianne geht es besser. Sie durfte heute nach Hause, und sie bekommt ein Mädchen. Ich weiß sogar schon, wie es heißen wird, aber das verrate ich dir nicht. Soll sicher eine Überraschung sein.«

Ein Grinsen machte sich auf dem Gesicht des Chefinspektors breit. Das war typisch Marianne. Sie wollte immer das Richtige tun, war der ehrlichste Mensch, den er kannte. Ihre Mutter bis zur Geburt des Kindes anzulügen, das hätte sie aus moralischen Gründen wohl nicht unbeschadet überstanden. Sie konnten stolz auf ihre Tochter sein. Irgendetwas hatten sie in ihrer Erziehung anscheinend richtig gemacht. Ganz anders als die Weißhubers. Da war er wieder, der Fall, der ihn nicht losließ.

»Ich glaube, ich werde die Babysachen, die wir schon besorgt haben, umtauschen. Du weißt schon, weil das jetzt alles gelb ist. Dabei wäre Rosa doch viel passender. Ein Mädchen, ich freu mich so.«

Meierhofer hatte das Gefühl, für seine Tochter in die Bresche springen zu müssen. »Also, ich weiß nicht, das würde ich nicht tun, Schatz. So sicher sind diese Ultraschalluntersuchungen auch wieder nicht. Stell dir vor, es wird doch ein Bub. Dann muss der arme Zwerg in rosa Stramplern herumrennen.«

»Du meinst wohl herumliegen. Frischgeborene Babys rennen eher selten. Außerdem würde es einem modernen Buben sicher nicht schaden, einen rosa Strampler zu tragen«, konterte Irene patzig.

Meierhofer versuchte es ein weiteres Mal. »Schatz, Gelb ist so eine schöne Farbe. Die Sonne, Zitronenfalter, Honig, Vanilleeis – das ist alles gelb. Zu Rosa fallen mir nur Schweinchen ein.«

Irene legte die Stirn in Falten.

»Erstens sind Schweinchen sehr herzig, und zweitens dachte ich, dass du sie viel lieber isst als Honig oder Vanilleeis. Also, raus mit der Sprache, was willst du mir eigentlich sagen?«

Der Chefinspektor spürte, dass sich Schweißtropfen auf seiner Stirn bildeten. Wie sollte er jetzt bloß aus diesem Schlamassel herauskommen, ohne dabei zu verraten, dass er heimlich mit Marianne über Irene, das Geschlecht des Babys und das Farbproblem gesprochen hatte? Noch schlimmer, wenn Irene erfuhr, dass er schon vor ihr gewusst hatte, dass das Baby ein Mädchen war, hing der Haussegen mit Sicherheit schief. Das bedeutete Aufregung, die weder ihm noch Irene und schon gar nicht Marianne in ihrem derzeitigen Zustand guttat. Da hatte Meierhofer einen Geistesblitz. »Na ja, mir ist nur gerade eingefallen, dass Marianne früher in diesen Freundschaftsbüchern Gelb immer als ihre Lieblingsfarbe angegeben hat. Ich glaube, sie würde sich freuen, wenn das Baby Gelb tragen würde. Und es ist, wie gesagt, sicherer. Falls es doch ein Bub werden sollte. Mhm, das Hendl ist köstlich, Schatz. Da hast du dich wieder einmal selbst übertroffen.«

Irenes Gesichtszüge entspannten sich ein wenig.

»Vielleicht hast du recht, Hans. Eigentlich spricht nichts gegen Gelb. Möchtest du noch ein bisschen Bratensaft? Ich hab dir zuliebe extra viel Kümmel reingetan ... Sag mal, ist dir etwa so heiß? Du schwitzt gewaltig.«

Danke, das wusste er selbst. Aber nachdem er die Situation gerettet hatte, würde sein Transpirations-Problem sicher gleich der Geschichte angehören. Um vom Thema abzulenken, beschloss Meierhofer, seine Arbeit anzusprechen, das funktionierte normalerweise immer. »Ja, mir ist ganz schön heiß. Der heutige Tag war extrem anstrengend. Ich hab eine Schifffahrt auf der Donau gemacht, bin mit dem Auto nach Melk gefahren, war an unserem Tatort, und im Büro hatte ich auch noch einiges zu tun.«

Dass er mit Stefano im Kaffeehaus gewesen war, erwähnte der Chefinspektor lieber nicht. Das hätte sein Bild des nervenaufreibenden Arbeitstages eventuell verzerrt.

»Oh je, du Armer«, reagierte Irene wie geplant, »dann hast du wahrscheinlich auch nichts gegessen. Zum Glück hab ich zwei Hendln gemacht. Ich war heute in der Bücherei früher fertig. Meine junge Kollegin stellt sich ganz gut an. Wenn's so weiterläuft, kann ich wirklich bald in Altersteilzeit gehen.«

Geschafft! Marianne und das Babybekleidungsthema waren vom Tisch. Um sicherzugehen, legte Meierhofer nach. »Ich hab dieses Mal auch Eva Brombspeidel in den Fall eingebunden. Sie unterstützt Stefano und mich, wo sie nur kann. Wahrscheinlich ist es ganz gut, wenn Stefano sich daran gewöhnt, mit einer anderen Partnerin zu arbeiten. Wer weiß, wie lange ich noch dabei bin? Immerhin nähere ich mich dem Sechziger mit Riesenschritten.«

»Aber geh, Hans, du gehörst doch noch lange nicht zum alten Eisen«, protestierte Irene. »Außerdem kannst du ohne deine Arbeit doch gar nicht leben!«

Der Chefinspektor tunkte hingebungsvoll ein Stück Brustfleisch in die himmlische Soße. »Ich weiß nicht, Irene. Der momentane Fall nimmt mich irgendwie mit. Also, psychisch meine ich. Mich lässt das alles viel zu wenig kalt. Außerdem habe ich mich heute dabei erwischt, wie ich an Ottenstein gedacht habe. Den Stausee und den Wohnwagen. Wenn ich nicht pensionsreif bin, dann zumindest urlaubsreif. Joh…«, gerade noch fiel ihm ein, dass er ja offiziell gar nicht wusste, wie seine Enkelin heißen sollte, »also das Baby, es soll doch noch lange etwas von seinem alten Großvater haben.«

Erneut breiteten sich Schweißperlen auf seiner Stirn aus. Hatte Irene seinen Fauxpas bemerkt? Er musste unbedingt mit Marianne sprechen. Sie musste ihm den Namen in Irenes Anwesenheit noch einmal nennen. Bis zur Geburt des Kindes konnte er auf keinen Fall in diesem Zustand verweilen. Das war einfach viel zu gefährlich und auf Dauer nichts für seine Nerven.

»Weißt du was, Hans, wenn du diesen Fall gelöst hast, nehmen wir beide uns ein paar Tage Urlaub und fahren ins Waldviertel. Mir täte das sicher auch gut. Nach all der Aufregung um Marianne und das Baby.«

Meierhofer atmete erleichtert auf. So ein Glück, Irene hatte überhört, dass er fast den Namen Johanna ausgesprochen hätte.

»Das ist eine tolle Idee, Schatz. Wenn ich den Fall gelöst habe, machen wir Urlaub. Wenn ich den Fall endlich gelöst habe.«

# Kapitel 18

»Morgen, Chef. Wir haben uns gestern gewundert, dass du nicht mehr ins Büro gekommen bist. Ist es spät geworden in Melk?« Meierhofer fand es unglaublich, wie gut gelaunt Brombspeidel am frühen Morgen war.

»Kann man so sagen, ja. Spät und irgendwie auch ziemlich aufwühlend. Aber jetzt brauch ich erstmal einen Kaffee. Ist Stefano schon da?« Meierhofer kramte nach seiner kitschigen Hans-Tasse, die unter ihnen schon zum Running Gag geworden war. Dabei fiel ihm ein, dass Eva noch keine eigene Namens-Tasse hatte. Das musste er, sobald er die Zeit dafür fand, schleunigst ändern.

Im selben Moment erschien Stefano. In seinem Outfit in Weiß- und Türkistönen war er tatsächlich eine Erscheinung. Er sah aus, als plante er, einen Trip nach Saint-Tropez, Miami Beach, die Copacabana oder irgendeinen anderen der vermeintlichen Traumstrände dieser Welt zu machen. »Wer hat hier Sehnsucht nach mir?!«, fragte er fröhlich.

»Sagt mal, warum seid ihr zwei eigentlich so gut gelaunt?«, brummelte der Chefinspektor, der seine Hans-Tasse immer noch nicht gefunden hatte.

»Weil das heute ein wunderschöner Sommertag wird. Fast wie bei meinen Großeltern am Gargano«, meinte Staudinger.

Brombspeidel schüttelte den Kopf. »Also in meinem Fall liegt's daran, dass ich gerade ein Riesenstück Sachertorte verdrückt habe. Im Zuckerrausch bin ich immer spitzenmäßig drauf. Aber jetzt erzähl endlich, was du gestern alles in Erfahrung gebracht hast, Chef! Hast du in Melk jemanden getroffen, der dir mehr über Dorothea Mutzbacher und ihre Familie erzählen konnte?«

»Ah, da ist sie ja.« Zufrieden machte Meierhofer sich daran, der endlich gefundenen Hans-Tasse den perfekten Inhalt zu verpassen.

Staudinger, der gerade seinen Computer hochgefahren hatte, kam dem Chefinspektor zuvor. »Du weißt ja noch gar nicht, dass Doppler uns gestern Abend noch angerufen hat, Hans. Er hat die DNA-Proben, die Gregor in Henriette Weißhubers Häuschen sichergestellt hat, in Windeseile analysiert. Sie stimmen mit denen, die wir in Dorothea Mutzbachers leer stehender Wohnung gefunden haben, überein. Dorothea Mutzbacher und die im Hexenhäuschen nahe des Donaustrandes lebende Henriette Weißhuber sind beziehungsweise waren also ein und dieselbe Person.«

»Nichts anderes habe ich erwartet«, erwiderte Meierhofer nicht allzu beeindruckt. Er war an diesem Morgen besonders müde und hatte eigentlich überhaupt keine Lust zu arbeiten. Auch wenn er ahnte, dass sie nicht mehr allzu weit von der Lösung des Falles entfernt waren. Diese Suche nach dem letzten Puzzlestück, das war der Teil seines Jobs, den er gar nicht leiden konnte. Es war der Moment, an dem er immer das Gefühl hatte, auf der Stelle zu treten. Kein besonders prickelndes Gefühl, wie er fand. Aber mit etwas Glück hatten sie ihn bald überwunden, diesen Punkt, und dann würde es wahrscheinlich sehr rasch gehen. Wenn sie endlich verstanden, was hinter alldem steckte, würde es hoffentlich nicht mehr allzu lange dauern, bis sie ihrem Täter auf die Schliche kommen würden.

»Hans, wir warten, erzählst du uns jetzt, was gestern in Melk los war, oder nicht?« Staudingers Stimme ließ den Chefinspektor kurz zusammenzucken. Irgendwie passierte es in der letzten Zeit ziemlich oft, dass er so in Gedanken war, dass ihn seine Mitmenschen erst wieder zurück in die Realität holen mussten. Wurde er langsam alt?

Meierhofer trank einen Schluck Kaffee, dann begann er zu berichten. Von dem sympathischen alten Ehepaar und alldem, was es ihm über die Familie Weißhuber und den Tag des schrecklichen

Unfalls erzählt hatte. Auch die Folgen des frühen Todes der kleinen Henriette ließ der Chefinspektor nicht unerwähnt.

»Oberösterreich«, murmelte Staudinger, als Meierhofer geendet hatte, »da war doch irgendetwas.« Ohne seine Worte näher zu erklären, begann er, auf seinem Schreibtisch nach etwas zu suchen.

Indessen meinte Brombspeidel: »Ganz schön krass, das mit Dorothea und ihrer kleinen Schwester. Da fällt mir ein, dass Gregor gestern noch einmal hier war. Er hat das hier vorbeigebracht.«

Die junge Revierinspektorin streckte Meierhofer ein weinrotes Büchlein entgegen. »Ich wollte es nicht ohne dich öffnen, Chef. Scheint ein Tagebuch zu sein.«

Vorsichtig nahm der Chefinspektor das kleine Buch entgegen. »Willst du dir das nicht auch anschauen, Stefano?«, fragte er seinen Kollegen, doch der winkte ab und durchsuchte weiter die Unterlagen, die sich auf seinem Arbeitsplatz befanden. Also schlug Meierhofer das weinrote Büchlein, ohne länger zu warten, auf. Brombspeidel, die sich knapp neben ihn gesetzt hatte, blickte ihm dabei gespannt über die Schulter.

*Tagebuch von Dorothea Weißhuber*

stand da in der verschnörkelten Handschrift, die ihnen in diesem Fall schon mehrmals untergekommen war. Der Chefinspektor blätterte einige Seiten weiter, bis er etwa in der Mitte des Büchleins angekommen war, räusperte sich kurz und las dann laut vor:

*Liebes Tagebuch!*

*Heute bin ich wieder besonders traurig. Ich weiß nicht, warum, aber seit Henriettes Geburt kann ich es Mutter und Vater einfach nicht mehr recht machen. Dabei bemühe ich mich wirklich. Ich trainiere eifrig Ballett, übe jeden Tag mindestens eine Stunde das Klavierspiel und lese einen Roman pro Woche. Auch achte ich darauf, stets hübsch auszusehen. Aber ganz egal, wie eifrig ich bin, Henriette ist in allem immer ein bisschen besser als ich. Sie sieht hübscher aus, tanzt leichtfüßiger, und sogar das Klavierspiel beherrscht sie bereits beinahe so gut wie ich. Dabei ist sie noch keine sechs Jahre alt.*

*Nächste Woche feiern wir ihren Geburtstag. Mutter möchte eine Riesensause daraus machen. Mir graut jetzt schon davor. Ich weiß, dass es eine Sünde ist, so zu denken, aber manchmal wünschte ich, Henriette wäre nie geboren worden. Damals, als ich Mutters und Vaters einziges Kind war, war alles viel leichter für mich. Damals war das Leben noch schön. Damals haben sie mich noch geliebt. Aber jetzt, jetzt bin ich doch nur noch Luft für sie.*

»Das klingt aber traurig«, meinte Brombspeidel mitfühlend. »Wie kann man als Eltern dem eigenen Kind bloß das Gefühl geben, nicht geliebt zu werden? Ich hab ja mehrere Geschwister, aber keiner von uns musste je an der Liebe unserer Eltern zweifeln. Im Gegenteil – die beiden haben uns mit ihrer Liebe beinahe erdrückt – tun sie heute übrigens immer noch. Aber ich finde das schön. Ist doch toll, wenn man weiß, dass man geliebt wird. Wenn ich später mal selbst Kinder habe, möchte ich auch, dass sie das Gefühl haben, die wichtigsten Menschen in meinem Leben zu sein.«

Meierhofer musste, wie so oft, wenn die Revierinspektorin aus dem Nähkästchen plauderte, unwillkürlich lächeln. Brombspeidel war einfach eine liebenswerte Person. Dem eigenen Kind das Gefühl geben, dass es das Wichtigste auf der Welt war. Das hatte er auch immer gemacht.

Noch heute wusste Marianne genau, dass er alles für sie tun würde. Wie die Weißhubers es geschafft hatten, ihre Tochter emotional so zu vernachlässigen, verstand er ebenso wenig wie seine junge Kollegin. Das war in seinen Augen durch und durch herzlos. Lag es daran, dass in den 60er-Jahren des letzten Jahrtausends vieles noch anders gewesen war als heutzutage? Aber auch er war zu dieser Zeit ein Kind gewesen. Ein Kind, das nie schlecht behandelt worden war. Ein Kind, das sich der Liebe der Eltern stets sicher gewesen war.

»Chef, blättere ein bisschen weiter! Vielleicht hat Dorothea Weißhuber ja auch etwas über den Unfall geschrieben?!«

Meierhofer tat, wie ihm geheißen. Als er fündig wurde, las er erneut vor:

*Liebes Tagebuch!*

*Mein Leben ist zu Ende. Henriette, sie ist nicht mehr, und ich konnte es nicht verhindern. Ich weiß, dass ich vor einiger Zeit noch den Wunsch verspürt habe, wieder Mutters und Vaters einziges Kind zu sein, aber jetzt, da es so weit ist, ist es einfach nur schrecklich. Henriette ist gestorben, und mit sich hat sie all die Lebensfreude genommen, die dieses Haus je erfüllt hat.*

*Es war ein Unfall. Ein schrecklicher Unfall. Ich wollte sie noch aufhalten, aber sie hat nicht auf mich gehört. Sie hat nur über mich gelacht, so, wie sie das schon Tausende Male zuvor getan hat. Als es zu regnen begonnen hat, wollte ich mit den Erwachsenen unter Deck gehen, doch Henriette wollte unbedingt im Freien bleiben. Ich konnte sie doch nicht alleine lassen. Ich habe ihr gesagt, dass es viel zu gefährlich ist, auf die Reling zu klettern. Weil diese doch patschnass war. Aber Henriette meinte nur, sie würde dafür sorgen, dass Mutter uns beide dabei erwischte, und dann würde sie erzählen, dass ich sie gezwungen hätte, sich über die Reling zu lehnen. Sie wollte, dass ich Ärger bekomme. Wie sie das eben immer wollte. Wie sie es auch meistens geschafft hat. Egal, wie sehr sie mich gehänselt hat, die Böse war immer nur ich. Weil niemand je geglaubt hätte, dass der kleine Engel etwas Unrechtes im Schilde führen könnte. Auch dieses Mal hat sie ihr Ziel erreicht. Alle halten mich nun für die Böse. Ich glaube, sie denken, dass ich Henriette ins Wasser gestoßen habe. Aber das habe ich nicht. Nein, ich wollte sie sogar noch hochziehen, aber das habe ich nicht geschafft. Sie war zu schwer und ist meinen Händen entglitten. Ich war stocksteif vor Angst, als ich sah, wie sie unterging. Ich konnte mich einfach nicht rühren. Ich war nicht imstande, Hilfe zu holen. Ich habe alles falsch gemacht. Statt zu schreien, habe ich mich auf den Boden gesetzt und stumm geweint. Deshalb glauben sie mir nicht, dass es ein Unfall war. Sie denken, ich habe Henriette umgebracht. Ich muss jetzt sogar in ein Internat. Vater und Mutter schicken mich nach Oberösterreich. Ich möchte nicht nach Oberösterreich! Henriette hat es wieder geschafft. Sie hat mich zur Bösen gemacht. Das ist alles, was ich mein ganzes Leben lang sein werde: die Böse, die Böse, die Böse, die Böse, die Böse, die Böse, die Böse, die Böse, die Böse, die Böse, die Böse, die Böse, die Böse, die Böse, die Böse, die Böse, die Böse, die Böse, die Böse, die Böse, die Böse, die Böse, die Böse, die Böse.*

»Wui, das sind aber viele *Böse*. Da hat jemand wohl wirklich ein ausgewachsenes Kindheitstrauma erlitten. Kein Wunder, dass Dorothea Weißhuber irgendwann ausgetickt ist. In psychologischer Behandlung war sie nach dem Unfall zur damaligen Zeit und bei diesen Eltern wahrscheinlich nicht. Mit so was kann eine Zwölfjährige doch nicht alleine fertigwerden. Schon gar nicht, wenn ihr auch noch vorgeworfen wird, hinter dem Unfall zu stecken. Ich glaub, jetzt brauche ich einen Kaffee. Soll ich dir auch noch einen machen, Chef?«

Meierhofer lehnte dankend ab.

»Ich hab's«, rief Staudinger in diesem Moment plötzlich. »Ich weiß jetzt, wo mir diese Oberösterreich-Bemerkung untergekommen ist.« Er hielt die Ausdrucke in die Höhe, die er ihnen schon beim letzten Mal präsentiert hatte.

»Henriette Weißhuber hat online nicht nur mit der verwundeten Seele kommuniziert, sondern natürlich auch mit anderen. Hier sind einige Kommentare, die eine Fritzi aus Linz gepostet hat. Sie erwähnt dabei die gemeinsame Internatszeit im Salzkammergut und wie froh sie sei, ihre Freundin Henni endlich wiedergefunden zu haben.«

Der Chefinspektor klopfte sich auf die Oberschenkel.

»Na dann, auf nach Linz, Leute! Mein Bauch sagt mir, dass wir dort das Puzzleteil finden, das uns noch fehlt.«

Staudinger griff nach dem Telefon. »Für eine Reise nach Linz besorge ich uns aber ein Dienstauto, Hans.« Dann wandte er sich an Brombspeidel. »Also, Eva, auf nach Linz! Wenn's nämlich eines gibt, worauf man sich verlassen kann, dann dass Hans Meierhofers stattlicher Bauch grundsätzlich richtigliegt.«

*

»Ich hab alles geklärt. Friederike Lindenbaum wartet auf uns. Zum Glück ist ihr Profil kein Fake, die Daten, die sie angegeben hat, sind alle korrekt. Es war also nicht besonders schwierig, sie zu finden. Ich darf doch fahren, oder?« Staudinger näherte sich, ohne eine Reaktion Meierhofers abzuwarten, der Fahrertür des schwarzen Dienstwagens.

Während der Chefinspektor, der schon lange nicht mehr heiß darauf war, mit dem Auto längere Strecken zu fahren, kommentarlos am Beifahrersitz Platz nahm, protestierte Brombspeidel. »Sag mal, Stefano, das ist jetzt aber extrem machomäßig! Eigentlich auch von dir, Hans! Nur, weil ich die Jüngste und eine Frau bin, muss ich wie ein Baby hinten sitzen, während der coole Herr Gruppeninspektor die Macht über das Steuer erhält?! Ich bin eine exzellente Fahrerin, Stefano, und fürchte mich auch nicht davor, weiter als bis zum nächsten Supermarkt zu fahren!«

Der Gruppeninspektor, den die Reaktion seiner Kollegin ob ihrer Schärfe überraschte, hob die Hände und meinte beleidigt: »Von mir aus, dann fahr eben du, Eva!«

Meierhofer, dem das Geplänkel ein wenig auf die Nerven ging, schritt ein: »Wisst ihr was, Leute, einer von euch chauffiert uns nach Linz, der andere dann wieder nach Hause! Dann müsst ihr euch auch nicht weiter wie die kleinen Kinder streiten, in Ordnung?«

Brombspeidel und Staudinger war anzusehen, dass sie sich ein wenig für ihr kindisches Verhalten schämten.

»Gut, bring uns du nach Linz, Stefano, und ich übernehme dann die Fahrt nach Hause«, lenkte die junge Inspektorin ein.

Danach sprach lange Zeit keiner auch nur ein Wort. Erst nachdem sie die Wachau hinter sich gelassen hatten, begann Staudinger zu erklären: »Friederike Lindenbaum ist Anfang sechzig, wohnt in Linz und ist eine pensionierte Kindergartenpädagogin.«

»Na, das passt ja zu euch zweien«, entfuhr es Meierhofer.

Sein Kollege ignorierte den Kommentar des Chefinspektors und erzählte weiter: »Wie Dorothea Weißhuber hat auch sie ihre Jugend hauptsächlich in einem Internat im Salzkammergut verbracht. Muss eine tolle Zeit gewesen sein, wenn man ihren Kommentaren dazu Glauben schenken darf. Sie und Dorothea waren anscheinend beste Freundinnen, bis ihre Wege sich irgendwann trennten. Vor ein paar Wochen haben sie einander dann im Internet wiedergetroffen.«

»Das mag ich so an diesen sozialen Netzwerken«, warf Brombspeidel ein, »sie bringen die Leute zusammen.«

Meierhofer überlegte, ob er etwas dazu sagen sollte, entschied sich dann aber dagegen.

»Friederike Lindenbaum war erschüttert, als ich ihr von Dorothea Mutzbachers Tod erzählt habe. Sie hat ihre Termine für heute alle verschoben, damit sie Zeit für uns hat, und hofft, dass sie uns weiterhelfen kann.«

»Das hoffe ich auch«, brummte der Chefinspektor.

Den Rest der Fahrt verbrachten die drei wieder schweigend. Keiner von ihnen hatte Lust, belanglos zu plaudern. Nicht einmal Eva Brombspeidel. Alle wollten sie nur noch eines: endlich herausfinden, warum Dorothea Mutzbacher ermordet worden war.

# Kapitel 19

»Kommen Sie doch bitte herein, ich habe schon auf Sie gewartet.« Friederike Lindenbaum machte eine einladende Geste.

Die kleine, ein wenig mollige Frau war extrem sympathisch. Sie hatte große wasserblaue Augen, trug ihr silbergraues Haar zu einem fetzigen Pagenkopf geschnitten und hatte einige Lachfalten, die sie interessant, aber nicht alt aussehen ließen.

»Darf ich Ihnen einen Kaffee anbieten? Einen Kuchen habe ich Ihnen auch gebacken. Gedeckter Apfelkuchen – mein Geheimrezept.«

Kuchen – er wusste nicht, warum, aber Meierhofer musste bei Lindenbaums letzter Aussage daran denken, dass in diesem Fall ein Stück Kuchen die Mordwaffe gewesen war.

»Kuchen wäre super, ich bin am Verhungern!«, brach es aus Brombspeidel heraus, was ihr einen strafenden Blick Staudingers einbrachte. So verhielt man sich doch nicht!

Meierhofer, der die erneute Spannung zwischen Brombspeidel und Staudinger sofort wahrnahm, wandte sich an ihre Gastgeberin: »Das ist sehr nett von Ihnen, Frau Lindenbaum. Gerne nehmen wir Ihr großzügiges Angebot an.«

Friederike Lindenbaum lächelte. »Bitte, folgen Sie mir doch ins Wohnzimmer!«

Das Wohnzimmer der kleinen Wohnung war liebevoll eingerichtet. Nicht gerade modern, aber auch nicht altmodisch. Es war einfach nur gemütlich hier. Der Chefinspektor wunderte sich, dass Friederike Lindenbaum anscheinend alleine hier lebte. Ob sie geschieden oder verwitwet war? Gegen Letzteres sprach, dass im gesamten Raum kein einziges Foto eines Mannes zu finden war.

»Ich lebe alleine hier«, erklärte Lindenbaum nun auch, als hätte sie Meierhofers Gedanken gelesen, »seit der Scheidung von meinem Mann vor drei Jahren. Ich war ihm nicht mehr jung und fesch genug – hat sich ein Püppchen angelacht, das locker seine Tochter sein könnte. Aber was soll's, so kann ich endlich machen, was ich will.«

Meierhofer verstand nicht, warum man eine Ehe nach so vielen Jahren aufgab, um noch einmal neu anzufangen. Gut, er wusste nicht, was zwischen Friederike Lindenbaum und ihrem Mann alles vorgefallen war, aber für ihn kam es nicht infrage, sich je von Irene zu trennen. Schon gar nicht, um sich stattdessen eine junge Freundin anzulachen. Das wäre ihm viel zu anstrengend.

»Für Sie einen Kaffee mit Milch?«, riss Frau Lindenbaum den Chefinspektor aus seinen Gedanken. Es war schon wieder passiert. Warum war er in der letzten Zeit nur so oft unaufmerksam?

»Ja bitte, gerne mit extra viel Milch«, erwiderte Meierhofer. Staudinger und Brombspeidel hatten anscheinend bereits Bescheid gegeben, was sie trinken wollten. Auch das hatte er nicht mitbekommen. Den Urlaub im Waldviertel brauchte er wohl schon dringender, als ihm bewusst war.

Während Friederike Lindenbaum in der Küche werkte, sprach Brombspeidel noch einmal die Einträge in Dorothea Weißhubers Tagebuch an. »Glaubt ihr eigentlich, dass Dorothea wirklich nichts mit dem Tod ihrer Schwester zu tun hatte, oder hat sie eurer Meinung nach die Realität zu ihren Gunsten geschönt?«

»Keine Ahnung, was wahrscheinlicher ist, Eva, dazu kenne ich mich in der Psychologie zu wenig aus«, meinte Meierhofer, »aber für mich klangen ihre Tagebucheinträge sehr ehrlich, von Herzen kommend. Ich kann mir schon vorstellen, dass alles wirklich ein großes Missverständnis war. Sie hat in diesem schrecklichen Moment falsch reagiert, und das wurde ihr zum Verhängnis. Aber kann man von einer Zwölfjährigen überhaupt erwarten, in einer traumatischen Situation wie dieser cool zu bleiben und das Richtige zu tun?«

»Das kann man nicht einmal von einem Erwachsenen erwarten«, warf Staudinger ein. »Passiert doch oft genug, dass Erwachsene während eines Notfalls panisch werden und alles Mögliche tun, nur nicht das in dieser Situation Richtige.«

Brombspeidel nickte. »Stimmt, in Ausnahmezuständen nicht die Nerven zu verlieren, ist für niemanden einfach.«

Friederike Lindenbaum betrat mit einem großen Tablett in den Händen das Wohnzimmer. »So, bitte schön. Greifen Sie zu!«

Nachdem alle drei sich ein Stück des himmlisch duftenden gedeckten Apfelkuchens genommen hatten und Brombspeidel und Meierhofer außerdem noch ihre Kaffees, begann der Chefinspektor das Gespräch.

»Frau Lindenbaum, wir sind Ihnen sehr dankbar, dass Sie sich Zeit für uns genommen haben. Dorothea Mutzbachers Tod stellt uns vor einige Rätsel. Wir wissen einfach noch zu wenig über sie und hoffen sehr, dass Sie uns in diesem Punkt weiterhelfen können.«

»Das hoffe ich auch«, entgegnete Friederike Lindenbaum. »Wenn es Ihnen recht ist, fange ich einfach ganz von vorne an.«

Meierhofer nickte.

»Also, erstens muss ich Sie darauf hinweisen, dass ich während unseres Gespräches nur von Henriette sprechen werde. Eigentlich haben wir sie immer Henni genannt. Dorothea mochte ihren ersten Namen nicht besonders, und sie hat uns von Anfang an dazu angehalten, sie bei ihrem zweiten Namen – Henriette – zu nennen. Das haben irgendwann sogar die Lehrerinnen übernommen. Für alle im Internat war Dorothea Henni.«

Dorothea Weißhuber hatte den anderen also erzählt, dass Henriette ihr zweiter Vorname war, was natürlich nicht gestimmt hatte. Ihr Doppelleben hatte also bereits knapp nach dem tragischen Unfall begonnen, wenn man das so sagen konnte.

»Henriette ist erst in der dritten Klasse zu uns gestoßen. Davor hat sie ihre Kindheit in Melk verbracht. Warum sie plötzlich zu uns kam – noch dazu während der Sommerferien –, hat sie uns nie erzählt. Darüber wollte sie nicht sprechen, und wir haben das alle akzeptiert.«

»Wer ist wir«, unterbrach Staudinger die Frau, »gab es auch Buben in dem Internat?«

Friederike Lindenbaum schüttelte entsetzt den Kopf.

»Wo denken Sie hin, Herr Inspektor?! Unser Internat war ein reines Mädcheninternat. Alles andere hätten unsere Eltern in der damaligen Zeit auch nicht akzeptiert. Das Internat war ein gehobenes Mädcheninternat im wunderschönen Salzkammergut. Es war ziemlich idyllisch dort, ein wenig wie in einem kitschigen Mädchenroman. Man hat uns immer gut behandelt, eigentlich waren wir alle wie ein große Familie.«

Ein reines Mädcheninternat. Ihren Mörder konnte Dorothea Mutzbacher dort also nicht kennengelernt haben. Außerdem war der ja anscheinend auch um einige Jahre jünger, als sein Opfer es gewesen war.

»Wie war Dorothea, also Henriette, denn so, als sie zu Ihnen gestoßen ist?«, fragte Meierhofer nun.

»Anfangs war sie sehr schüchtern und zurückhaltend. Wir haben oft gemutmaßt, dass sie etwas Schlimmes erlebt haben musste. Auch die Lehrerinnen haben Bemerkungen in diese Richtung gemacht und uns aufgetragen, nicht nachzufragen, Henni nicht darauf anzusprechen. Daran haben wir uns natürlich gehalten. Wir waren alle sehr brav und pflichtbewusst, müssen Sie wissen. Nie hätten wir uns getraut, uns einer Anweisung einer unserer Lehrerinnen zu widersetzen. Also haben wir Henni einfach so sein lassen, wie sie war. Nach einigen Monaten bei uns ist sie dann aufgetaut, immer fröhlicher geworden. Irgendwann war sie dann genauso unbeschwert wie wir anderen auch. Es gab nur eine Sache, die mich an ihr verwundert hat.«

Brombspeidel, die ihr Stück Kuchen längst aufgegessen hatte, blickte Friederike Lindenbaum neugierig an.

»Was denn?«, hakte sie nach.

»Na ja, Henni war ein wirklich liebenswertes Mädchen und hatte auch viele Freundinnen im Internat, aber eines konnte sie gar nicht: mit Jüngeren umgehen. Die Erstklässlerinnen waren ihr ein Dorn im Auge. Immer wieder hat sie sich abfällig über die Kleinen geäußert, auch als wir schon in der Maturaklasse waren. Wir ahnten, dass das etwas mit dem zu tun haben musste, was sie vor ihrer Zeit bei uns erlebt hatte, deshalb ignorierten wir dieses Verhalten. Aber seltsam war es schon.«

Friederike Lindenbaum machte eine kurze Pause. Sie zögerte, bevor sie schließlich anmerkte: »Darum war ich auch so verwundert, als ich von Henni erfahren habe, womit sie nach der Matura ihr Geld verdiente.«

Meierhofer spürte, dass der Moment gekommen war, auf den er schon so lange wartete. Und tatsächlich.

»Stellen Sie sich vor, sie arbeitete allen Ernstes als Kindermädchen«, ließ Lindenbaum die Bombe platzen.

*

*So ein Glück, heute ist er alleine unterwegs. Das Kind ist nicht bei ihm. Jetzt hat er die Möglichkeit zuzuschlagen. Und das wird er auch tun. Wozu noch länger warten? Endlich kann er ihn kaltmachen. Bald ist es vorbei. Bald.*

*

»Nach der Matura trennten sich unsere Wege. Ich wusste schon früh, dass ich eine Ausbildung zu Kindergartenpädagogin machen wollte, aber Henni hatte überhaupt keinen Plan, wie es mit ihrem Leben weitergehen sollte. Alles, was sie wusste, war, dass sie möglichst schnell Geld verdienen musste. Ihr Vater, der von Hennis Mutter geschieden war, hatte Henni bis zu ihrem achtzehnten Geburtstag finanziell unterstützt. Von diesem Tag an musste sie sich ihren Lebensunterhalt selbst verdienen. Henni und ich blieben zwar weiterhin in Kontakt, aber damals war das natürlich nicht so einfach wie heute. Wir haben uns ab und zu angerufen und auch Briefe geschrieben, bis die Freundschaft irgendwann eingeschlafen ist«, erzählte Friederike Lindenbaum weiter. »Später habe ich dann versucht, sie ausfindig zu machen, aber sie hatte bereits geheiratet und war in die Wachau gezogen, was ich natürlich nicht ahnte.«

»Woher wissen Sie denn, dass Frau Weißhuber als Kindermädchen gearbeitet hat?«, drängte Meierhofer, der dieses Kribbeln im Bauch spürte, das er so liebte. Er wusste, dass sie auf dem richtigen Weg waren.

Lindenbaum trank einen Schluck Kaffee und wartete einen Moment. »Wir haben uns, wie gesagt, eine Zeit lang Briefe geschrieben. In einem dieser Briefe aus dem Jahr 1971 erzählte mir Henni von einem Mann, den sie kurz zuvor kennengelernt hatte. Henni war damals Hals über Kopf in diesen Typen, der ein paar Jahre älter war als sie selbst, verknallt. Dieser Mann hatte eine Schwester, die alleinerziehende Mutter eines Fünfjährigen war. Die suchte wiederum jemanden zur Betreuung ihres Sohnes, weil sie wieder anfangen wollte, ganztags zu arbeiten. Der kleine Kindergarten, den dieser besuchte, bot wohl keine Nachmittagsbetreuung an. Also kam Hennis Freund irgendwann auf die Idee, dass sie genau die Richtige für diesen Job wäre. Seine Schwester bezahlte Henni auch gar nicht so schlecht. Ich weiß das alles so genau, weil Henni mir wirklich ausführlich davon berichtet hat. Sie war stolz darauf, diesen Buben nachmittags zu betreuen, und wusste ja, dass ich Kindergärtnerin werden wollte. Deshalb unterhielten wir uns so genau über dieses Thema. Aber, wie gesagt, ich konnte mir Henni nicht besonders gut als Kindermädchen vorstellen. So ungeduldig und lieblos, wie ich sie kleinen Kindern gegenüber erlebt hatte.«

Meierhofer blickte zuerst Staudinger, dann Brombspeidel an. Er sah sofort, dass es ihnen genauso ging wie ihm selbst. Alle drei rechneten sie fieberhaft nach. Wenn der Junge, den Dorothea Weißhuber 1971 betreut hatte, damals fünf gewesen war, war er heute neunundvierzig Jahre alt.

»In den Kommentaren, die ich im Internet gefunden habe, kokettiert Henriette Weißhuber immer wieder damit, dass ihr neuer Schwarm um einige Jährchen jünger ist als sie selbst«, murmelte Staudinger leise.

Brombspeidel nickte aufgeregt. »Das passt genau. Sie war vor ihrem Tod Anfang sechzig, er Ende vierzig. Da sind schon ein paar Jahre dazwischen.«

Friederike Lindenbaum war anzusehen, dass sie nur Bahnhof verstand, weshalb Meierhofer sie direkt ansprach: »Frau Lindenbaum, wissen Sie vielleicht, wie der Bub, den Henriette Weißhuber damals betreute, hieß?«

Die Befragte schüttelte traurig den Kopf.

»Nein, leider, daran kann ich mich nicht mehr erinnern.«

»Erinnern Sie sich vielleicht an den Namen von Hennis damaligem Freund?«, hakte Staudinger nach.

Ein neuerliches trauriges Kopfnicken Lindenbaums war die Folge.

»Tut mir leid, aber das weiß ich auch nicht mehr.«

*

*Er beobachtet ihn leise und unauffällig. Unglaublich, dass sie beide miteinander verwandt sind. All die Jahre hat er nichts von ihm gehört. Und das war auch besser so. Aber jetzt, jetzt hat er sich gemeldet und all die alten Wunden wieder aufgerissen. Hätte er nicht dort bleiben können, wo der Pfeffer wächst? Dann hätte er ihn verschonen können. Doch nun muss er es durchziehen. Nun muss er auch ihn bestrafen. Alles andere wäre ihr gegenüber ungerecht. Schließlich war nicht nur sie für die Wunden auf seiner Seele zuständig. Nein, auch er hat seinen Teil dazu beigetragen. Dafür wird er nun büßen müssen. Seinen Unwillen, ihm zu helfen, muss er nun mit dem Leben bezahlen.*

# Kapitel 20

Die Stimmung im Auto war gedrückt. So nahe waren sie der Lösung ihres Falles gekommen und nun das. Ihnen fehlten Namen. Wie sollten sie nur herausfinden, wessen Kindermädchen Dorothea Weißhuber Anfang der 70er-Jahre gewesen war?

»Also, ich glaube kaum, dass diese Schwester ihres Freundes Dorothea Weißhuber damals angemeldet hat. Das ging sicher schwarz an Finanzamt und Sozialversicherung vorbei«, meinte Brombspeidel, die den Wagen sehr ähnlich lenkte wie Staudinger.

Auch bei ihr hatte der Chefinspektor das Gefühl, in einem Rennwagen zu sitzen. »Eva, denk daran, dass meine Tochter im Dezember mein zweites Enkelkind bekommen wird! Das würde ich schon gerne persönlich kennenlernen!«

»So schnell fahr ich doch gar nicht!«, motzte die Revierinspektorin daraufhin.

Staudinger unterstützte seine Kollegin grinsend. »Mach dir keine Gedanken, Eva, Hans ist generell ein Angsthase, was das Autofahren angeht. Er hat es wohl, seinem Alter entsprechend, auch auf der Straße lieber gemütlich.«

»Ich geb dir gleich was, Frechdachs, von wegen gemütlich! Nur, weil ich sicherheitsbewusst unterwegs bin, heißt das noch lange nicht, dass ich zum alten Eisen gehöre!«, konterte Meierhofer grinsend.

Dann nahm er das Thema Dorothea Weißhuber wieder auf. »Du hast sicher recht, Eva, ich denke auch nicht, dass dieser Kindermädchen-Job ein offizieller war. Somit wird uns die Möglichkeit genommen, rasch den Namen des damaligen Dorothea-Weißhuber-Schützlings zu erfahren.«

Brombspeidel, die das Auto gerade noch ein bisschen beschleunigte, warf ein: »Eigentlich sollte es doch möglich sein, Dorothea Weißhubers Wohnsitz von damals zu ermitteln. Irgendwo muss sie ja gemeldet gewesen sein. Vielleicht haben wir Glück, und sie lebte 1971 bei ihrem Freund.«

Der Gruppeninspektor schüttelte vehement den Kopf.

»Keine Chance, Eva, hab ich alles schon gecheckt. Bis sie 1985 Gideon Mutzbacher heiratete, war Dorothea Weißhuber bei ihrer Mutter gemeldet, die nach der Scheidung in eine kleine Melker Wohnung gezogen war. Mit Gideon Mutzbacher lebte sie anfangs in Amstetten, bis die beiden dann den Wachauer Laden mit darüberliegendem Wohnbereich gekauft haben. Wenn sie also 1971 bei ihrem damaligen Freund, dem Onkel unseres vermeintlichen Täters, gelebt hat, dann war das auch keine offizielle Sache.«

Meierhofer seufzte.

»Es ist wie verhext. So nahe sind wir dem Kerl schon, so nahe, und trotzdem können wir die Sache nicht beenden. Wir dürfen nicht vergessen, dass er auch noch gedroht hat, eine weitere Person zu ermorden. Insofern haben wir wirklich keine Zeit zu verlieren. Was denkt ihr, wer die zweite Person sein könnte?«

Brombspeidel antwortete wie aus der Pistole geschossen: »Hundertprozentig Dorothea Weißhubers damaliger Freund, also der Onkel des Täters. Wir gehen doch alle drei davon aus, dass Dorothea Weißhuber dem kleinen Jungen kein liebevolles Kindermädchen war, sondern ihn in irgendeiner Form gequält hat. Wobei ich, nachdem er sich eine verwundete Seele nennt, eher denke, dass es psychische Gewalt war, keine körperliche, die sie ihm entgegengebracht hat. Und wie wir alle wissen, kann gerade bei Kindern diese psychische Gewalt sehr tiefe Wunden hinterlassen. Wenn Dorothea Weißhuber ihren Job damals also unzulänglich erfüllt hat und außer der Mutter und dem Onkel des Jungen niemand etwas von ihrer Tätigkeit als Kindermädchen wusste, erscheint es mir am logischsten, dass sich der Bub hilfesuchend an eine der beiden mit ihm verwandten Personen gewandt hat.«

»Geht das auch ein bisschen weniger verschachtelt?«, meckerte Staudinger.

»Gut, also dann nochmal vereinfacht, damit der schöne Herr Gruppeninspektor es auch versteht«, parierte die junge Inspektorin. »Dorothea Weißhuber hat als Kindermädchen dieses Jungen gearbeitet. Davon wussten nur dessen Mutter und Onkel. Weißhuber hat ihren Job nicht gut gemacht. Sie hat den Buben schlecht behandelt. Der hat sich hilfesuchend an seine Mutter oder seinen Onkel gewandt. Keiner hat ihm geholfen. Nachdem ich nicht glauben will, dass der Täter vorhat, seine eigene Mutter zu töten, und er in seiner ersten E-Mail von *einem* anderen, der noch büßen muss, gesprochen hat, denke ich, dass er plant, seinen Onkel umzubringen. Dazu würde auch diese *Blut ist nicht immer dicker als Wasser*-Bemerkung aus der zweiten E-Mail passen. War das jetzt deutlicher, Stefano?«

Staudinger lachte. »Viel besser, Eva … Sei mir nicht böse, dass ich ein wenig grantig bin, aber es wurmt mich einfach, dass wir in dieser Sache gerade komplett anstehen.« Dass es ihn außerdem wurmte, dass er nicht mehr am Steuer des Dienstwagens saß, ließ der Gruppeninspektor lieber unter den Tisch fallen.

»Schwamm drüber, mir geht's ja nicht anders.« Brombspeidel legte eine Vollbremsung hin, weil sie übersehen hatte, dass der Wagen vor ihr zum Stillstand gekommen war.

»Himmelherrgott, Eva, willst du, dass ich an einem Herzinfarkt sterbe?! Noch habe ich nicht vor, für einen von euch meinen Platz zu räumen!«, entfuhr es Meierhofer, der schneeweiß im Gesicht wurde.

»'Tschuldigung, Chef, das war nicht so geplant«, murmelte Brombspeidel zerknirscht.

Staudinger versuchte, von Evas Fauxpas abzulenken. »Gehen wir mal davon aus, dass der Junge sich wirklich an seinen Onkel gewandt hat, weil Dorothea Weißhuber ihn in irgendeiner Form gequält hat. Warum hätte der Onkel denn tatenlos zusehen sollen? Glaubt ihr nicht, dass er seinem Neffen sofort zur Seite gestanden hätte? Ein Onkel sollte doch für seinen Neffen da sein, oder nicht?«

Der Plan des Gruppeninspektors war aufgegangen. Meierhofer dachte wieder ausschließlich an den aktuellen Mordfall. »Tut mir leid, Stefano, wenn ich dich da enttäuschen muss, aber in meiner langen Dienstzeit.«

»Die wirklich schon seeehr lange währt«, konterte der Gruppeninspektor einer alten Meierhofer&Staudinger-Tradition folgend, was seinen Chef endlich dazu veranlasste, zu lächeln.

»Also, während all dieser Jahre habe ich leider viel zu oft erlebt, dass Kindern kein Glauben geschenkt wird. Vor allem, wenn diese keine für jedermann sichtbaren äußeren Wunden davontragen. Vieles wird von Erwachsenen gerne als kindliche Fantasie abgetan. Noch dazu, wenn Liebe im Spiel ist. Wenn der Onkel des Jungen Hals über Kopf in Dorothea Weißhuber verliebt war, hatte er wahrscheinlich auch deshalb kein offenes Ohr für die Hilferufe seines Neffen. Außerdem wissen wir nicht, welche Beziehung die beiden zueinander hatten. Vielleicht gehört der Onkel des Buben zu einem dieser Menschen, die Kinder grundsätzlich nicht mögen, sie als lästig empfinden – etwas, das ich übrigens überhaupt nicht nachvollziehen kann. Was wir diesbezüglich noch nicht in Betracht gezogen haben, ist, dass der Onkel des Jungen vielleicht nicht nur dessen Hilferufe ignoriert hat, sondern sich aktiv daran beteiligt hat, ihn fertigzumachen.«

»Wui, ihr beide steht heute auf extrem verschachtelte Satzkonstruktionen, oder?«, meinte Staudinger schmunzelnd.

Eva, die nun etwas langsamer fuhr als zuvor, ignorierte den Kommentar des Gruppeninspektors. »Das wäre für den armen Buben ja noch schlimmer gewesen. Ich meine, wenn Dorothea Weißhuber und ihr damaliger Freund gemeinsame Sache gemacht hätten. Aber hätte er sich dann nicht seiner Mutter anvertraut?«

Der Chefinspektor schüttelte den Kopf.

»Es ist unglaublich, wie viele Kinder schweigen, wenn ihnen Leid angetan wird. Der Kleine wusste wahrscheinlich, dass seine Mutter ganztags arbeiten musste, um sie beide versorgen zu können. Außerdem hat man ihm vielleicht ein schlechtes Gewissen gemacht, ihm eingeredet, dass er es verdient, so behandelt zu werden. Er war erst fünf, als Dorothea Weißhuber zu seinem Kindermädchen wurde.«

»Widerlich, ich kann es nicht ausstehen, wenn jemand schlecht zu Kindern ist! Wenn wir mit unseren Vermutungen richtigliegen, kann ich durchaus verstehen, warum unser Täter jetzt seine Rache will«, sprudelte es aus Brombspeidel heraus.

Staudinger nickte. »Ich weiß, was du meinst, Eva, trotzdem dürfen wir nicht vergessen, dass Selbstjustiz nie in Ordnung ist. Schon gar nicht Mord.«

»Du hast natürlich recht, Stefano«, antwortete Eva zerknirscht. »Aber Kindern in irgendeiner Form Leid zuzufügen, ist und bleibt in meinen Augen eines der schlimmsten Verbrechen überhaupt.«

Meierhofer verstand, dass seine Kollegin bei diesem Thema so emotional wurde. »Das sehen wir sicher beide genauso, Eva. Dennoch müssen wir alles daransetzen, um einen weiteren Mord zu verhindern.«

»Tja, das müssen wir wohl«, murmelte Brombspeidel, bevor sie das Gaspedal bis zum Anschlag durchtrat.

*

*Er fühlt die kalte Klinge in seinen Händen. Jetzt muss er nur noch den richtigen Moment abwarten. Dieses Mal wird es nicht so einfach werden. Dieses Mal muss er Gewalt anwenden. Aber es wird schnell gehen. Viel schneller als bei ihr. Schließlich muss er es dieses Mal nicht auskosten. Er tut das nur der Vollständigkeit halber. Die Rechnung, die er mit ihm offen hat, ist einfacher zu begleichen als die ihre. Er hat nicht annähernd so viel Schuld auf sich geladen wie sie. Aber dennoch genug, um dafür bestraft zu werden. Er hätte es damals verhindern können. Er hätte eingreifen können. Doch das hat er nicht getan. Er hat ihm nicht geglaubt. Dafür muss er jetzt dran glauben.*

*

Als sie zurück im Büro waren, bestellte Meierhofer als Erstes eine riesige Familienpizza. Ans Nachhausegehen war noch lange nicht zu denken. Schließlich mussten sie alles daransetzen, den Namen des Mannes herauszufinden, der Dorothea Weißhuber zum Kindermädchen gehabt hatte. Das konnte noch eine kleine Ewigkeit dauern.

Sie waren gerade dabei, die köstlich duftende, mit Schinken, Salami, Mais, Zwiebeln und Champignons belegte Pizza zu verdrücken, als plötzlich eine ihnen allen wohlbekannte sonore Stimme den Raum erfüllte. »Ah! Das wäre aber nicht nötig gewesen. Danke, dass ihr für meinen Besuch extra eine Pizza bestellt habt. Ich bin ohnehin am Verhungern.«

Meierhofer machte eine einladende Handbewegung.

»Bitte, Gregor, bedien dich! Es ist schließlich nicht das erste Mal, dass du uns unsere Pizza wegfutterst.«

Nein, das war es tatsächlich nicht. Der Spurensicherer hatte anscheinend ein besonderes Gefühl für den richtigen Augenblick. Ungeniert schnappte er sich eines der vorgeschnittenen Pizzastücke.

»Mhm, danke, Leute. Aber bei dem, was ich euch mitgebracht habe, finde ich, dass ich mir ein Stück Pizza auch mehr als verdient habe. Eventuell sogar noch ein zweites.«

Brombspeidel, die Gregor noch nicht so gut kannte, sprang sofort darauf an. »Was hast du uns denn mitgebracht, Gregor?«

Der Spurensicherer grinste übers ganze Gesicht. »Nicht so hastig, Eva, so eine Pizza will schließlich genossen werden!«

»Keine Chance, Gregor, heute bekommst du nicht den Rest mit nach Hause, nur, damit du uns deine Entdeckung präsentierst, nicht wahr, Hans?« Staudinger blickte seinen Chef erwartungsvoll an. Der nickte.

»Stefano hat recht, Gregor. Heute haben wir uns diese Pizza nämlich selbst redlich verdient. Immerhin waren wir schon in

Linz und haben einiges herausgefunden. Mehr als du, nehme ich an. Aber wenn du ganz lieb bist, bekommst du vielleicht wirklich ein zweites Stück Pizza. Aber nur ein kleines.«

»Wenn ihr so viel herausgefunden habt, wisst ihr also mit Sicherheit schon, dass Dorothea Weißhuber ein hundsmiserables Kindermädchen war«, schoss Gregor ins Blaue. Der Treffer saß. Alle drei starrten den Spurensicherer ungläubig an.

»Kannst du hellsehen?«, fragte Brombspeidel erstaunt.

»Nein, aber gut zuhören«, erwiderte Gregor grinsend.

Warum hatte Meierhofer nur das Gefühl, ein Déjà vu zu haben?

»Du willst uns jetzt nicht wirklich erzählen, dass du die Info, für die wir extra nach Linz gefahren sind, in Henriette Weißhubers Häuschen bekommen hast?«, brummte der Chefinspektor frustriert.

Gregor stopfte sich gerade den Rest des Pizzastückes in den Mund. Es dauerte deshalb einen Moment, bis er halbwegs verständlich antworten konnte. »Nö, nicht in Henriette Weißhubers Häuschen. Wir waren nochmal in der Wohnung über dem Laden. Ich hatte da so ein Bauchgefühl. Mein Gefühl hat mich nicht getäuscht. Wir haben in einem Hohlraum unter den Holzdielen einen kleinen Koffer gefunden, der vermutlich Gideon Mutzbacher gehört hat. In ihm waren auch einige Videokassetten. Wir haben uns die Videos angesehen. Da ist Verschiedenstes dabei. Die Hochzeit der Mutzbachers, die Eröffnung des Ladens, Urlaube am Meer, Urlaube in den Bergen und auch das hier.«

Gregor hielt eine VHS-Kassette, wie man sie mittlerweile nur noch sehr selten im Einsatz hatte, in die Höhe.

»Nachdem ich weiß, dass ihr in eurem Laden hier sogar noch einen passenden Rekorder zu diesem Ding habt, steht einem gemeinsamen Fernsehnachmittag doch nichts mehr im Wege, meint ihr nicht auch? Popcorn und Chips hab ich jetzt zwar nicht mitgebracht, aber wir haben ja zum Glück dieses leckere Baby hier.« Gregor griff, ohne zu fragen, nach einem weiteren Stück der Familienpizza.

*

*Er ist frustriert. Erneut ist etwas dazwischengekommen. Das darf doch nicht wahr sein! Wie lange muss er noch warten? Er will es endlich hinter sich bringen! Lange hält er es nicht mehr aus. Lange nicht mehr.*

*

»He, diesen attraktiven Typen kennen wir doch schon! Ist das nicht der Kerl, der auf dem Foto zu sehen ist, das du in Dorothea Mutzbachers Schlafzimmer gefunden hast, Hans?« Brombspeidel war wie so oft die Erste, die sich zur aktuellen Lage äußerte.

Gregor nickte.

»Ja, das ist Gideon Mutzbacher. Das Video hat er übrigens wenige Tage vor seinem Tod aufgenommen. Aber jetzt seid bitte alle mal leise, und hört genau zu, was er zu sagen hat!«

Gideon Mutzbacher saß im Wohnzimmer der Wohnung, die sie nur noch verwaist vorgefunden hatten. Er sah ängstlich aus, ein wenig gehetzt. Deshalb sprach er wohl auch nicht allzu laut. »Mein Name ist Gideon Mutzbacher. Dieses Video drehe ich zu meiner eigenen Sicherheit. Es gibt mehrere Versionen davon. Ich habe Angst. Angst vor meiner Frau. Ich befürchte, dass sie mir etwas antun könnte. Sie ist ein Monster – in ihr wohnen zwei Seelen. Die Menschen da draußen kennen nur die nette, liebenswerte Dorothea, aber ich habe sie in den letzten Wochen ganz anders kennengelernt. Ich habe ihr Geheimnis gelüftet. Jetzt droht sie mir. Zur Polizei kann ich nicht gehen, das wäre zu offensichtlich. Einen Gang zur Polizei würde ich wohl nicht überleben. Also muss ich zu anderen Mitteln greifen. Ich werde mir meine Sicherheit erpressen – mit diesem Video. Meine Frau, Dorothea Mutzbacher, geborene Weißhuber, hat sich mehrerer Verbrechen schuldig gemacht. Sie hat als Zwölfjährige ihre sechsjährige Schwester getötet. Das vermute ich zumindest. Ich denke, sie hat sie von Bord eines Ausflugsschiffes in die Donau gestoßen. Außerdem hat sie Anfang der 70er-Jahre ihre Position als Kindermädchen schrecklich missbraucht. Sie hat den armen Jungen, auf den sie zwei Jahre lang aufgepasst hat, seelisch fertiggemacht. Sie hat ihn alleine gelassen, ihn eingesperrt, ihn beschimpft und ihm Gewalt angedroht. Das hat sie in ihrem Tagebuch niedergeschrieben. Nun weiß ich auch, warum sie nie Kinder haben wollte. Sie hasst Kinder. Ich denke, sie hat ein psychisches Problem. Wahrscheinlich hat sie in ihrer Kindheit selbst ein Trauma erlitten. Trotzdem bin ich der Ansicht, dass die Welt von ihren Schandtaten erfahren muss. Ich habe ihr Tagebuch an mich genommen und werde es gemeinsam mit diesem Video an einem sicheren Ort verstecken. Ich muss mich so vor meiner Frau schützen. Seit sie weiß, dass ich hinter ihr Geheimnis gekommen bin, fürchte ich um mein Leben. Sie ist aggressiv und jähzornig geworden. Man muss sie aufhalten! Jemand muss Dorothea Mutzbacher aufhalten!«

Dann brach die Aufnahme plötzlich ab.

»Es gibt ein zweites Tagebuch«, platzte es aus Brombspeidel heraus, »eines, das Dorothea Mutzbacher als Erwachsene geführt hat!«

»Tata!« Gregor zauberte ein in braunes Leder gebundenes Büchlein hinter seinem Rücken hervor.

Ein Lächeln machte sich auf Meierhofers Gesicht breit.

»Ist es das, was ich vermute?«

Gregor nickte zufrieden.

»Allerdings, das ist es. Ich hab euch doch gleich gesagt, dass ich mir die Pizza redlich verdient habe.«

# Kapitel 21

»Denkt ihr, dass Dorothea Mutzbacher ihren Mann getötet hat?« Brombspeidel sah Meierhofer gespannt dabei zu, wie der in dem kleinen braunen Lederbüchlein blätterte.

Staudinger zuckte mit den Schultern.

»Keine Ahnung. Sein Tod war offiziell ein Unfall. Er ist tragisch von einem Marillenbaum gestürzt und hat sich dabei das Genick gebrochen. Wie hätte Dorothea Mutzbacher da ihre Finger im Spiel haben können?«

»Vielleicht hat sie den Ast, auf dem ihr Mann gestanden hat, angesägt oder die Leiter gekippt«, meinte Gregor grinsend.

Meierhofer, der noch immer nicht fündig geworden war, schüttelte den Kopf.

»Nein, das glaube ich nicht. Ich denke viel eher, dass sie, wenn sie tatsächlich hinter dem Tod ihres Mannes stecken sollte, den Sturz irgendwie anders provoziert hat. Vielleicht hat sie ihn erschreckt, ihn abgelenkt … Oder aber, es war wirklich einfach ein Unfall … Da! Da steht etwas über ihre Arbeit als Kindermädchen!«

Der Chefinspektor las vor:

*Liebes Tagebuch!*

*Ich hasse meinen Job. Oliver ist ein besonders lästiges Kind. Er lässt mich einfach nicht in Ruhe! Er kann nicht verstehen, dass ich keine Lust habe, mich andauernd mit ihm zu beschäftigen. Ich soll für ihn kochen, mit ihm spielen! Als ob ich nichts Besseres zu tun hätte! Ich tue das alles ohnehin nur Thomas zuliebe. Hoffentlich ist ihm bewusst, welche Opfer ich seinetwegen bringe. Seine Schwester bezahlt mich zwar nicht schlecht, aber dennoch finde ich sie einfach nur furchtbar. Kein Wunder, dass Olivers*

*Vater das Weite gesucht hat, noch lange bevor sie ihn durch eine Heirat an sich binden konnte! Jetzt hat sie das Balg alleine am Hals. Ein schrecklich verzogenes Balg.*

*Aber der Kleine wird schon noch erkennen, dass ich hier das Sagen habe! Auch wenn seine Mutter, die tatsächlich verlangt, dass ich sie Fräulein Rankwichter nenne, meine Chefin ist. Fräulein Rankwichter! Als ob sie auch nur irgendetwas Fräuleinhaftes an sich hätte! Eine alte Zimtziege ist sie, die Rankwichter. Nicht mehr und nicht weniger. Eine alte Zimtziege, deren Brut ich schon noch hinbiegen werde.*

»Ach du meine Güte, wie kann man nur so über ein unschuldiges Kind sprechen?! Das ist doch das Letzte! Absolut herzlos!« Brombspeidel ließ ihrem Entsetzen freien Lauf.

Staudinger verarbeitete das Gehörte ganz anders. Er hämmerte bereits den Namen Oliver Rankwichter in die Tastatur seines Computers. Es dauerte auch nicht allzu lange, bis der Gruppeninspektor einen Treffer vermelden konnte. »Oliver Rankwichter lebt tatsächlich in Krems, und wir haben ihn sogar im Strafregister! Wegen schwerer Körperverletzung und Sachbeschädigung! Leute, ich denke, jetzt haben wir unseren Mann!«

Auch in Meierhofer kam nun Leben. »Druck uns die Adresse aus, Stefano! Wir müssen da sofort hin! Such aber vorsichtshalber auch noch nach einem Thomas Rankwichter! Wenn wir mit unserer Theorie richtigliegen, ist Oliver Rankwichter wahrscheinlich bereits hinter seinem Onkel her. Außerd...«

Das Mobiltelefon des Chefinspektors unterbrach selbigen.

»Meierhofer!«, bellte er, als er das Gespräch annahm. Wenn er etwas nicht mochte, dann war es, durch einen Anruf gestört zu werden – sei es bei der Arbeit oder im Privatleben.

»Ah, Frau Lindenbaum ... Aha ... Tatsächlich ... Das hilft uns auf alle Fälle weiter, vielen Dank ... Natürlich, das machen wir. Auf Wiederhören!«

Als der Chefinspektor das Gespräch beendet hatte, blickte er in drei gespannt wartende Augenpaare.

»Das war Frau Lindenbaum«, erklärte er schmunzelnd. »Sie hat nach Henni Weißhubers alten Briefen gekramt und tatsächlich einige gefunden. Sie meinte, sie könne uns nun mitteilen, dass der Junge, auf den ihre Freundin aufgepasst hat, Oliver Rankwichter hieß.«

*

Als Meierhofer zum dritten Mal mit der Faust gegen die Tür der kleinen Eigentumswohnung schlug, in der Oliver Rankwichter lebte, und dabei lautstark »Kriminalpolizei! Öffnen Sie sofort die Tür!« rief, ging stattdessen die Tür der Nachbarwohnung auf.

Ein alter Mann steckte den Kopf heraus. »Das können Sie sich sparen. Der ist nicht zu Hause. Ich hab gesehen, dass er mit seinem Motorrad weggefahren ist, schon vor ein paar Stunden. Wenn der erst einmal mit seinem Motorrad unterwegs ist, dann dauert es länger, bis er wieder nach Hause kommt, der Herr Ingenieur.«

»Ingenieur?«, hakte Staudinger nach.

Der alte Mann nickte. »Ja, der macht irgendwas Neumodisches mit Computern, fragen Sie mich nicht, was genau.«

»Welche Farbe hat denn das Motorrad Ihres Nachbarn?«, wollte Brombspeidel wissen.

»Es ist grün-schwarz«, kam es wie aus der Pistole geschossen. »Das weiß ich, weil sein Helm genau dazu passt. Der ist nämlich auch grün. So grün wie eine Veltliner-Flasche.«

Oliver Rankwichter besaß laut der Aussage seines Nachbarn eine schwarz-grüne Maschine und einen flaschengrünen Motorradhelm – wenn das kein Zufall war!

»Al diavolo, ich hab vergessen nachzusehen, ob ein Motorrad auf ihn zugelassen ist!«, fluchte Staudinger leise vor sich hin.

»Das ist es ganz sicher, junger Mann, kein Grund zu fluchen«, schaltete sich Rankwichters Nachbar ein.

»Sie wissen nicht zufälligerweise auch noch das Kennzeichen seiner Maschine?«, fragte Meierhofer scherzhaft.

Der alte Mann nickte schmunzelnd.

»Aber natürlich weiß ich das Kennzeichen seiner Honda. Immerhin war ich früher KFZ-Mechaniker. Was Autos und Motorräder angeht, entgeht mir gar nichts.«

*

»Oliver Rankwichter ist landesweit zur Fahndung ausgeschrieben. Ich hab die Beschreibung seines Outfits und seiner Maschine an die Kollegen weitergegeben. Sein Nachbar hat uns übrigens das korrekte Kennzeichen genannt.«

Staudinger steckte sein Smartphone wieder in die Hosentasche.

Brombspeidel, deren Wangen glühten, was verriet, dass sie ziemlich aufgeregt war, nahm auf dem Rücksitz des Dienstwagens Platz.

»Also ich fress einen Besen, wenn dieser Rankwichter nicht unser Mann sein sollte. Er passt doch perfekt ins Täterprofil. Er ist neunundvierzig Jahre alt, groß, muskulös, fährt ein schwarz-grünes Motorrad, trägt einen flaschengrünen Helm und kennt sich bestens mit Computern aus.«

»Du vergisst, dass die E-Mails aus Wien verschickt wurden. Rankwichter lebt aber in Krems«, merkte Meierhofer, der sich nicht zu früh freuen wollte, an.

»Na ja, so weit ist es jetzt auch wieder nicht nach Wien. Wenn er uns damit verwirren wollte, halte ich es nicht für unwahrscheinlich, dass er sich die Mühe gemacht hat, extra wegen der Mails nach Wien zu fahren«, schlug Staudinger sich auf die Seite seiner Kollegin.

»Ich denke nicht, dass er uns die E-Mails geschickt hat, um uns zu verwirren«, erwiderte der Chefinspektor, »ich glaube eher, dass sie ein unbewusster Hilferuf waren. Er will, dass die ganze Welt weiß, was Dorothea Mutzbacher verbrochen hat. Außerdem will er, dass wir ihn stoppen. Eigentlich möchte er kein weiteres Mal töten, aber irgendetwas in ihm zwingt ihn dazu. Also hat er uns die E-Mails geschickt, in der Hoffnung, dass wir rechtzeitig eingreifen.«

Brombspeidel legte die Stirn in Falten. »Interessante Theorie. Du vergisst dabei, dass er sich uns damit ans Messer liefert.«

Nun mischte Staudinger sich erneut ein: »Eventuell hat Hans recht, und er möchte das sogar. Es könnte doch sein, dass auch in seiner Brust zwei Seelen wohnen: die, die durch den Rachegedanken getrieben wird, und die, die eigentlich ein unbescholtenes Leben führen möchte.«

»Also, das mit der Unbescholtenheit kriegt er wohl nicht mehr hin – nicht einmal, wenn der Mord an Dorothea Mutzbacher nicht auf seine Kappe geht. Hast du nicht gesagt, dass Oliver Rankwichter bereits verurteilt wurde, Stefano?«

»Allerdings, das wurde er. Und beide Taten, sowohl die schwere Körperverletzung als auch die Sachbeschädigung, hat ein Mann angezeigt: Thomas Rankwichter. Das ist aber schon ein ganzes Weilchen her. Die zwei sind bereits vor einigen Jahren aneinandergekracht. Damals hat Oliver Rankwichter seinem Onkel den Kiefer gebrochen und dessen Auto demoliert.«

»Ich befürchte, dass Thomas Rankwichter dieses Mal keine Möglichkeit mehr bekommen wird, eine Anzeige zu machen, wenn sein Neffe erst mit ihm fertig ist. Wir sollten uns beeilen, Leute, ich denke, wir haben keine Zeit zu verlieren! Fahr los, Stefano!« Meierhofer hatte es jetzt eilig.

»Und wohin soll ich fahren, Hans?«

»Zum Haus des Ehepaars Rankwichter. Ich befürchte, dass Oliver Rankwichter bereits auf dem Weg dorthin ist. Wir müssen ihn stoppen, bevor er einen weiteren Fehler begeht!«

*

*Endlich weiß er, wie er es vollenden wird. Gerade hat er einen Geistesblitz gehabt. So wird er es machen, so und nicht anders. Es ist das perfekte Finale. Der letzte Akt in seiner ganz persönlichen Rache-Oper.*

*

»Das gibt's doch nicht. Ein Stau! Gerade jetzt muss es stauen!« Staudinger trommelte nervös mit den Fingern auf das Lenkrad ein.

Meierhofer versuchte, seinen Kollegen zu beruhigen. »Keine Sorge, Stefano, wir schaffen es schon noch rechtzeitig. Wahrscheinlich ist da vorne irgendwo ein Unfall passiert. Der Stau wird sich sicher rasch auflösen.«

Brombspeidel sah es realistischer. »Oder aber, es werden bereits die ersten Wachauer Marillen verkauft. Dann kann's länger dauern. Zur Marillenblüte und zur Marillenernte herrscht ja immer wieder mal Ausnahmezustand in der Wachau. Aber kein Wunder, echte Wachauer Marillen sind ja auch besonders aromatisch.«

»Also, den Begriff Ausnahmezustand finde ich in diesem Zusammenhang aber reichlich übertrieben«, konterte der Chefinspektor. »Ist doch schön, dass die Leute von überallher kommen, um sich diese einmaligen Wachauer Momente nicht entgehen zu lassen.«

Staudinger verdrehte die Augen.

»Damit magst du ja grundsätzlich recht haben, Hans, aber momentan passt mir dieser Stau trotzdem nicht ins Konzept. Wenn wir zu spät kommen, muss Thomas Rankwichter das wahrscheinlich mit seinem Leben bezahlen.«

Ein Rettungsauto kam ihnen entgegen, gefolgt von zwei Streifenwagen. Wenig später setzte sich die Kolonne wieder in Bewegung.

»Also bitte, doch ein Unfall«, meinte Meierhofer. Er überlegte einen Moment, beschloss dann, dass das jetzt vielleicht falsch rübergekommen war, und betonte: »Das heißt jetzt aber nicht, dass ich einen Unfall besser finde als, also, egal, ich glaube, ihr wisst, was ich sagen will.« Bei allen dreien lagen die Nerven blank.

Als sie sich dem Wohnhaus der Rankwichters näherten, das idyllisch nahe der Donau lag, sagte Staudinger: »Wir sind da. Seht ihr irgendwo eine schwarz-grüne Honda?«

Nein, die sahen sie nicht. Vor dem Haus der Rankwichters war gar nichts los. Auch der zu dem Einfamilienhaus gehörende Parkplatz war nicht belegt. Das war kein gutes Zeichen. Wenn Thomas Rankwichter jetzt nicht zu Hause war, würde das alles nur noch schwieriger machen.

*

*Er ist darauf reingefallen. Er hat sein Angebot tatsächlich angenommen. Damit hat er eigentlich nicht gerechnet. Er macht es ihm leichter, als er erwartet hat. Ist er wirklich so blauäugig? Ist er etwa genauso dumm, wie sie es gewesen ist? Glaubt er tatsächlich daran, dass alles gut werden wird? So viel Einfalt hätte er ihm gar nicht zugetraut. Er macht es ihm wirklich einfach, sein Finale auf die Bühne zu bringen. Ein blutiges Finale. Aber hat nicht auch so manche Oper ein blutiges Finale? Je dramatischer, desto besser. Für das nötige Drama würde er auf alle Fälle sorgen.*

*

»Frau Rankwichter?«

Meierhofer musterte Thomas Rankwichters Gattin genau. Sie wirkte nicht unsympathisch, war aber keine besonders attraktive Frau. Als unauffällig hätte er sie wahrscheinlich am ehesten beschrieben. Eine graue Maus. Optisch also das absolute Kontrastprogramm zu Dorothea Mutzbacher. Aber zum Glück war es ja nicht die Optik, die in einer funktionierenden Beziehung zählte.

Der Anblick der Kriminalbeamtin und ihrer beiden Kollegen schien Frau Rankwichter einzuschüchtern. »Ja, was wollen Sie von mir?«, fragte sie leise.

»Chefinspektor Hans Meierhofer, Kriminalpolizei, das hier ist Revierinspektorin Eva Brombspeidel und das Gruppeninspektor Staudinger.«

Alle drei zeigten der verängstigten Frau ihre Ausweise.

Die wurde nun noch unruhiger. »Oh, mein Gott, ist etwas passiert?«

»Nein, keine Sorge, es ist nichts passiert«, beruhigte Meierhofer die Frau. Dass eventuell bald etwas passieren würde, erwähnte er lieber nicht.

»Ist Ihr Mann zu Hause, Frau Rankwichter?«, kam Staudinger seinem Chef zuvor. Der Gruppeninspektor war kein geduldiger Mensch.

Rankwichters Gattin schüttelte den Kopf.

»Nein, das ist er nicht. Warum fragen Sie?«

Brombspeidel blickte Meierhofer unsicher an. Der nickte stumm.

»Wir hätten einfach ein paar Fragen an ihn gehabt«, meinte diese schließlich. »Aber vielleicht können Sie uns ja auch weiterhelfen.«

»Kennen Sie den Neffen Ihres Gatten, Frau Rankwichter? Er heißt Oliver.« Meierhofer kam ohne lange Umschweife zum Thema.

Dem ungläubigen Blick der Frau war anzusehen, dass sie Oliver nicht kannte.

»Ob ich den Neffen meines Mannes kenne? Mein Mann hat keinen Neffen! Er hat überhaupt keine Familie mehr – also, von seiner Seite her meine ich. Ich glaube, er hatte einmal eine ältere Schwester, aber die ist wohl früh gestorben. Seine Eltern hat Thomas ebenfalls in sehr jungen Jahren verloren. Sie müssen sich irren, Herr Chefinspektor. Mein Mann hat, wie gesagt, keinen Neffen.«

Meierhofer, Staudinger und Brombspeidel blickten einander verdutzt an. Warum hatte Thomas Rankwichter seine Frau in diesem Punkt belogen?

»Können Sie sich daran erinnern, dass Ihrem Mann vor einigen Jahren der Kiefer gebrochen wurde?«, hakte Staudinger nach. Er wollte nicht glauben, dass Frau Rankwichter nichts von Oliver Rankwichters Existenz wusste.

Frau Rankwichter zögerte einen Moment.

»Natürlich kann ich mich daran erinnern, aber warum ist das jetzt bitte wichtig? Das wurde doch alles vor Gericht geklärt. Ich hab mich damals nicht in die Sache eingemischt. Mein Mann wollte nicht, dass ich mich unnötig aufrege. Wenn Sie also Genaueres über diesen Vorfall damals wissen wollen, sind Sie bei mir an der falschen Adresse. Darüber weiß ich nämlich gar nichts.«

Erneut blickten Meierhofer, Staudinger und Brombspeidel einander an. Anscheinend wusste Frau Rankwichter wirklich nichts von der Existenz ihres Neffen, denn eigentlich war Oliver Rankwichter das ja auch.

Nun räusperte Brombspeidel sich, bevor sie ein, wie sie fand, heikles Thema ansprach. »Sagt Ihnen der Name Dorothea Weißhuber etwas, Frau Rankwichter?«

»Nein, den Namen hab ich noch nie gehört«, antwortete die Frau wie aus der Pistole geschossen. Meierhofer fand, dass sich ihre Antwort ehrlich anhörte.

»Und wie sieht es mit dem Namen Dorothea Mutzbacher aus?«, legte Brombspeidel nach.

Nun erschien zum ersten Mal ein Lächeln auf Frau Rankwichters Gesicht. »Dorothea Mutzbacher? Das ist doch die Besitzerin dieses netten Ladens – wie heißt der nochmal – ach ja, Dorotheas Schatzkisterl oder so ähnlich. Ja, die kenne ich. Mein Mann und ich gehen ganz gerne dort einkaufen. Der Laden ist etwas Besonderes, und Frau Mutzbacher, die Ladeninhaberin, scheint eine sehr sympathische Frau zu sein.«

Das wurde ja immer spannender. Hatte Thomas Rankwichter tatsächlich die Unverfrorenheit besessen, seine Gattin in den Laden seiner Exfreundin zu schleppen? Ohne dass Erstere etwas über Letztere wusste?

»Hatten Sie je das Gefühl, dass Ihr Gatte Frau Mutzbacher schon länger kennt?« Schon während sie sie ausgesprochen hatte, bereute die Revierinspektorin diese Frage. Und tatsächlich. Frau Rankwichters Gesichtsausdruck verfinsterte sich sofort wieder.

»Was wollen Sie damit sagen? Denken Sie etwa, mein Thomas

betrügt mich?! Das hat er nun wirklich nicht nötig! Ich biete ihm alles, was er braucht!«

So genau hatten sie es eigentlich gar nicht wissen wollen.

Meierhofer übte sich in Schadensbegrenzung. »Nein, Frau Rankwichter, so hat meine Kollegin das natürlich nicht gemeint. Keiner von uns will Ihrem Mann irgendetwas unterstellen. Wir sind nur der Meinung, dass er uns eventuell bei der Aufklärung eines Mordfalles helfen könnte. Deshalb müssten wir dringend mit ihm sprechen. Wissen Sie vielleicht, wo er sich momentan aufhält?«

»Natürlich weiß ich das«, erwiderte Frau Rankwichter entrüstet, »ich weiß alles über meinen Mann.«

Na, wenn sie sich da mal nicht täuschte.

»Thomas ist weggefahren. Er hat einen ziemlich stressigen Beruf, müssen Sie wissen, deshalb braucht er seine Auszeiten. Nur ganz für sich alleine kann er wirklich abschalten.«

Ob Thomas Rankwichter sich vor Dorothea Mutzbachers Tod auch die eine oder andere Auszeit gemeinsam mit ihr gegönnt hatte?

Staudinger verlor schon wieder die Geduld. »Frau Rankwichter, könnten Sie uns bitte einfach sagen, wo Ihr Mann sich im Moment aufhält?!«

Ein strafender Blick des Chefinspektors war die Folge. Er mochte es nicht, wenn die Pferde mit Stefano durchgingen. Viel zu leicht konnte man in heiklen Situationen wie dieser mit einer derartigen Aktion das Gegenteil erreichen. Nichts war schlimmer als ein Zeuge, der plötzlich eisern schwieg.

Frau Rankwichter schien zum Glück nicht zu dieser Art von Zeugen zu gehören.

»Er ist am Donaustrand«, antwortete sie leise.

»An welchem Donaustrand?!«, fragte Staudinger, der den Blick seines Chefs einfach ignorierte, scharf nach.

Nun wurde Thomas Rankwichters Frau rot im Gesicht.

»Das weiß ich leider nicht«, flüsterte sie.

Aha, wusste sie also doch nicht alles über ihren Gatten.

Meierhofer beeilte sich, Brombspeidel und Staudinger, die Frau Rankwichter wahrscheinlich damit konfrontiert hätten, dass sie eben behauptet hatte, alles über ihren Mann zu wissen, zuvorzukommen. »Denken Sie genau nach, Frau Rankwichter! Hat Ihr Mann nichts Genaueres gesagt? Wissen Sie nicht vielleicht doch, welcher Donaustrand es ist, den er besuchen wollte? Gibt es einen Strand, an dem Sie gerne Zeit miteinander verbringen?«

Frau Rankwichter wurde unruhig. »Wieso wollen Sie das denn alles wissen? Ist mein Mann etwa in Gefahr? Oder hat er etwas Unrechtes getan? Ist er in diesen Mordfall verwickelt, den Sie angesprochen haben?«

»Nein, nichts davon«, log der Chefinspektor. »Bitte, Frau Rankwichter, beantworten Sie meine Frage!«

Die Frau zuckte mit den Schultern.

»Es gibt mehrere Donaustrände, an denen wir uns im Sommer an Wochenenden aufhalten. Vorausgesetzt natürlich, das Wetter passt. Den in Spitz mögen wir gerne, in Rossatz-Arnsdorf waren wir auch schon öfters und vor Kurzem erst in Weißenkirchen mit unserem Enkerl. Aber wir haben auch schon andere Donaustrände in der Wachau besucht. Da gibt's ja so viele tolle.«

»Hat Ihr Mann nicht einmal erwähnt, in welche Richtung er heute fahren wollte?« Brombspeidel blickte Frau Rankwichter eindringlich an. Die überlegte kurz, dann erschien ein Strahlen auf ihrem Gesicht.

»Doch, doch, jetzt fällt's mir wieder ein! Er hat gesagt, dass er ans nördliche Donauufer will. Jetzt weiß ich es wieder ganz genau. Irgendjemand hat Thomas angerufen, was ihm ziemlich auf die Nerven gegangen ist, und dann hat er gemeint, dass er sich unbedingt eine kurze Auszeit nehmen muss. Er wollte an einen möglichst einsamen Strand. Er wollte zu einem kleinen versteckten Strandstück am nördlichen Donauufer.«

# Kapitel 22

»Mach schneller, Stefano!«, fuhr Brombspeidel ihren Kollegen an. Der war bewusst nicht mit Blaulicht und Folgetonhorn unterwegs, um Oliver Rankwichter nicht vorzuwarnen.

Staudinger trat das Gaspedal noch ein bisschen stärker durch, was Meierhofer dazu veranlasste, sich am Griff, der über dem Beifahrersitz angebracht war, festzuklammern. Langsam wurde er zu alt für all das.

»Stefano, ich finde es auch wichtig, dass wir Thomas Rankwichters Leben retten, aber das sollten wir nicht mit unseren eigenen bezahlen!«, murmelte Meierhofer, dem ein wenig übel war.

»Wir haben doch eh alle drei unsere Dienstwaffen dabei«, warf Brombspeidel unschuldig ein.

Staudinger verdrehte die Augen.

»Es geht doch nicht um die Dienstwaffen! Hans meint, dass ich uns mit meiner Fahrweise ins Grab bringen werde. Daran bist du dann aber mit schuld, immerhin treibst du mich nonstop an.«

Der Chefinspektor sprach ein etwas zu scharfes Machtwort. »Könntet ihr beide bitte einfach mal die Klappe halten! Ihr macht mich ja noch richtig nervös, und nervös bin ich in solchen Situationen eigentlich schon lange nicht mehr.«

Das war gelogen. Auch nach all den Dienstjahren ging Meierhofer an Momente wie diesen nicht komplett cool heran. Ein gewisses Maß an Restaufregung blieb immer. Wahrscheinlich gehörte die aber auch dazu. Das Adrenalin, das in Situationen wie dieser ausgeschüttet wurde, erfüllte schließlich auch seinen Zweck.

Brombspeidel und Staudinger, die in weniger ernsten Momenten an dieser Stelle wohl salutiert und ein übertrieben lautes »Ja, Herr

Chefinspektor!« gerufen hätten, wurden augenblicklich stumm. Eine drückende Stille erfüllte den Dienstwagen. Auch nicht viel besser, um die Aufregung zu mindern. Vor allem verlockte einen die Stille dazu, über diese eine Frage nachzudenken, die sie im Grunde alle beschäftigte: Waren sie zum richtigen Donaustrand unterwegs, oder trog ihr Gefühl sie? Wenn dies der Fall sein sollte, stand es schlecht um Thomas Rankwichter.

*

»Du warst es! Du hast Doro getötet!«

»Oh, ist mein Herr Onkel unter die Blitzgneißer gegangen? Ich hab übrigens nicht Doro getötet, sondern Henriette. Sie wollte doch immer, dass ich sie so nenne.«

»Aber warum?! Warum hast du das getan?!«

»Du fragst allen Ernstes, warum?! Aus dem gleichen Grund, aus dem ich dich nun ebenfalls kaltmachen werde, mein Lieber. Weil ihr mich gequält habt, weil ihr meine Kindheit zerstört habt, weil Menschen, die Kinder nicht gut behandeln, es einfach nicht anders verdienen!«

»Gequält, so ein Blödsinn, keiner hat dich gequält! Doro war nur konsequent in ihrer Erziehung, ganz anders als meine Verliererin von Schwester es damals war. Eigentlich hätte *sie* dir Grenzen setzen sollen, aber das hat das Fräulein Rankwichter ja nicht übers Herz gebracht!«

»Wage es nicht nochmal! Sprich nie wieder schlecht über meine Mutter! Meine Mutter hat mich geliebt! Sie war der einzige Mensch in all den Jahren, der mich wirklich geliebt hat! Du, du hast mich doch immer nur als lästiges Anhängsel gesehen! Du hast genau gewusst, was Henriette mit mir angestellt hat, und hast einfach dabei zugesehen! Du hast mir nicht geholfen! Du bist mein Onkel! Eigentlich hättest du mir zur Seite stehen müssen!«

»Meine Güte, führ dich nicht so auf! Was hat Doro denn schon Schreckliches mit dir angestellt?! Sie hat dich nicht einmal geschlagen, sie hat dir nie körperlich wehgetan, du Memme!«

»Nein, das musste sie auch nicht. Körperliche Gewalt wäre wahrscheinlich auch nur halb so schlimm gewesen wie das, was ich durchmachen musste! Glaubst du, es war schön, stundenlang alleine in der Wohnung eingesperrt zu sein?! Glaubst du, es war schön, beschimpft und niedergemacht zu werden?! Glaubst du, es war schön, dabei zuzusehen, wie sie mein liebstes Stofftier in den Müll geworfen hat, damit die Müllabfuhr es kurz darauf mitnehmen konnte?! Glaubst du, es war schön, sie über meine Mama spotten zu hören?! Glaubst du, es war schön, zu frieren, ständig hungrig und durstig zu sein?! Glaubst du, es war schön, damals im Winter stundenlang am Donaustrand alleine zu sein, weit weg von zu Hause, und Angst vor dem Teufel zu haben? Glaubst du wirklich, das alles hat keine Wunden hinterlassen?! Nur, weil mir damals nicht körperlich, sondern seelisch wehgetan wurde! Bist du wirklich so dumm?! Stell dir vor, jemand würde das, was Henriette mir damals angetan hat, heute deinem kleinen Enkel antun – wie würdest du das finden, ha?! Ich hab euch beobachtet. Ich weiß, was er dir bedeutet. Ihn liebst du so, wie du mich damals lieben hättest sollen! Ihn würdest du verteidigen – für ihn würdest du kämpfen, das weiß ich ganz genau!«

»Er ist auch nicht die Brut meiner nichtsnutzigen Schwester!«

»Das hättest du jetzt besser nicht sagen sollen! Dieser Satz war gerade dein selbst gewähltes Todesurteil, Lieblingsonkel!«

*

»Da, da vorne ist es!« Brombspeidel deutete nervös auf einen Abschnitt der Straße, den sie alle drei nun bereits bestens kannten.

Staudinger bremste den Wagen herab.

»Danke, Eva, was würden wir nur ohne dich machen?«, erwiderte er schmunzelnd.

Ein strenger Blick Meierhofers war die Folge.

»Könnt ihr bitte mit diesen Kabbeleien aufhören? Die Lage ist viel zu ernst, um sich so aufzuführen! Außerdem sollten wir jetzt wirklich sehr, sehr leise sein! Oliver Rankwichter soll schließlich nicht mitbekommen, dass wir ihm auf der Spur sind.«

»Sind wir das überhaupt?«, flüsterte der Gruppeninspektor skeptisch.

»Ja, das sind wir. Schaut, da drüben, zwischen den Bäumen, da blitzt etwas Grünes hervor!« Staudinger und Meierhofer blickten zu der Stelle, auf die die Revierinspektorin zeigte.

»Ich seh nichts«, murmelte der Chefinspektor.

»Das einzig Grüne, das ich zwischen den Bäumen hervorblitzen sehe, sind andere Bäume und Sträucher«, meinte auch Staudinger.

Brombspeidel schüttelte vehement den Kopf.

»Wenn ich's euch aber sage, da hinten hat er sein Motorrad versteckt! Ich wette mit euch, dass es so ist.«

Meierhofer öffnete leise die Beifahrertür des Dienstwagens.

»Dann lass uns am besten gleich vor Ort nachsehen! Denkt daran, eure Dienstwaffen mitzunehmen, und seid bitte, bitte leise!«

Brombspeidel und Staudinger taten, wie ihnen geheißen. Sie schlichen hinter ihrem Chef zu der Stelle, auf die die Revierinspektorin vorhin gedeutet hatte. Und tatsächlich!

»Ich hab's euch doch gesagt! Wenn das nicht Oliver Rankwichters Honda ist, dann fresse ich einen Besen.«

Vor ihnen – gründlich zwischen Bäumen und Büschen versteckt – stand das Motorrad, das sie gesucht hatten.

»Kleiner Tipp, Eva, schau auf das Kennzeichen, dann weißt du, wem die Maschine gehört!«, konnte sich Staudinger nicht verkneifen.

Meierhofer legte seinen rechten Zeigefinger auf die Lippen und setzte sich in Bewegung. Sein Ziel war der kleine versteckte Donaustrand, an dem sie Dorothea Mutzbachers Leiche gefunden hatten.

*

»Steck das Messer wieder ein! Du kannst doch nicht ernsthaft vorhaben, mich zu töten?! Ich bin dein Onkel! Durch unsere Adern fließt dasselbe Blut!«

»Tatsächlich? Ist das so? Und warum war dir das in den letzten neunundvierzig Jahren völlig egal? Warum spielt das erst jetzt eine Rolle? Denkst du wirklich, dass mir das noch in irgendeiner Form wichtig ist?! Du hast es jahrelang negiert, also tue ich das jetzt auch. Verwandtschaft bedeutet mir nicht mehr allzu viel. Verlässt man sich auf sie, dann ist man verlassen. Das hast du mich eindrücklich gelehrt, lieber Onkel!«

*

Immer näher kamen Meierhofer und sein Team dem Ort, an dem Dorothea Mutzbacher gestorben war. Immer näher der Stelle, an der sie nun Oliver und Thomas Rankwichter vermuteten.

»Es ist seltsam leise hier, findet ihr nicht auch«, flüsterte Brombspeidel, was ihr böse Blicke der beiden anderen einbrachte. »Ich mein ja nur. Sind wir etwa schon zu spät?«

Der jungen Inspektorin war deutlich anzusehen, dass sie nervös war. Sie fürchtete sich davor, einen Leichenfund zu machen. Außerdem hatte sie auch Angst, ins Visier Oliver Rankwichters zu geraten. Revierinspektorin Eva Brombspeidel bangte um ihr Leben.

Vorsichtig machte Meierhofer noch ein paar Schritte nach vorne. Dabei wurde ihm bewusst, dass seine Kollegin mit ihrer Bemerkung nicht so unrecht gehabt hatte. Es war wirklich extrem leise hier. Das klang nicht so, als ob hier gerade ein Kampf um Leben und Tod stattfinden würde. Ob sie tatsächlich zu spät waren? Würden sie Thomas Rankwichters Leichnam finden?

Einige wenige Meter trennten sie noch von dem versteckten Strandstück. Einige Meter, die alle drei mit gezückten Waffen hinter sich brachten. Als sie den Ort erreicht hatten, an dem sie Dorothea Mutzbachers Leiche gefunden hatten, blieben Meierhofer, Staudinger und Brombspeidel wie versteinert stehen. Alle drei wurden blass. Hier, an diesem wunderschönen Stückchen Donaustrand, tat sich nichts. Gar nichts. Der Strand war, wie das wohl meist der Fall war, menschenleer.

*

*Zufrieden blickt er auf sein Werk. Er hat ihn an einen Sessel gefesselt und ihm den Mund verklebt. Nicht, dass er noch auf die Idee kommt, um Hilfe zu schreien. Alles, was zu besprechen war, haben sie besprochen. Dabei ist natürlich nichts rausgekommen. Es war zu erwarten, dass ihm die Einsicht fehlen würde. Wenn er diesen Moment genutzt hätte, um sich zu entschuldigen, dann hätte er ihn vielleicht verschont. Schließlich ist er ja kein Unmensch. Aber er hat sich nicht ein bisschen geändert in all den Jahren. Immer noch verteidigt er lieber sie, als zu ihm zu stehen. Er will es also nicht anders. Er möchte anscheinend gar nicht verschont werden. Dann soll er eben sterben. Genauso, wie sie gestorben ist. Sie hat der Teufel geholt, dort am Donaustrand, und jetzt wird er auch ihn holen. Den alten Knacker, der nichts verstanden hat. Er soll sterben, wie sie gestorben ist, oder nein, eigentlich nicht genauso, sondern noch viel blutiger.*

*

»Ich sag euch, die zwei sind in Henriette Weißhubers Hexenhäuschen! Ganz sicher sind sie dort, das spür ich!«, sprudelte es aus Brombspeidel heraus. Sie war wie so häufig die Erste, die nach Momenten der Stille etwas sagte.

Meierhofer runzelte die Stirn. »Im Hexenhäuschen? Sind dort nicht bis vor Kurzem Gregor und seine Leute herumspaziert?«

Staudinger schüttelte den Kopf.

»Nein, heute war dort niemand mehr von der Spurensicherung. Die konnten gestern alles erledigen. Das Haus steht also wieder leer. Es wurde zwar versiegelt, aber das wird Oliver Rankwichter wahrscheinlich ziemlich egal sein. Vielleicht hat Eva also tatsächlich recht. Wer weiß, wie er seinen Onkel umbringen will? Eventuell plant er etwas, das mehr Aufmerksamkeit erregen würde als Dorothea Mutzbachers Tod. Das kann er dann, noch dazu bei diesem Kaiserwetter, ja wirklich nicht unbesorgt im Freien machen. Heute wäre die Wahrscheinlichkeit, gestört zu werden, sicher größer als beim letzten Mal. Außerdem glaube ich nicht, dass er mit seinem Onkel ein auf den ersten Blick gemütliches Picknick macht wie damals mit der Mutzbacher. Der hat sicher anderes mit ihm vor.«

Der Chefinspektor nickte langsam.

»Damit könntet ihr tatsächlich recht haben. Gut, dann gehen wir also zu Henriette Weißhubers Häuschen. Aber denkt daran …«

»Ja, Chef, wir sind leise«, kam Brombspeidel Meierhofer zuvor.

»Sogar mucksmäuschenstill«, ergänzte Staudinger flüsternd.

*

*Er setzt das Messer an. Ein kleiner Schnitt nur. Ein Schnitt, und es ist vorbei. Das Wimmern seines Gegenübers ignoriert er – zumindest versucht er das. Das Wimmern, es erinnert ihn an sein eigenes Wimmern damals. Als er ganz alleine war und Angst hatte. Schreckliche Angst. Angst, die hat der Alte nun auch. Er spürt anscheinend endlich, dass es ihm ernst ist. Seltsamerweise findet er die Angst des anderen nicht erhebend. Müssten ihn nun nicht Glücksgefühle durchströmen? Weil jetzt endlich er die Macht hat? Weil er nicht mehr abhängig von ihm ist, sondern sich das Blatt gewendet hat? Weil er nun über Leben und Tod entscheidet? Irgendwie hat er sich diese Situation anders vorgestellt. Berauschender. Vielleicht fühlt er sich besser, wenn er es endlich durchgezogen hat. Erste Blutstropfen perlen von der Klinge in seiner Hand.*

# Kapitel 23

Meierhofer spürte, dass sein Herz raste. Er wusste, dass Brombspeidel recht behalten würde. Oliver Rankwichter und sein Opfer befanden sich hier, in diesem Haus. Das sagte ihm nicht nur die Versiegelung des Landeskriminalamtes Niederösterreich, die Gregor und seine Leute gestern an der Haustüre des kleinen Häuschens angebracht hatten und die nun zerrissen im Wind flatterte. Auch die Geräusche, die bis ins Vorhaus zu hören waren, verrieten das. Vor allem das angsterfüllte, leise Wimmern, das er nicht zum ersten Mal in seinem Leben vernahm. Hier bangte jemand um sein Leben. Plötzlich verstummte das Wimmern. Nun war es totenstill. Der Chefinspektor deutete Brombspeidel und Staudinger, ihre Waffen bereitzuhalten und keinen Laut von sich zu geben. Beinahe lautlos durchschritten die drei das Vorhaus des kleinen Hauses, das sie liebevoll Hexenhäuschen getauft hatten, weil es sie an Hänsel und Gretel erinnerte. Das Häuschen, das so idyllisch dalag. Ein Ort wie im Märchen. Einem Märchen, das drohte, zu einem Albtraum zu werden. Das Häuschen, das, wenn sie es nicht verhinderten, zum Tatort eines weiteren Mordes werden würde.

Meierhofer blieb abrupt stehen. Von seiner derzeitigen Position aus konnte er bereits einen Blick in Henriette Weißhubers Wohnzimmer erhaschen. Was er dort sah, ließ ihm das Blut in den Adern gefrieren. Ein Mann, der wohl einige Jährchen älter war als er selbst, saß dort auf einem Stuhl. Er saß nicht freiwillig darauf, sondern war an diesen gefesselt worden. Außerdem hatte man ihm den Mund verklebt. Der Kopf des Mannes, der sich nicht rührte, war blutüberströmt. Ohne lange nachzudenken, handelte

Meierhofer. Er gab seiner Kollegin und seinem Kollegen ein Zeichen, hinter ihm zu bleiben, ihm Deckung zu geben, dann trat er in das Wohnzimmer des kleinen Häuschens. Ein Fehler, den er rasch bereute.

»Lassen Sie die Waffe fallen!« Meierhofer spürte, wie sich von hinten ein Arm um seinen Hals legte. Auch die Klinge, die ihm an die Kehle gedrückt wurde, spürte er deutlich. Er hatte keine andere Wahl, der Chefinspektor tat, wie ihm geheißen. Er ließ seine Dienstwaffe fallen. Jetzt war er wehrlos.

»Gut gemacht, Weihnachtsmann. Ich wusste doch, dass Sie ein vifer Kerl sind, Herr Inspektor. Wo haben Sie denn Ihre beiden Kollegen gelassen? Oh, entschuldigen Sie, ich vergaß zu gendern. Ich meine natürlich die Frau Kollegin und den Herrn Kollegen. Sie sind doch sicher nicht alleine hier, Herr Chefinspektor. Kommen Sie mit erhobenen Händen raus, oder Ihr Chef geht noch vor meinem Onkel über den Jordan! Vergessen Sie nicht, zuvor die Waffen fallen zu lassen!«

Staudinger und Brombspeidel blickten einander verunsichert an. Was sollten sie nur tun?

»Keine Mätzchen, ich meine das ernst! Wenn Sie nicht sofort unbewaffnet dieses Wohnzimmer betreten, ist Ihr Chef tot! Und keiner von Ihnen spricht auch nur ein Wort! Ich habe keine Lust auf Psychogequatsche! Sie können mich sowieso nicht davon abhalten, mein Vorhaben durchzuziehen! Ich nehme an, Sie wissen, wieso mein Onkel und ich hier sind. Nachdem Sie im Mordfall Dorothea Mutzbacher ermitteln, ist Ihnen hoffentlich bewusst, dass mit mir nicht zu spaßen ist.«

Staudinger ließ seine Dienstwaffe zuerst fallen, dann tat Brombspeidel es ihm gleich. Zu groß war ihre Sorge, dass Hans Meierhofer dran glauben musste, wenn sie Oliver Rankwichters Anweisungen nicht befolgten.

Der Mann, der Chefinspektor Meierhofer ein Messer an die Kehle hielt, war eindeutig Oliver Rankwichter. Er war groß, muskulös, trug schwarze Motorradbekleidung und sah um einiges jünger aus als die neunundvierzig Jahre, die er zählte. Oliver Rankwichter war ein gut aussehender Mann. Ein gut aussehender Mann mit einem nicht aufgearbeiteten Kindheitstrauma, das ihn zu einer tickenden Zeitbombe gemacht hatte. Mit dem Mord an Dorothea Mutzbacher hatte er bewiesen, dass er vor nichts zurückschreckte. Sie mussten vorsichtig sein, wenn sie diese Situation heil überstehen wollten.

Chefinspektor Meierhofer verfluchte sich und seinen Beruf. Warum musste er sich nur immer wieder in lebensbedrohliche Lagen wie diese bringen? Warum ging er nicht einfach in Pension? Worauf wartete er denn noch? Wem musste er etwas beweisen? Seine Tochter würde im Dezember ihr zweites Kind bekommen, und er würde dieses vielleicht nie kennenlernen. All das nur, weil er diesen Beruf gewählt hatte. All das nur, weil er meinte, Verbrechen aufklären zu müssen. Der Druck an seiner Kehle wurde stärker. Hatte nun tatsächlich sein letztes Stündlein geschlagen? Würde es so zu Ende gehen? Wenn er das vor einigen Wochen gewusst hätte, hätte er auf dieses dumme Dinner Cancelling gepfiffen! Was nutzten ihm tolle Blutwerte, wenn er nun aufgrund einer durchgeschnittenen Kehle elendiglich verrecken würde. Galt das dann eigentlich als tödlicher Dienstunfall?

Meierhofer sah, wie Stefano und Eva den Raum betraten. Wie Oliver Rankwichter den beiden befohlen hatte, taten sie das mit unbewaffneten erhobenen Händen. Hoffentlich würde der Typ wenigstens die beiden verschonen. Sie waren noch so jung – hatten ihre Leben noch vor sich.

»Gut machen Sie das, Sie zwei, sehr gut! Jetzt hören Sie mir bitte genau zu, und tun das, was ich Ihnen sage! Ich möchte, dass Sie, junge Dame, meinen Onkel für mich erledigen! Wenn ich es mir recht überlege, brauchen Sie dazu Ihre Dienstwaffe wohl doch. Er ist noch nicht hinüber, müssen Sie wissen. Die Wunde auf der Stirn blutet nur so stark, dass es aussieht, als ob er bereits tot wäre. Der Feigling hat das Bewusstsein verloren, als ich sichergehen wollte, dass das Messer auch scharf genug ist. Jetzt hört er also gar nicht, was hier los ist. Das passt zu ihm. Er hört nie zu, wenn man etwas von ihm möchte. Also, Frau Inspektorin, Sie machen jetzt Folgendes: Sie gehen noch einmal zurück ins Vorhaus, schnappen sich Ihre Dienstwaffe und kommen dann ganz langsam zurück hier ins Wohnzimmer! Dabei halten Sie die Waffe gegen den Boden gerichtet! Glauben Sie ja nicht, die Heldin spielen zu können! Eine falsche Bewegung, und ich schneide Ihrem Chef die Kehle durch! Wenn Sie im Wohnzimmer sind, erledigen Sie meinen Onkel! Ich würde vorschlagen, Sie jagen ihm eine Kugel in die Stirn. Und du«, Rankwichter wandte sich an Staudinger, »bleibst, wo du bist, und rührst dich nicht von der Stelle! Du möchtest doch nicht deinen Chef auf dem Gewissen haben, oder?!«

Revierinspektorin Eva Brombspeidel zitterte am ganzen Körper, als sie tat, was Oliver Rankwichter ihr befohlen hatte. Was sollte sie auch sonst machen? Sie konnte kein Risiko eingehen. Hans Meierhofers Leben stand auf dem Spiel. Vielleicht auch Stefanos und ihr eigenes. Sie musste tun, was Oliver Rankwichter von ihr verlangte. Machte sie sich zur Mörderin, wenn sie seine Anweisungen befolgte? Würde sie es schaffen abzudrücken? Sie hatte noch nie einen Menschen getötet, nicht einmal verletzt. Brombspeidel griff nach ihrer Waffe, die auf dem Boden des engen Vorhauses lag, und hob diese auf. Dann ging sie langsam ins Wohnzimmer zurück. Sie schritt auf den immer noch bewusstlosen Thomas Rankwichter zu. Dabei zitterte sie wie Espenlaub. Als sie die Waffe in ihrer Hand auf ihn richtete, wurde das Zittern noch stärker.

»Reiß dich zusammen, oder dein Chef überlebt die nächsten Minuten nicht! Du beruhigst dich jetzt, hältst die Waffe ruhig in deiner Hand und jagst meinem netten Onkel eine Kugel in den Kopf! Ich zähle bis drei! Eins …« Oliver Rankwichter wandte sich, Meierhofer mit sich ziehend, von der Wohnzimmertür ab und seinem Onkel zu, der mitten im Raum saß.

Eva Brombspeidel trat einige Schritte nach vorne, während Staudinger es nicht wagte, sich zu bewegen. Auch er starrte gebannt auf die sich in der Mitte des Wohnzimmers abspielende Szene.

Keiner der Anwesenden bemerkte also, was hinter ihren Rücken vor sich ging. Zitternd presste die junge Revierinspektorin Thomas Rankwichter ihre Waffe an die Stirn. Der war zum Glück noch immer nicht bei Bewusstsein.

»… zwei …«

Brombspeidel schloss die Augen.

»… dr…«

Ein Schuss durchfetzte die Stille.

Die Revierinspektorin brach zusammen. »I… ich … hab gar nicht abgedrückt«, stammelte sie.

»Nein, das war ich. Nächstes Mal hätte ich übrigens bitte gerne meine eigene Familienpizza. Ich glaube, die hab ich mir gerade redlich verdient.«

*

»Danke, Gregor, du hast mir das Leben gerettet.« Meierhofer drückte den Spurensicherer überschwänglich an sich. Dabei fiel ihm plötzlich das Wort Schützenhilfe ein.

»Ein sauberer Schulterschuss, Gregor«, meinte Staudinger anerkennend. »Du hast ihm das Messer von hinten aus der Hand geschossen, wenn man so will. Ich wusste gar nicht, dass du ein so toller Schütze bist. Lag vielleicht auch daran, dass du meine Dienstwaffe benutzen durftest.«

Ein Grinsen erschien auf dem Gesicht des Forensikers. »Tja, ich will mich nicht selbst loben, aber das war tatsächlich ein Schuss wie aus dem Lehrbuch. Dabei habe ich mir beim letzten verpflichtenden Schusstraining noch gedacht, dass das für mich als Spurensicherer ohnehin nur eine lästige Zeitverschwendung ist. So kann man sich täuschen.«

»Warum bist du überhaupt hierhergekommen?«, fragte Meierhofer, der spürte, dass sich langsam die Auswirkungen des Schocks bemerkbar machten, müde. Er würde den Rest des Tages wohl im Bett verbringen.

Gregor wurde wieder ernst. »Das weiß ich eigentlich nicht so genau, Hans. Nennen wir es mal Bauchgefühl. Irgendetwas in mir wollte einfach, dass ich nochmal hierherkomme.«

Meierhofer schmunzelte.

»Bauchgefühl ist eine super Sache, Gregor, damit kenne ich mich bestens aus.«

Staudinger blickte zu dem Rettungswagen, der hinter dem kleinen Häuschen parkte. Eva Brombspeidel lag auf einer Bahre, einen Notarzt neben sich. Thomas Rankwichter war bereits in Spital gebracht worden. Er würde, von einer Narbe auf der Stirn abgesehen, relativ unbeschadet davonkommen.

»Ich mach mir Sorgen um Eva«, flüsterte Staudinger.

Meierhofer legte seinem Kollegen beruhigend eine Hand auf die Schulter. »Keine Sorge, Stefano, sie wird das schon überstehen.«

»Meinst du, sie hätte abgedrückt?« Der Gruppeninspektor sah seinen Freund fragend an. Der zuckte mit den Schultern.

»Keine Ahnung, Stefano. Was hätten wir in ihrer Lage gemacht?«

»Ich weiß es nicht«, murmelte Staudinger. »Ich weiß es ehrlich nicht, Hans.«

*

»Guten Morgen, Eva, ich hab da was für dich.« Meierhofer ging auf die junge Revierinspektorin zu, die immer noch ein wenig blass um die Nase war. Ein Wunder eigentlich, dass sie bereits wieder im Dienst war. Der Chefinspektor streckte seiner Kollegin ein kleines Päckchen entgegen.

Brombspeidel versuchte zu lächeln, was aber ziemlich gequält aussah. Sie hatte noch nicht annähernd verdaut, was in Henriette Weißhubers Häuschen vorgefallen war. Nachts wurde sie von Albträumen gequält, die immer gleich endeten: Sie erschoss Thomas Rankwichter. Ob sie tatsächlich abgedrückt hätte, diese Frage wagte sie sich nicht zu stellen.

»Pack schon aus, ich will wissen, ob es dir gefällt!«, drängte Meierhofer seine Kollegin. Die begann, mit zitternden Händen das Packerl zu öffnen. Als sie wenig später die kitschige Eva-Tasse, die der Chefinspektor am Vortag für sie gekauft hatte, in den Händen hielt, rannen ihr die Tränen über die Wangen.

»So hässlich ist sie auch nicht, Eva«, meinte Staudinger, der gerade Oliver Rankwichter vernommen hatte, grinsend. Er versuchte, die junge Revierinspektorin zum Lachen zu bringen, um sie von ihren trüben Gedanken abzulenken. Der Plan ging auf.

»Nö, wenn man auf Rosa, Lila, Gold und Herzchen steht, dann nicht«, erwiderte sie leiser, als man von ihr gewohnt war. Dann stand sie auf und umarmte Meierhofer.

»Danke, Chef, das bedeutet mir sehr viel.« Die beiden letzten Worte klangen tränenerstickt.

Der Chefinspektor tätschelte Brombspeidels Rücken.

»Das wird schon wieder, Eva. Schau Stefano und mich an! Wir haben auch schon einige berufliche Situationen erlebt, die uns an unsere Grenzen gebracht haben, die uns sogar an uns selbst zweifeln ließen. Das gehört in unserem Beruf leider dazu. Aber du hast richtig gehandelt, mach dir deshalb keine unnötigen Gedanken mehr! Schließ es ab, und schau nach vorne!«

»Jetzt fehlt nur noch, dass du so was wie *Was dich nicht umbringt, macht dich stark* oder so sagst, alter Mann«, flachste Staudinger, dem der Moment zu rührselig wurde. »Wir haben übrigens mit allem recht gehabt – also, was den Mord an Dorothea Mutzbacher angeht. Oliver Rankwichter hat den mit Erdnüssen verunreinigten Schokokuchen gebacken, zum Tatort mitgenommen, ihn Dorothea Mutzbacher gegeben, die freiwillig davon gekostet hat, und ihn danach gegen ein Stück ihres Kuchens ausgetauscht. Den kontaminierten Kuchen sowie das zweite Weinglas, sein Besteck und seinen Teller hat er danach verschwinden lassen. Die Mutzbacher muss ihrem Mörder total verfallen gewesen sein. Er war wohl selbst ziemlich überrascht, dass sie ihn nicht erkannt und überhaupt keinen Verdacht geschöpft hat. Geflüchtet ist er tatsächlich mit einem kleinen Boot, das er zuvor an der Stelle versteckt hatte, auf die Eva gestoßen ist. Er meinte, sein Motorrad für die Flucht zu verwenden, wäre ihm zu riskant gewesen. Wisst ihr, was mich wieder einmal fertigmacht? Wenn man mit ihm spricht, wirkt Oliver Rankwichter eigentlich gar nicht unsympathisch. Er entspricht nicht dem Bild des unberechenbaren, gefährlichen Gewaltverbrechers, und dennoch hat er einen Menschen getötet und einen zweiten verletzt. Außerdem ist das, was er euch beiden mit seiner Aktion in Henriette Weißhubers Häuschen angetan hat, ja auch nicht zu verachten. Als Grund für all seine Taten nennt er, wie wir ohnehin bereits vermutet haben, die schlimmen Dinge, die ihm Dorothea Mutzbacher – die er nur als Henriette Weißhuber gekannt hat – von seinem fünften bis zum siebten Lebensjahr angetan hat. Sie muss ihn beleidigt und beschimpft haben. Außerdem hat sie ihn oft alleine gelassen, ihn sogar stundenlang in den dunklen Abstellraum gesperrt. Sie hat ihm nichts zu trinken gegeben, wenn er Durst hatte, und nichts zu essen, wenn er hungrig war. Im Winter musste er ohne Jacke am Balkon ausharren. Einmal hat sie ihn bei einem winterlichen Wachau-Ausflug stundenlang an einem einsamen Strand ausgesetzt und ihm gedroht, dass ihn der Teufel holen würde, wenn er ein Theater machen würde. Der Teufel aus den vielen Sagen, der, wie sie meinte, in der Wachau nur auf böse Kinder wie ihn wartete.«

»Am Strand ausgesetzt? Das erklärt dann wohl auch unseren Tatort«, murmelte Meierhofer.

»Allerdings. Der war als Hommage an die schlimmen Zeiten, die ihm sein Kindermädchen beschert hatte, gedacht. Stellt euch vor, sie hat sogar sein liebstes Stofftier entsorgt, tja und vieles mehr eben. Die gesamte Palette der psychischen Gewalt.«

Meierhofer seufzte, dann hakte er nach. »Warum hatte Oliver Rankwichter es eigentlich auch auf seinen Onkel abgesehen?«

»Seinen Onkel wollte Rankwichter büßen lassen, weil dieser ihm damals nicht geglaubt hat. Er hat ihn im Stich gelassen, weil ihm seine Freundin wichtiger gewesen ist. Oliver Rankwichter, der während dieser Zeit ständig mit schroffen Zurückweisungen leben musste, hat sich also nicht umsonst *eine verwundete Seele* genannt. Inwiefern allerdings Dorothea Mutzbacher durch die Vorfälle in ihrer eigenen Kindheit selbst eine verwundete Seele war und ob sie ihre Schwester tatsächlich auf dem Gewissen hatte, werden wir wohl nie mit Sicherheit sagen können.«

Eva Brombspeidel schüttelte den Kopf.

»Eigentlich möchte ich gar nicht mehr über diesen Fall nachdenken. Ich will das alles so schnell wie möglich vergessen!«

Meierhofer griff nach der kitschigen Eva-Tasse.

»Dann mache ich dir jetzt als ersten Schritt des Vergessens einen richtig guten Kaffee, Eva. Ein guter Kaffee heilt nämlich viele Wunden. Ich spreche da aus Erfahrung.«

# Epilog

»Bevor ihr in euren Urlaub aufbrecht, muss ich aber noch was erledigen, Papa!« Marianne, deren Schwangerschaftsbäuchlein nun bereits mit freiem Auge sichtbar war, stand auf.

»Also, Papa, Karl und ich, wir finden, dass du erfahren solltest, wie unsere Tochter heißen wird.«

Hans Meierhofer hatte größte Mühe, nicht laut loszulachen. Er wusste genau, dass es Marianne ebenso ging. Aber sie mussten dieses Schauspiel nun überzeugend über die Bühne bringen, sonst würde er bis in den Dezember keine ruhige Minute mehr haben. Er blickte zu Irene, die übers ganze Gesicht strahlte. Es hatte ein paar Tage gedauert, bis sie sich von dem Schock erholt hatte. Meierhofer hatte den Fehler begangen, ihr von der gefährlichen Situation in Henriette Weißhubers Häuschen zu erzählen. Wie schon einige Male zuvor hatte er dabei nicht bedacht, dass seine Gattin nur schwer mit dieser Seite seines Berufes umgehen konnte. Das Ergebnis ihrer Sorge um ihn war der nun anstehende Urlaub. Zwei Wochen himmlische Ruhe im Waldviertel. Er konnte es gar nicht mehr erwarten.

»Papa, wir werden die Kleine Johanna nennen, nach dir«, sagte Marianne nun übertrieben feierlich.

Meierhofer versuchte, den Überraschten zu spielen. Er konnte nicht einschätzen, ob ihm das überzeugend genug gelang.

»Ihr nennt die Kleine Johanna?! Nach mir?! Nein, ich glaub's nicht! Das wäre aber nicht nötig gewesen, mein Schatz!«

Der Achtundfünfzigjährige ging auf seine Tochter zu und drückte sie vorsichtig an sich.

»Ich danke dir, Marianne, für alles. Und ich verspreche, das kleine Goldstück von vorne bis hinten zu verwöhnen. Wie es sich für einen richtigen Opa gehört.«

Meierhofer lächelte. Ja, das würde er tun. Er würde sein zweites Enkelkind mit Respekt behandeln, also genauso, wie eigentlich jedes Kind dieser Welt es verdient hatte. Denn wenn es etwas gab, auf das man als verantwortungsvoller Erwachsener achtgeben sollte, dann war das wohl, Kinderseelen vor jeglicher Art der Verwundung zu bewahren.